北京的声音

刘一达 著

作家出版社

作者序 | 北京文化与北京声音

　　声音和文化有着密不可分的关系，最早的声音，产生了音乐和文字，"吾"字的释义就是最好的证明。"爸""妈"是世界所有语系共同的发声。古代作战需要金鼓齐鸣，《左传》记有一鼓作气，再而衰，三而竭。现代打仗也要吹冲锋号，部队行军唱歌，打快板，鼓舞士气，可见声音的作用。

　　北京的声音是北京文化的重要载体，也是文化的传播手段。当然声音本身也是文化，京味儿讲究京腔京韵。北京的声音体现了北京人开朗率真、风趣幽默的性格，产生了相声、京韵大鼓、北京琴书以及后来的情景喜剧、崔健的摇滚、冯小刚的电影等。北京的声音是市声，充满了烟火气，比如驼铃声，老北京拉煤多是用骆驼。老北京最早的电车叫铛铛车。还有马车骡车的铃铛和鞭子声，洋车的铃声，以及后来火车、汽车的声音，叫卖的吆喝声。老天桥粘园子的声音。但并不是所有生意都吆喝，八不语。另一方面，声音本身也反衬了城市的安静。只有安静，才有吆喝。

北京的声音彰显国都的庄严和权威性。1949年毛主席在天安门城楼，庄严宣告中华人民共和国的成立，萨马兰奇宣布2000年奥运会在北京举办，国家领导人宣布载人航天飞船成功发射，等等。新中国成立后，许多大型庆典都在北京举办，北京的声音传遍世界各地。可以说，北京的声音，就是中国的声音。当年，村村都有大喇叭，城里人一早听话匣子里的新闻和报纸摘要节目，党中央的声音传遍祖国的四面八方。

互联网时代，让声音与文化联系得更加紧密，扫码消费要有声音报价，网络传播要用语音，当人们感到上网过度了眼睛需要保护时，声音就显示出它的作用。有车族每天听着电台的互动节目，了解路况和各种信息。喜马拉雅应运而生，有声书阅读、音频广播越来越受欢迎。

声音与现代文明的游离，现代人喜欢安静，所以过去那种喧闹被视为不文明之举，比如在公共场合高声喊叫，大声聊天，打电话旁若无人，玩核桃嘎嘎响，让人心烦，汽车在路上乱按喇叭，等等，这些行为都被人们厌恶。物质生活富裕后，人们开始讲究生活质量，追求高品位的生活，文雅与安静相联系。人们喜欢静静地享受生活，不想被噪声打扰。声音被另一种方式传达，是现代文明的一种体现。

目　录

中轴线的轶闻趣事　/ 001

四九城的城门趣闻　/ 015

肇始之地　/ 031

东直门的宅子，西直门的府　/ 045

老北京的当街牌楼　/ 063

老北京的"新三门"　/ 075

遥想当年护城河　/ 089

皇城槐香　/ 095

绝胜烟柳　/ 103

话说京城的"三山五园"　/ 111

印象紫竹院 / 123

香山赏红叶 / 133

京城牌匾轶事 / 141

北京的花店 / 157

北京的桥 / 169

不灭的香火 / 181

魅力白塔 / 195

老北京的"四大"与"四大名医" / 209

京城的"八大堂""八大楼" / 221

北京的花市 / 235

京城"广外" / 251

四合院变奏曲 / 267

胡同味道 / 287

百年烟云老字号 / 313

"八不语"和拾掇门脸儿 / 333

北京小吃和打烧饼 / 351

桑皂杜梨槐，不进阴阳宅 / 365

天棚鱼缸石榴树 / 375

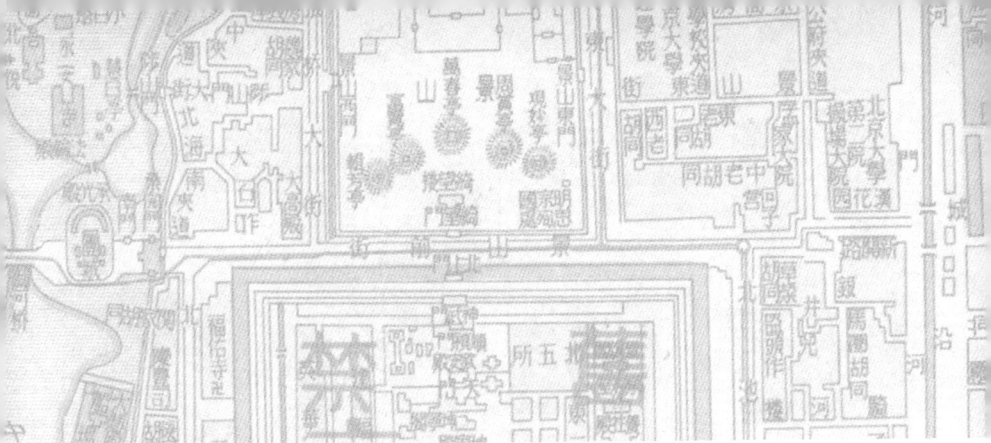

中轴线的
轶闻趣事

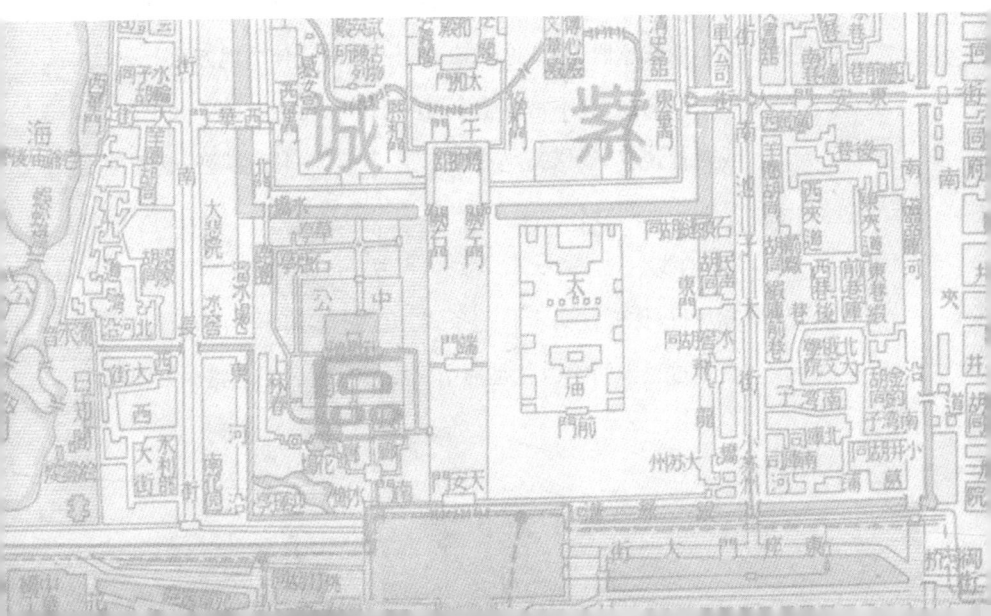

老北京城的中心点

记得两年前，跟两个外地朋友逛新修的前门大街，修整后的前门外大街通了有轨电车。

这是北京最早的电车，因为最初的电车上装着铃铛，开起来铃铛"铛铛"直响，所以老北京又把这车叫"diangdiang 车"，diang 有音没字，只能写成"铛铛"或"当当"车了。

当然了，现在的"diangdiang 车"只是一个观光项目，并不是北京人出行的代步工具。看着"diangdiang 车"的轨道，我对那两个朋友感慨道："你们知道脚下踩的是什么地方么？"

"什么地方？这不是有轨车道吗？"一个朋友笑了笑道。

我对他说："没错，是有轨车道。但你们知道吗？这条道是老北京的中轴线呀！"

"中轴线？"

"对呀！你们往南看，这条线一直到永定门。往北看，这条线一直穿过正阳门，也就是前门，穿过毛主席纪念堂、天安门广场、天安门和端门、午门、太和门；再穿过故宫的太和、中和、保和三大殿，乾清宫、坤宁宫、神武门；穿过景山（万岁山）的万春亭、寿皇殿，最后穿过地安门，一直到鼓楼。全长七点八公里。"

"哦，中轴线有这么神奇？"朋友诧异地说道。

我接着说："现在你们看到的北京城是明代永乐皇上在元大都的基础上建的，建一座都城要有设计方案，要先确定中心点和中轴线。所以说先有中轴线，后有北京城。这条线是北京城的主脉。知道吗，你们踩在北京城的主脉上了！"

"是吗？"听我这么一说，两个朋友顿开茅塞，立马拿起手机在中轴线上留影。

我跟朋友说的北京的中轴线可以追溯到元代。众所周知，元世祖忽必烈当年定都大都城（即现在的北京）时，把设计规划大都城的使命授权给了刘秉忠。

刘秉忠是个了不起的历史人物，他是忽必烈的重要谋臣。因为他是汉族人，所以提出在元朝的朝廷，以布衣的身份参与军政要务，也就是说只干事，不当官。

尽管如此，他在忽必烈心中的地位非常高，如同刘备对待诸葛亮，言听计从，举一个例子，元朝为什么叫元朝？就是忽必烈听了刘秉忠的建议改的。

至元八年（1271年）刘秉忠根据《易经》"大哉乾元"之意，提出把蒙古改为"大元"。忽必烈听了拍手叫好，当即采纳了他的建议。

建大都城的事儿，忽必烈对刘秉忠也是高度信任，他怎么说就怎么着，因为在此之前，位于内蒙古锡林郭勒盟正蓝旗兆奈曼苏默的元朝的上京，就是刘秉忠规划设计的。他能在漠北草原上规划设计出一座都城来，可见其智慧非凡，所以深得忽必烈的信任。

刘秉忠属于奇才，不但精通儒学，而且懂《周易》八卦，知天象会风水，他完全是按《周易》的阴阳五行学说和《周礼·考工记》的规制，来设计大都城的。

首先要确定大都城的中心点，这个中心点依照的是金代的太液池，即后来的"六海"，就是现在的"内三海"，即南海、中海、北海，以及"外三海"，即什刹海、后海、西海（积水潭）。"六海"东北方向的一箭之地，定为中心点，这就是现在的鼓楼北边一点的位置。

有了中心点，再规划中轴线。元朝大都城的中轴线，向北一直延伸二百七十公里，则与元代上京城的中轴线相连，现在的航拍测绘结果证实了这一点。以当时的科技水平，能做到如此程度相当惊人。

元大都的中轴线与现在我们看到的北京中轴线大体是一致的。换句话说，我们看到的中轴线是明清时代京城的中轴线，但明清时代的中轴线，是在元大都的中轴线的基础上确立的。

不过明清时代的中轴线与元大都时的中轴线略有偏差，这个偏差在中轴线的子午线上，即地安门到正阳门向西偏二百米，钟鼓楼向西偏三百米。

《中轴线的轶闻趣事》

现在北京城的中心点在哪儿

按古代建都城的规矩，新朝是不能采用旧朝的中轴线的，所以明代的永乐皇帝朱棣命国师姚广孝设计北京城时，他把北京城的中心点定在了万岁山，即现在的景山。

当然，中心点设在这儿，跟元代刘秉忠设计的中心点就不一样了，自然，中轴线也偏离了元代的大都城的中轴线。

所以有的朋友提到老北京城的中心点时，说法往往不一致，有的说在景山，有的说在鼓楼附近。其实，他们说的都没错，只不过没有交代是哪个朝代的。

要知道，元代的北京，叫大都城。明代才有北京的叫法，两个朝代的城是不一样的。

您也许会问，现在的北京有没有中心点和中轴线？实话跟您说，当然有，也许您并不知道。

我们如果出差，在祖国各地常常会看到距离北京多少公里的标牌。这个"北京"到底指的是哪儿？您在东单，叫北京，在长安街，也叫北京；您在昌平叫北京，在顺义也叫北京。北京的地界大了，多少公里是距离北京的哪儿呀？

这里说的距离北京多少公里，指的是距离北京的中心点有多少公里。您会问了，这个中心点在哪儿呢？

现在告诉您，这个中心点在正阳门的城门楼子北边一点的地面上，有一个圆形的标志，它就是中国地理中心点的标志，它就是北京的中心点。因为北京是首都，所以这个中心点，也可以说是中国地理位置的中心点。

有意义的是这个中心点的标志，是在北京的中轴线上的。如此说来，不论是元大都的中心点，还是明清时代的北京城的中心点，抑或是现在北京城的中心点，都没有离开北京的中轴线。

由此看来，中轴线的确是北京这座城市的生命线。

中轴线体现了"天人合一"的理念

明代在元大都的基础上建北京城的时候，其规制是按《周礼·考工记》"前朝后市，左祖右社"来设计的。"朝"指的是朝廷，也就是皇宫紫禁城。在紫禁城的后面，明、清两代各有三个大市场，即东四和西四，以及鼓楼前面的地安门外大街。

在皇城的南门天安门的东边，有清朝皇帝的祖庙，也就是太庙，即现在的劳动人民文化宫。在天安门的西边，建有社稷坛，也就是现在的中山公园。

北京城像一块四四方方的豆腐，中间是南北走向的中轴线，以中轴线为界，分为东城和西城，再以东西长安街为界分为南城和北城。

按照《周易》八卦的规制，南和北、东和西所有大的建筑都是相对应的，比如内城的城门，西边有阜成门，东边就有朝阳门；西边有西直门，东边就有东直门；西边有德胜门，东边就有安定门；西边有宣武门，东边就有崇文门。

皇城的四个城门也是对应的，南边有天安门，北边就有地安门；东边有东安门，西边就有西安门。

坛庙也是对应的，东边有日坛，西边有月坛；南边有天坛，北边就有地坛。街道也如是，有西单，就有东单；有西四，就有东四；有南小街，就有北小街；东四有猪市大街，西四就来个羊市大街；南城有花儿市，北城有灯市。

紫禁城内的建筑尤其重视对称。您逛故宫的时候，就会发现，中间儿是太和、中和、保和三大殿。两边儿呢，东边有文华殿，西边就有武英殿；西边有弘义阁，东边就有体仁阁；东边是日精门，西边是月华门。对得多妙呀！

这种相互对应的关系，充分体现了中正和谐"天人合一"的礼法观念，也使都城变得恢弘大气，井然有序。这恰是北京这座历史文化名城的魅力所在。

北京的中轴线还在延伸

我们说的北京城的中轴线，不是"过去时"，而是"现在进行时"，中轴线在老北京城是生命线，在当代的北京城的建设中，依然起到了至关重要的作用，换句话说，现在北京城的规划建设也离不开这条中轴线。

北京的城市发展规划经历了多次调整，在国务院批复的《2016至2035年北京市城市总体规划》中，北京城的布局和发展方向又有新变化，《规划》明确了"一核""两轴""一区""多点"的城市发展思路。

"一核"，就是有首都功能的核心区；

"两轴"，就是中轴线和东西走向的"十里长街"东西长安街；

"一区"指的是门头沟、平谷、怀柔、密云、延庆及昌平、房山的山区的生态涵养区；

"多点"是指顺义、大兴、亦庄、昌平、房山五个位于平原的新城。

您瞧，这个《规划》是把老北京城的中轴线，作为两个"轴"的其中之一来设计的。规划吸纳了新中国成立以来，京城发展规划的思路，在保护老北京城市"肌理"和基本"骨架"的前提下，又有新的突破。

老北京城的"肌理"，如同人身上的脉络。人身上的脉络再多，也有主干，或者说主动脉。老北京城的主动脉也叫"龙脉"。

"龙脉"在哪个位置呢？这条"龙脉"起于北部昌平区的燕山山脉，向南一直延伸到南苑一带。元大都，即后来的北京城的设计者刘秉忠，正是根据这条"龙脉"，确定的北京城的"中心点"。

您会问了，这个"中心点"在哪儿呢？它就在现在钟鼓楼的西南方向，离鼓楼非常近。

您也许知道，现在保留下来的老北京城是明代建的。明代的北京城是在元大都的基础上建的，只是内城向南移了2.5公里。

当然了，内城向南移了，北京城的"中心点"也得变，明代北京城的"中心点"跟元大都的基本相同，所以明代北京的中轴线，也跟元大都时的位置基本相同。

这条中轴线北起鼓楼，南到永定门，全长七点八公里。现在这条中轴线向北一直延伸到奥森公园的仰山，往南一直到南苑的大红门一带。

按照《2016至2035年北京市城市总体规划》，这条中轴线还要向北向南延伸。它的延长线，向北一直延伸到昌平的燕山山脉。向南，一直到大兴北京新机场的永定河水系。

乖乖，照这么延长，这条中轴线得有上百公里了！它完全可以申请吉尼斯世界纪录了，可以说是世界上所有城市中最长的中轴线了。

除了南北走向的这一"竖"，即中轴线之外，北京城还有东西走向的一"横"。

这一"横"，就是有"十里长街"之称的东西长安街，这一"竖"一"横"，构成了北京城的基本"骨架"，并由此向纵深发展。

东西长安街及延长线，老北京是从建国门到复兴门，长约七公里，今后向西延长到首钢西山山脉，向东延长到城市副中心通州和北运河的潮白河水系。

如此一来，原来的七公里，可能就会变成七十公里，这一"横"也堪称世界之最了。

"子午线"和"北京城"石桩

老北京城是方方正正的，从地图上看，街道的布局横平竖直，像个规矩齐整的棋盘。

我曾去过法国的巴黎、意大利的罗马、埃及的开罗、伊朗的德黑兰、土耳其的伊斯坦布尔等文化名城，感觉这些城市虽然历史悠久，古建也比较多，但城市的街道没有北京城设计得这么规整。

也许是依河而建的原因，这些城市的街道是随河而呈分散状的，有些街道是斜的，转着转着，又回到老地方，可是外地人到北京迷路的就少。

中国古代设计都城是有严格定制的，都城的定制都写在了《周礼·考工记》里了。元代的大都城和明代的北京城，都是严格按《周礼·考工记》来设计的。

所以，它的城垣呈长方形，南北端正，左右平直。城市的布局依《周易》八卦的形制，周正严谨，讲究对称，所以才有规规矩矩的街道和建筑。

元大都的设计者是刘秉忠，明代北京城的设计者之一是蒯祥，他也是承天门（即天安门）城楼的设计者。

蒯祥生于 1398 年，死于 1481 年，明成祖在建北京城时，他和许多工匠一起北上，他不仅木工活做得好，而且会画图设计，建完承天门后，他升任工部左侍郎，据说明代北京城的主要建筑，都是由他主持设计的。

古今中外，大凡建一座都城都要依山傍水。水对一座城市来说至关重要，世界上许多大都市都是沿着河道建城的，比如巴黎的塞纳河、莫斯科的莫斯科河、罗马的台伯河、开罗的尼罗河等。北京城最初的设计也如是，离不开河，但北京城的布局不是根据河的走向建的，而是把河含在城里了。

当然说到河，北京城有四重城，紫禁城、皇城、内城和外城，每重城都有城墙、城门楼子和护城河，所以北京城不是依水而建，而是枕水而栖。

按照《周礼·考工记》的规定，建一座城首先要找到它的龙脉，然后定它的中心点，接着再确定它的中轴线。

确定中轴线之前，要明确它的"子午线"，中轴线上的"子午线"，既以阴阳确定中轴线的平衡关系，又体现帝王皇权的"九五之尊"。

什么是"子"？就是夜里十一点到一点这个时辰，它代表"阴"；"午"呢？就是正午，中午。是中午十一点到一点这个时辰，它代表"阳"。子是一天的起点，也是终点。由此看来"子午线"在中轴线上的地位十分重要。

记得小的时候，听胡同里的老人说到"子午线"时，讲过"北京城"的故事。

传说明代初年建北京城时，在鼓楼前边的万宁桥，俗称的"后门桥"的桥下，立了一个雕着鼠的石桩，上面刻着"北京城"三个字。

这石桩上面还有刻度。老北京人传说，什么时候什刹海的水，没过了"北京城"的"北京"两个字，北京城就淹了。

同样，在南边的正阳门，俗称"前门"的护城河桥下，埋了一匹石刻的马。

1950年，"六海"（中南海、北海、什刹海、后海、西海）清淤，在疏通河道时，"后门桥"的淤泥里，挖出了一根一丈长的方形石桩，上面刻着一只鼠，鼠的下面，果然刻着"北京"两个字。

老北京人经常问小孩儿："知道'北京城'在哪儿吗？"这句话别说小孩儿，大人也不见得能回答上来。

"北京城"在哪儿？北京人会说："这还用说吗？不就在脚底下呢么？"

老北京人听了会嘿然一笑说："不蒙你，'北京城'在后门桥下边呢。"

您要是不明就里，肯定得犯晕。其实老北京人说的"北京城"，就是挖出来的这个石头桩子，因为它上面确实写着"北京"两个字。

上世纪60年代，在修地铁2号线的时候，工人在正阳门前边的地下，挖出了这个石雕的马。印证了中轴线上的子午线并非虚言。

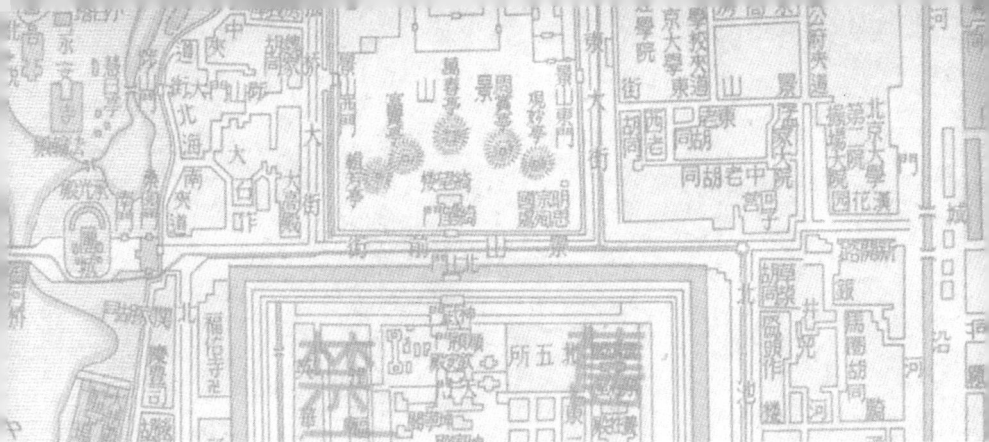

四九城的
城门趣闻

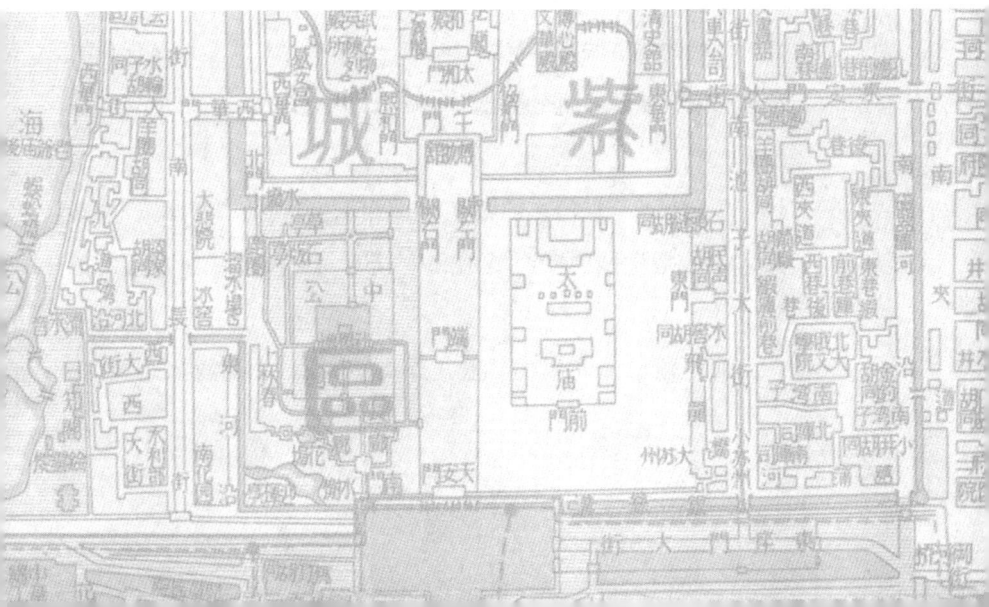

崇文门为什么要敲钟

我小的时候，聊到北京城的时候，常听老人们说"四九城"这个词儿，也听一些老人常说一个顺口溜儿："里九外七皇城四，九门八点一口钟。"

什么叫"四九城"呢？其实说的就是北京城，准确地说是北京的内城。

我们常说的老北京城，是指明代建的北京城，它并不是简单的一座城，而是城中有城，城"套"城。

明代的北京城有四重城，城的核心即紫禁城，也就是现在的故宫；紫禁城的外面是皇城，皇城的外面是内城，内城的外面是外城。

皇城有四个城门，内城有九个城门，所谓的"四九城"，其实，指的是皇城的四个城门和内城的九个城门，拿城门代替了城。

那句顺口溜儿里的"里九外七皇城四"，说的都是城门。

"里九"说的是内城的九个城门，即南边的宣武门、正阳门、崇文门；东边的朝阳门、东直门；北边的德胜门、安定门；西边的阜成门、西直门。

"外七"，说的是外城的七个城门，即永定门、左安门、右安门、广安门、广渠门、东便门、西便门。

"皇城四"，说的是皇城的四个城门，即南边的天安门、东边的东安门、北边的地安门、西边的西安门。

紫禁城也有四个城门，即南边的端门、北边的神武门、东边的东华门、西边的西华门。

"九门八点一口钟"是怎么回事呢？原来老北京人没有钟表，平时人们看时间，主要是听挂在城楼上的"点"来报时。"点"是类似钟的响器，看城楼的人根据时辰，按时打"点"。

"点"是什么呢？原来我以为这个"点"，应该是铁器，所以在写这个字时，往往用"典"字加一个"金"字边，后来发现，不单是我，几乎所有人在用到"点"字的文章里都用这个字，实际上这种用法是不准确的。

在《大清会典事例·乐部乐器》中，对"点"做了如下描述："其为乐器名，铜制，中间隆起，边穿两孔系绳，悬而击之。"可见"点"作为铜制的乐器，击打出来的声音，比铁制的钟要悦耳，同时声音也传得远，所以内城的八个城楼是靠打点报时的。

但为什么九个城门有八个打"点"，只有崇文门是打钟报时呢？

据说是两个原因：一是因为在清代的北京城，凡是需要纳税的货车，必须走崇文门，崇文门有"税关"之称。

清代的税分为"户关"和"工关"，"户关"征收的是百货税，隶属户部；"工关"征收的是竹木船钞，隶属工部。当时全国共设四十三处"户关"，崇文门是京城唯一的"户关"，它的衙门设在了今天崇文门饭店的位置。

清代的崇文门"户关"，设正副督监二人，左右翼督监各一人，由于这个职位非同一般，所以由内务府大臣或尚书侍郎兼任，由内务府司员帮办关务。毫无疑问，税官是个肥缺，所以在任上"栽跟头"的前赴后继。

另一方面，朝廷又要求商户依法纳税，一旦发现有人偷税漏税，便要杀头，敲钟的意思是给人们提醒，即警钟长鸣。

敲钟的另外原因是为了"镇"海兽。

崇文门在元代叫文明门，因为元代有名的哈德大王的府邸离城门不远，老百姓又俗称哈德门、海岱门。原来崇文门的瓮城里有个庙叫镇海寺，寺内有个镇海的铁龟。

相传远古时代，北京这地界是一片汪洋，也叫"苦海幽州"，崇文门的下面有个海眼，这个海眼直通沧海，在海眼上趴着一个海龟，挡住了汹涌的海水从海眼里冒出来，保住了北京城的平安。

这个海龟，被龙王爷压在庙下，长年沉睡，但只要一听见打点的声音，它就会睁开眼睛醒了，只要它醒了就会兴风作浪，北京城便会成为一片汪洋。所以北京人不能让这个海龟苏醒，永

《四九城的城门趣事》

远在城楼子下面压着它，不能用打点来报时，用什么呢？于是只好改敲钟了。

"推出午门斩首"是讹传

明代的北京，内城有九个城门楼子，除了正阳门属于"帝王门"之外，其他都属于"平民门"。

所谓"帝王门"，即平时城门不开，即便开了，一般老百姓也不能走，只能皇上走的门，顾名思义，"平民门"则是平民百姓走的门。

老北京人有一种说法，北京城是按《周礼·考工记》设计的，所以每个城门的位置和名字都是有讲儿的。

古代人重视风水学，风水，也叫"堪舆"。您也许有所不知，明代北京的内城，除正阳门之外的八个城门，都是按照《周易》的八卦和《奇门遁甲》的说法，来确定的方位：

西方的门属八卦的"兑"位，为"惊门"；

西北方的门，属"乾"位，为"开门"；

北方属"坎"位，为"休门"；

东北方属"艮"位，为"生门"；

东方属"震"位，为"伤门"；

东南方属"巽"位，为"杜门"；

南方属"离"位，为"景门"；

西南属"坤"门。为"死门"。

按"八卦"的说法，"生""开""景"是吉门，其他的属于凶门。当然，这是《周易》"天地人"的方位之说，并不足以说明老北京城门的属性。

不过，位于西南方的宣武门，在清代是走刑车的，您瞧，这是不是属于"死门"？

我小的时候，听说书的人讲书，常常听到某大臣惹恼了皇上，于是龙颜大怒，一道谕旨：将其"推出午门斩首"。那会儿，我总觉得故宫的午门，是斩首杀人的地方。

长大了以后，才知道敢情"推出午门斩首"，是民间老百姓的一种讹传。

故宫，也就是紫禁城有四个城门，南边的城门是端门，北边的城门是神武门，东边的城门是东华门，西边的城门是西华门。有人说午门是紫禁城的城门是不对的。

午门为什么叫午门呢？原来凡是城，都有中轴线，有中轴线就有子午线，午门在紫禁城的中轴线上位当"子午"，所以叫"午门"。

古代的皇宫讲究"五门三朝"的建制，紫禁城是明清两朝的皇宫，在中轴线上设有五座城门，端门的前边是天安门，明代叫承天门，它是皇城的城门，再往前是大清门，也就是现在毛主席纪念堂的位置，明代叫大明门，这个门有"国门"之称。在

"午门"的后面是太和门，明代叫奉天门，后又叫皇极门。

以上五座城门，都在中轴线上，过去，皇帝有"九五至尊"的说法，五座城门的门钉都是上下左右各九排，所以"五门"是用来表现皇权威仪的。

"午门"是干什么用的呢？它有三个门，正门肯定是"走"皇上的，每年皇上祭天和到先农坛"农耕"都要出这个门，然后走正阳门，穿过"金街"，到天坛和先农坛。

在"五门"中，"午门"还有特殊的作用，每年的腊月初一，都要在午门举行"颁朔"典礼，向全国颁布次年的历书。

此外遇到重要的战事，皇上派出的军队凯旋还朝，要在"午门"接受皇上的庆贺，并且举行"献俘礼"。也就是把俘获的战俘敬献给皇上，听候处理。

当然这是打胜仗的情况，打败仗这礼就省了。

在有皇上的时候，午门还有两个特殊的功能，一个是每当殿试结束，考试的前三名，即状元、榜眼和探花在出宫时，要走"午门"的正门，享受一下皇上的恩典。

另一个功能，是大臣遇有触犯皇上权威，或违法乱纪的时候，皇上要在"午门"进行"廷杖"，也就是说在此接受皇上的惩罚。

"廷杖"，就是屁股蛋子上挨板子，这跟"斩首"脑袋搬家还有一段距离。那么，"推出午门斩首"是怎么回事呢？

原来内城西南的宣武门，按《周易》八卦的说法属"坤门"。"坤门"是"死门"，因此清朝京城的刑场设在了宣武门外的菜市口，犯人开刀问斩的刑车，要走宣武门。

当然对犯人来说，这是有去无回的一座城门，据说当年宣武门的箭楼下的西侧，立着一块石碑，上刻着三个字："悔已迟"。

这碑是清代刑部立的，以此来警示世人，犯了杀头之罪的人，到这会儿可不是后悔已经晚了吗？

由此看来，犯了死罪的人是被"推出宣武门斩首"才对。

为什么把开刀问斩的事儿，跟皇宫的"午门"联系到一起了呢？

原来北京人说话频率快，所以常常会出现吞字的现象，比如中央电视台，会让北京人说成"装电台"；告诉他，北京人会说成"告儿他"；这样子，被北京人说成了"酱紫"。同样，"推出宣武门斩首"，被北京人说着说着就讹化成"推出午门斩首"了。

所以，您再听到"推出午门斩首"时，一定要理解成是"推出宣武门斩首"，别糟改人家"午门"，那可是从前走皇上的门。

原来"九门"的门上都有花纹儿

内城的九个门有不少传说。我小时候，听老辈人说，这九座城门的洞上，都雕着花纹儿，有什么花纹儿，走什么车。

说起来也挺有意思。西直门在元代叫"和义门"，早年间，西直门的门洞上方刻着几道水纹儿，寓意是水。

为什么刻"水纹"呢？原来西直门是走"水车"的。

您会问了，走的是什么"水车"呀？是人们喝的水，还是消防队灭火用的水？

当然是人喝的水。

人喝水，城里不是有水井吗？

有是有，可在老北京，城里的井水甜的少，苦的多。

您会说，怎么老北京甜水井少呢？不是有好几条叫"甜水井"的胡同吗？

是，正因为甜水井少，人们才觉得它金贵，所以才以它命名胡同的。

甜水喝不上，老百姓也没辙，苦水也得凑合喝。但到了皇上那儿就不同了，全国就这么一个皇上，哪能让他喝苦水呀？

于是大臣们派人，在京城内外寻找甜水井，然后亲自尝水是甜的，还是苦的。

那会儿也没科学仪器，人们只是根据水的轻重来分辨水质好坏，水轻的是好水，水沉的是差水，其实这种说法毫无科学依据。

怎么知道水重水轻呢？那会儿的人想出了一个傻招儿，用戥子称。您说水质用戥子能称出来吗？这不是蒙皇上吗？您还别说，皇上还真信。

北京的声音

皇宫的太监们喝了好多地方的水，都觉得不行，就喝着玉泉山的水甜。水甜，水质的分量也合适了，赶紧呈给乾隆皇上。

乾隆爷喝着也对了口儿，一高兴还亲自跑到玉泉山，喝着那儿的水像是洒了蜜，兴趣头儿一来，写了五个大字："天下第一泉"。

他这一写不要紧，玉泉山的水成了皇上专用。每天天不亮，宫里的太监押运着"水车"，从玉泉山走西直门进宫。当时的"水车"是独轮的，车有个木头架子，两边挂着水桶，插着面小黄旗。

"水车"当然不会是一辆。给皇上办什么事儿，都要是吉利数儿。每天给宫里运水的车至少十八辆。"九"为至尊之数，好事要成双，二九不是十八吗？

天还黑，嘎吱嘎吱的水车，插着小黄旗，打西直门进城，奔紫禁城，这个场面也算是京城一景儿。一直到民国初年，在京城的街道上，还能看到这种"水车"，有些清宫戏里，也有这样的镜头。

东直门，在元代叫"崇仁门"，老北京人认为此门最穷。因为东直门外有许多粪场和砖窑，东直门是走砖车的，所以东直门的门洞上刻着个方框儿，意思是一块砖。

当年，北京的砖窑、瓦窑几乎都设在东直门外。您想城里哪能有砖窑哇！烧窑一冒烟儿，把皇上给熏着，那可不是玩儿的。城里盖房用砖都从东直门往进拉。

朝阳门，在元代叫齐化门，是走粮车的，城门洞上边刻着个谷穗。在早，北京没有铁路，从南方运粮食得走运河，这就是有名儿的"京杭大运河"。它的头儿在通县，船到通县，然后再装车进城，走朝阳门。

阜城门，在元代叫平则门，它的城门洞上刻的是一枝梅花，梅花的"梅"与煤炭的"煤"同音，梅花就是代表煤啦。

那会儿，北京城烧煤，都是从京西门头沟煤矿拉。拉煤是用骆驼，京西有不少驼户，专干这个差事，拉煤的骆驼是打阜城门进城的，当时阜城门里，有不少骆驼客栈，供他们歇脚打尖儿。

崇文门，元代叫文明门，俗称哈德门、海岱门，走的是酒车。在早，北京城里不但没有砖瓦窑，也没酒厂。老百姓喝的"烧刀子"，也就是烧酒，都得从外面运。

现在老北京人爱喝的"二锅头"，那会儿还没有。当时的北京爷儿们喝酒，讲究喝"烧锅"的烧酒，"烧锅"就是现在的酒厂，分为"南路烧"和"北路烧"，以"南路烧酒"最有名，南路烧酒的主要产地在大兴的黄村、礼贤、采育三镇，有六个"烧锅"（做酒的作坊），一直"烧"到一九五几年才合并或关张。

拉酒的车走别的门不行，非得走崇文门，因为得到它这儿上税。崇文门是京南的城门，所以老北京卖酒的招牌上全写着"南路烧酒"。官府为了保证税收，跟城南的十八家烧锅签订了协议，只准这十八家的烧锅进京，他们的酒车和装酒的坛子上全写着"南路烧酒"。有这四个字，就表明这酒是打崇文门进来的，已然上了税。

宣武门，元代叫顺治门，俗称顺成门，因为菜市口是刑场，是走囚车的，所以也叫"死门"。宣武门出名是因为"午炮"，清代的大官出行，有"文官敲锣，武官放炮"一说，但宣武门放炮跟官员出行没关。

据史料记载："宣武门东边城墙上和德胜门东边的城墙上，每天的午时燃火药炮一声，声震遐迩，用于城中人对时之用。"人称"宣武午炮"。

"午炮"有五门，当时是放在瓮城箭楼的台基上，主要是为了御敌。但后来清军老打败仗，铁炮也失去了御敌的功能，于是放在瓮城上的五门铁炮，改为报时之用了，每天午时点放炮。炮声山响，老百姓闻到炮声便知道几点了，所以有"宣武午炮"一说。

清末，宣武门外的菜市口是刑场，开刀问斩，杀人的地方。戊戌变法的谭嗣同他们"六君子"，就是在这儿被杀害的。因为宣武门是走囚车的，所以门洞上刻有"悔已迟"三个字。

德胜门，有"得胜"之意。明清两朝出兵打仗要走德胜门。"德胜"有讲儿，出兵打仗动用的是武力，但真正的赢家是以德取胜的。

德胜门上面有一个高大的石碑。怎么立在这儿一块石碑呢？原来乾隆四十三年，京城大旱，庄稼颗粒无收。年底，乾隆皇上去明陵，走到德胜门，天降大雪，皇上大悦，做了一首祈雪的诗，皇上的诗叫御诗，御诗得勒石刻碑。这块石碑被人们称为"德胜祈雪碑"，后来成了德胜门一景儿。

安定门，寓意是国家安定。明清两代，军队收兵回城，要走这个门。跟德胜门一样，安定也是美好的愿望。仗还没打呢，就想得胜；打完了仗，就安定了。老北京人是借这个城门名儿讨个吉利。

八个门的瓮城都有关帝庙，只有安定门的瓮城内建的是真武庙，所以有"安定真武"的说法。

为什么"九门"的"门"字没有"钩儿"

正阳门俗称前门，这是跟地安门外的后门相对应的，这个门是专走龙辇的门。龙辇也就是皇上坐的车。

正阳门的城门轻易不开，一年只有两次。"冬至"开一次，"惊蛰"开一次。每到"冬至"皇上要到天坛祭天，"惊蛰"呢，皇上要到先农坛耕地。先农坛里专门给皇上预备着一亩三分地，叫"演耕田"，皇上到那儿比划两下，表示普天之下，该种五谷啦。

什么门走什么车也不是绝对的，这只是当年的约定俗成，或者说是一种有意思的说法，比如德胜门和安定门，一年当中出兵打仗有多少回呀？难道不出兵，就不能走别的车吗？

不是这么回事，平时什么车都能走的，其他的城门也如是，宣武门是"死门"，但朝廷不是天天都杀人，所以平时其他车照走不误。

当然，什么门走什么车，到了民国以后，就成了北京人聊天的谈资。

北京内城的九个城门上面都有匾，这些匾都是清末的翰林、书法家邵章（伯炯）写的。他写在纸上，工匠再刻在砖上，然后才嵌到门洞上面的。

九个城门都有一个"门"字，据说这位邵章老翰林怕麻烦，只写九门的名字，而"门"字就写了一个。

这个"门"字的最后一笔，本来是带"钩"的，但老翰林写的时候，这最后一笔没带"钩"，所以，北京内城的九个城门的"门"字都没"钩"。

为什么不带"钩"？相传明朝初年，明太祖朱元璋命中书詹希原给太学"集贤门"写匾，朱元璋看到他写的匾"门"字带着"钩"，不由得大怒，说我要招贤纳士，你却让带"钩"的把门是什么意思？

詹希原说："不是我让它带钩的，这个字本来就有钩。"

朱元璋说："朕让你写的门字就不能带钩。"于是让人将詹希原推出去斩首。

后来，朱棣当了皇上，依然按他爹定下的老规矩，门字不能带"钩"，这种风尚一直传到了清代，所有城门上的门字都不允许有"钩"。

细琢磨起来非常有文化，早在上世纪20年代，瑞典人奥斯伍尔德·喜仁龙，出于对老北京的热爱，把北京的各个城门给勘察和考证了一番，照了不少照片，出了一本书，名儿叫《北京的城门与城墙》，留下了许多珍贵的资料。

　　现在老北京内城的城门，仅剩下正阳门和德胜门的箭楼，外城的城门剩下东便门的箭楼，前几年修复的永定门城楼，其余的城楼只能在喜仁龙的书里和当年留存的老照片里追忆了。

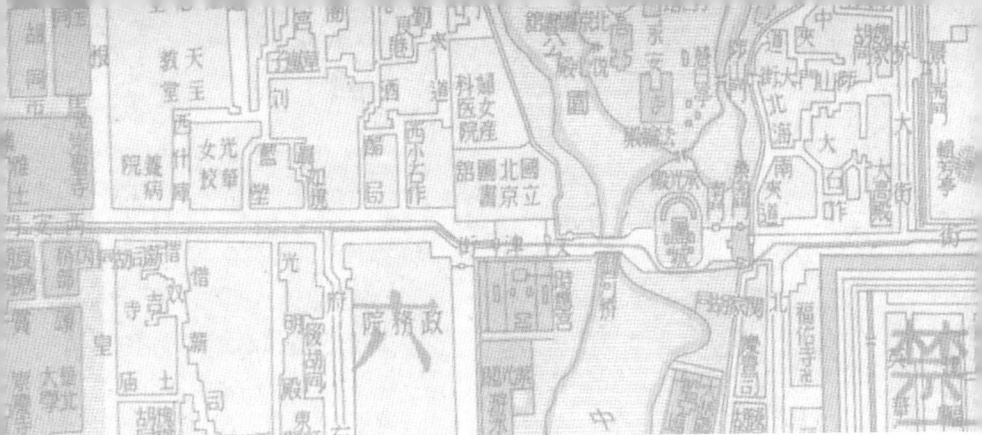

肇始之地

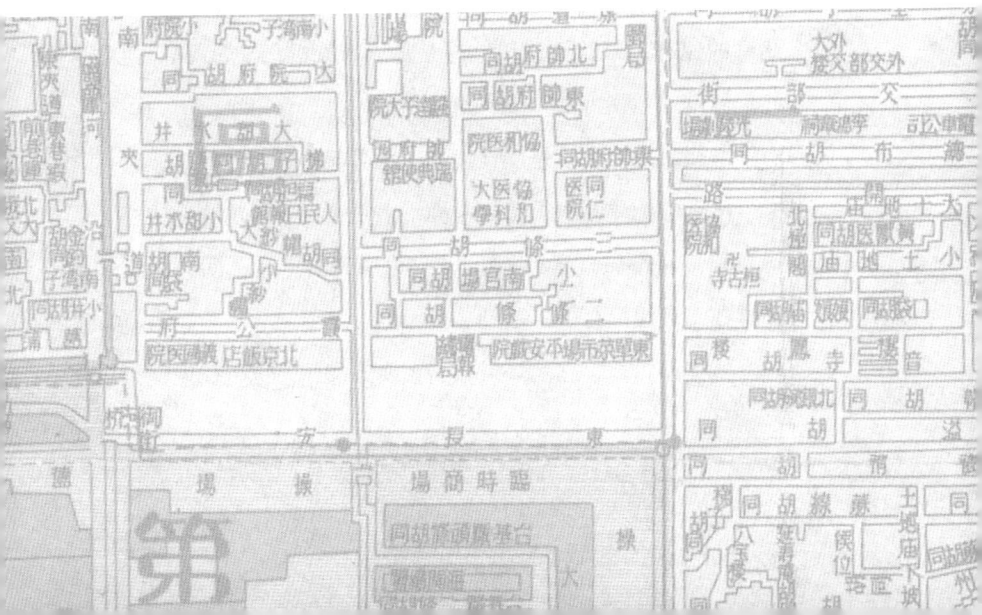

北京是何时成为都城的

什么叫肇始？就是开始或开端的意思。万事万物都有肇始。北京作为都城也如是，它是从什么朝代起成为首都的呢？作为北京人，这事应该弄明白。

近年来，有些研究北京历史的学者，往往忽略了北京作为都城历史的一个重要源头，而直接说北京作为都城，始于金代，即金中都。

这一观点是值得商榷的。不！不用商榷，而是必须更正。北京的建都，肇始于辽代，这是毋庸置疑的历史。我们通常说北京城是"六朝古都"，哪六朝？辽、金、元、明、清、民国。

六朝古都，应该是从辽代的南京算起的。

南京的析津府，虽然当时称不上是全国的政治文化中心，但毕竟是一座都城。毫无疑问，它为后来金、元、明、清，包括民国在北京建都打下了基础。

就皇都而言，它是一条相当重要的文脉，也可以说，是以皇家文化为重要组成部分的北京文化的文脉。而辽代，以及后来金代的都城，大部分在现在的西城区界内。

辽代南京的显忠坊是一条重要的街道，这条大街，大概其就是现今的广安门内外大街的位置。金中都是在辽南京城的基础上，向东、西、南三个方位扩展建的。

南北的中轴线，就是在现在的广安门外滨河公园一线，都城的大安殿在现在的南滨河公园处，广外的青年湖当年正是中都的太液池（琼林苑内鱼藻池）。可以说金中都的都城有一半在西城区界内。

说金离不开辽

我之所以要跟北京建都肇始于哪个朝代的问题较真儿，是因为现在有些人一说到北京的南城，便沿袭老北京城"东富西贵，北贫南贱"的说法，认为自古以来这地方就是穷人区。

其实"老北京"这个概念是模糊的，"老"到什么份儿上才算老北京？并没有定论。

如果"老"到辽代和金代，那么，现在东城和西城两区的北部地区，那会儿还是南京和中都的郊区。

而"北京"的概念，也是明永乐皇帝定都之后，于公元

1403年才正式定名的。之前，金代的京城叫中都，元代的京城则叫大都。从上面的分析，可以得出以下结论：

一、从北京作为都城的历史来看，一味地强调"北贫南贱"是片面的，起码是割断了历史的。

二、西城区的南部地区，包括宣南地区，在历史上沾着帝都的皇气，并非自古以来就是"贱"地。

三、明清两代，尤其是清代，宣南文化的形成是有历史渊源的。作为帝都的文脉并没因此而中断。

四、研究西城南部地区的历史文化，或者说探寻宣南文化，仅从士子（士大夫）文化，即会馆文化和梨园文化、平民文化（天桥文化）等角度入手，是不全面的。

辽、金时代作为都城的南京和中都所留下来的帝都景物，已经随着明清两代北京的辉煌湮灭了。虽然有些遗迹还可以寻觅得到，如牛街的礼拜寺、卢沟桥（丰台）、银山塔林（昌平）、戒台寺（门头沟）、大永安寺（即香山寺与安集寺合并的官办寺院）、天宁寺塔、钓鱼台、"燕京八景"等，这些名胜古迹在元、明、清三代又加以重修，至今犹存。

当然，随着历史的演进，辽金时代的帝都遗风已经不复存在。但沾过皇气的地界，总还是能从民风当中看出一些遗韵来的。因为城基尚存，历史老人很难在它走过的地方不留任何痕迹。宣南文化的形成，就印证了辽、金时代，作为帝都文化的传承和融合关系。

《肇始之地》

■

金中都的根基

　　毫无疑问，我们现在说到西城南部地区的历史，首先会想到宣南文化。

　　宣南文化在北京近代史上是一个亮点，也可以说是北京历史文化中最为重要的一条文脉。但如果我们把这条文脉的肇始之地放到辽、金时代，可能对它的脉络会看得更清晰一些。

　　有学者把宣南文化的形成定位在明、清两代，尤其是清代，因为清朝政府实行的是满汉分置。八旗居内城，并按各旗的规制，旗民分片居住，内城一律不准住汉民，汉民只能住外城。同时规定，内城不准经商，不准设娱乐场所。所以前三门（即正阳门、崇文门、宣武门）以南，才成为商业、娱乐的繁华之处。

　　有人还引用从元大都时代就形成的京城著名的三处商业街"东四、西单、鼓楼前"（又一说是四处，即东四、西单、鼓楼、前门），来推断正是由于清代的内城不准有商业和娱乐业，才使前门外大街，包括大栅栏及廊房一、二、三条（大栅栏应算廊房四条）、煤市街、珠市口等，成为繁华的商业街。

　　而居住汉官较多的地区宣武门外、菜市口一带及现在的和平门外，由于官员的府邸多、会馆多，才形成了诸如文人墨客的淘

北京的声音

宝之地琉璃厂及海王村，戏剧的"摇篮"——"椿树街""棉花地"（现在的椿树胡同上中下三条，棉花胡同几条）等。

这些论述有没有道理呢？只能说有一些道理，但我认为论据并不充分。

首先，前门外大街，包括大栅栏、珠市口等商业街的形成，并非在明清时代，早在元代，甚至在金中都时代，这里就已经有商业活动了。

其次，前门外大街，包括大栅栏、琉璃厂等商业街和文化街的鼎盛时期不是在清代，而是在清末民初，特别是民国初年。

另一个论据是，既然清政府在建都之初，就规定内城不准汉民（包括汉官）居住，那么内城以外的地区，都有商业和文化活动发展的空间，换句话说，城东的朝阳门和东直门外，城西的西直门和阜成门外，城北的安定门和德胜门外，都没有繁华的商业街，那么为什么唯独"前三门"外的南城，会出现大栅栏、琉璃厂和天桥呢？

从当时交通便利和地理条件来说，也许城东和城北更有优势，因为明清时代，元大都时代形成的北京水系（漕运）依然发挥着作用。

大运河北方的起点在东部的通州张家湾（元大都时代在积水潭，所以繁华热闹的商业街有"鼓楼前"），清朝宫廷及八旗的官粮及绸缎布匹等是水上运输的。这些地区更有理由成为商业娱乐的中心区，为什么偏偏城南却成了商号林立、酒肆戏园云集的商业和文化娱乐业繁荣之地呢？

谈到这个问题，我们不能割断历史形成的文脉和商脉，不能抛开金中都时代的遗风。尽管金中都从天德三年（1151年）海陵王完颜亮正式迁都，到金朝的灭亡只有短短的六十二年，但金中都在南城打下的根基并没就此中断。

用句通俗的白话说，皇上没了，皇气儿还在，根儿还没断。所以南城成为商业、文化娱乐的中心区是有历史渊源的。

■

金中都曾经的繁华

金代的中都，商业十分发达。"秦楼榭馆鸳鸯崿，风流稍是有声价"（董解元《西厢记》卷一）。歌舞楼馆林立，八方商贾云集。

早在唐幽州时，檀州街（今广安门内外大街，东起菜市口、西至甘石桥一段）就是有名的商业街。到了金中都，这条街不但东西延伸，而且"陆海百货萃乎其中"（《大金国志》卷四十引《许举使行程录》）。

金中都的"南市"（今陶然亭处）也有一个大型的市场。作为都城的中心区（今广内大街和牛街交叉的十字路口一带）相当繁华热闹。到了元大都时代，金中都时代的主要商业街依然热闹，《日下旧闻考》中写道："岁时游观尤以故城为盛，其商气一直延续到元明清及民国初年。"

辽代的南京（即北京）城区，有析津和宛平两县，当时的人口约四点二万户，金中都时期人口增至九万余户。以平均每户六口人计算，约为五十四万人，加上国都的流动人口，约有八十万左右。北京地区在八百多年前就达到了这么多人口，可见其繁荣的程度。

金代女真族的汉化

有些人以为，金代的统治者是女真族人，所以中都城内的居民当以女真族人为多。

其实，这是一种误解。从秦汉的蓟城、魏晋十六国南北朝的幽州蓟城、隋唐的幽州，一直到辽代的南京、金代的中都，汉族居民始终是这一地区的主体。

金代在迁都燕京之前，金代的朝廷在燕京建立行台尚书省，即金朝中央政府尚书省的派出机构，担任高级官员的主要是汉族人。

值得一提的是汉族的先进文化和传统习俗，对金中都的居民已经产生巨大影响。金中都时代，汉语是女真族的通用语言，也是官方语言。《金史》中说，由于汉文化的影响，使女真族已"寝忘旧风",甚至连贵族们也都"惟习汉人风俗,不知女真纯实之风。至于文字语言,或不通晓"。许多当官的女真族人,已经不会说女真族的话了。由此可以看出汉族居民所占的主导地位。

当然,作为金王朝的统治民族,女真族人在金中都也占有相当大的比例。除此之外,还有契丹族(辽代的统治民族)、回族、鲜卑、如奚、渤海、室韦等民族。

这充分说明,北京自古以来,就是多民族长期在此聚居的都城。各民族人民生活在这座都城,在政治、文化、经济、社会活动中互相交流、互相联系,他们的生活习俗也在不断交往中相互融合,并逐渐趋于同化。

肇始之地纪念阙

从以上分析来看,西城的南部地区作为辽南京的一部分,金中都的大部分地界,早在八九百年前,这块土地上就沾着皇气,并非在历史上就是"南贱"的穷人区。

换句话说,老北京的"东富西贵,北贫南贱"之说,本身就带有一种历史的偏见。

而从北京的历史文脉和商脉来说,早在隋唐的幽州和辽南京、金中都时，就已打下了根基。因此，我们在谈论北京的文脉和商脉时，不能忘了都城的肇始，不应割断辽南京和金中都这段历史。

历史进入 21 世纪以后，北京这座历史文化名城发生了翻天覆地的变化，当今日的北京高楼大厦林立，立交桥纵横，初步形成国际大都市格局之时，人们开始沉下心来，追寻历史源头，挖掘历史文化的遗迹，使之产生新的文化创意，甚至成为作为旅游文化产品的历史人文景观。

眼下，北京的各个城区都在主打自己的历史文化品牌，如西城的北部地区开发出王府文化、什刹海地区的胡同文化等；东城区开发出国学（孔庙、国子监）文化、南锣鼓巷的胡同文化和皇城文化、天坛文化、体育文化，新近又提出了打造中轴线永定门广场文化景区等；通州区开发出运河文化；房山区利用周口店的北京猿人遗址，开发古人类文化圈；昌平区利用十三陵打造出皇陵文化和长城（居庸关）文化；门头沟区新近开发出京西古道和妙峰山的香会文化。

作为历史文化积淀非常丰厚、资源极为雄厚的南城，完全有理由也有优势，打造出北京的南城历史文化品牌。

我认为首先应该抓住北京都城肇始之地这一点，即辽南京和金中都遗址，在这上面大做文章。

2003 年 9 月 20 日，在举行北京建都八百五十年纪念活动时，北京市政府和宣武区政府在滨河公园举行了纪念阙的揭幕仪式，著名历史地理学家侯仁之先生，在纪念阙的基座上撰写了《北京建都记》，明确了金中都在北京都城史上的地位。笔者认为北京建都纪念阙的设立，为北京都城肇始之地的历史文化挖掘，或者说打造金中都文化奠定了基础。

转眼到了 2023 年，在纪念北京建都八百七十年的时候，我们重温北京都城的肇始之地之历史，无疑是非常有意义的。

京城文脉的根在南城

重新审视北京作为都城的肇始之地，是还原北京城南历史形象的一件大事。

在老北京，人们一直认为"南贱"，故有"穷崇文，破宣武"之说。

追溯历史，挖掘金中都文化积淀的意义，在于让历史告诉人们，北京的城南地区在历史上并不是个"穷人区"，它在北京的历史上是辉煌过的，这地界当年是皇都，是明清北京都城的根儿，也是北京历史文脉和商脉的起始点。

因此，有必要在现有的滨河公园一线，重新设计规划。建立一座金中都遗址公园，并且在滨河公园的南端，建起一座大型的文化广场，广场带有纪念性，也带有娱乐休闲功能，同时在公园内建一座金中都历史文化博物馆或纪念馆。

与此相呼应，在广安门内外大街一线，重新打造金中都历史文化商业街，以这条古街为线，将牛街民族文化街、白纸坊印刷文化街、菜市口一带的会馆文化街、虎坊桥一带的"京报"旧址报馆文化街、琉璃厂文化街、椿树棉花胡同戏曲文化街、八大胡同（清末民初青楼文化）风情街，以及珠市口以北的前门大栅栏商业街等等串联起来，这样就形成一个相对完整的展现北京历史文化的文脉和商脉的框架结构。

从金中都遗址到元代及明清两代和民国时期的老街、老字号、商铺、老会馆、老学堂、老戏楼和名人故居等文化遗址，将形成一个相对完整的北京历史文化脉络。

打造以金中都为"基点"，以宣南文化为"主线"，以大栅栏、天桥、琉璃厂、广内、牛街、陶然亭等为"亮点"的城南历史文化圈，形成一条旅游文化带，并非难事。因为笔者所说的这些历史文化资源都是现成的，有些甚至无须再进行挖掘，只须加以深化。当然有些作为旅游文化资源的整合还是需要一定资金的，但也不会投资很大。

现在关键的问题是，提高对这一历史文化旅游带或旅游文化圈的认识。说白了，这是一个对北京城南地区的定位问题。

因此，我认为首先要转变对城南地区历史文化观的认识，彻底改变"南贱"历史偏见，站在新的历史高点看待北京的南城文化。

东直门的宅子，
西直门的府

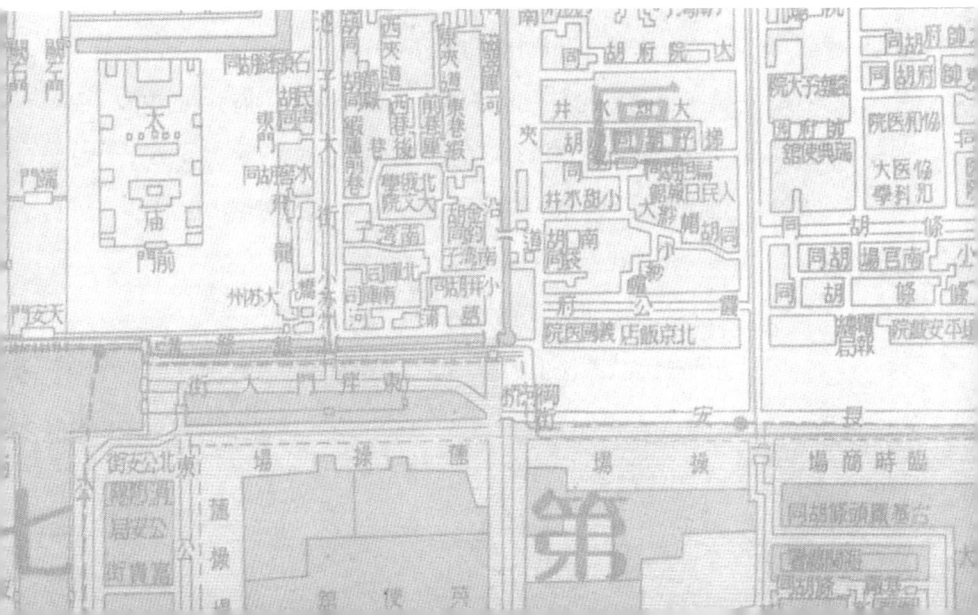

领时代潮流的东城

老北京有句顺口溜儿："东直门的宅子，西直门的府。"这里说的东直门，指的是老北京的东城；西直门，指的是老北京的西城。

如果把这句顺口溜里的"宅子"和"府"单拎出来，这里的意思是说老北京东城的宅门多，西城的王府多。

为什么说"东直门的宅子"呢？因为老北京的大宅门主要集中在东城。原因是东城有东交民巷的外国驻华使馆区，所以在老北京，东城的开放比西城要早一些。

清末民初，北京最时尚的商业街出现在王府井和东单。您从这一点，就知道当年东城的开放程度了。

近代史上，北京的许多"第一"，出现在东城，比如：

第一座现代意义上的饭店"六国饭店"；

第一家设立西医门诊的大医院"协和医院"；

第一个现代意义上的照相馆"大北照相馆"；

第一家现代意义上的俱乐部，煤渣胡同把口儿的"青年会"；

第一家现代婚纱照相馆，东单的"紫房子"；

第一条柏油马路，东单的西总布胡同；

最早的自来水厂在东直门外；

还有第一家现代意义上的运动场"东单体育场"，第一家游泳馆是台基厂的"国际俱乐部"，等等。

这儿说的都是民国初年的事儿。

为什么东城会领风气之先呢？因为地理位置独特。

东城大宅门住的是什么人

您也许知道，"庚子事变"后，在"垂帘听政"的慈禧太后搞的一系列政治改良中，有一项重大改革，就是打破北京城"满汉分置"的格局。

所谓"满汉分置"，就是当年的北京内城，包括东、西城，只有旗人才能居住。旗人按照"八旗"的编制，分别住在内城的不同区域。汉族人，您的官儿再大，没有"旗籍"，也只能住在外城。

需要说明的是，旗人，又叫"在旗的"，是按"八旗"的编制纳入"旗籍"的，主要是满族人。但入"旗籍"的也有蒙古族、回族和汉族等民族的人，只是人数很少。

"满汉分置"从清朝入关后的顺治年便开始实行，到清末，已经有二百多年历史了。

慈禧太后的"新政"，一下打破了这个老规矩，也就是说汉族人，包括外国人，谁有钱都可以在内城买房买院居住了。

这条"新政"一实施，您想那些有钱的北京人能不眼热吗？

恰好经过"庚子事变"后，许多满族"八旗"的老宅门已然式微，那些清朝的遗老遗少们，为了维持生计，便琢磨着卖房卖院了，而卖房卖院恰恰也是从东城开始的。

因为东城离着使馆区近，受洋人的影响，那些清朝的官宦子弟，也追求洋人的做派，吃的穿的用的以洋为尊。

但您吃喝和穿戴那些时尚的洋玩意儿，得需要银子呀！虽然当时大清国还没倒，您每月还能领到"钱粮"，但按人头份儿发的那些"钱粮"，哪够那些公子哥们花的呀？

那会儿，社会的上层人士消费都讲究记账，不交现钱，年底一块算账还账。所以，许多少爷秧子看上去风光无限，身上却背着巨债。怎么才能找到银子呢？只能卖房卖地。

此外，经过"庚子事变"，许多旗人中的贵族开始认识到房子的"无常"。房子院子说是不动产，但战争来了，房子倒是不能动，但是人没了，留着那么多房子有什么用？于是在满族上层的一些人士中，出现了及时行乐的享乐风气。

这时节，老北京的"房虫儿"也及时转移阵地，从外城杀入内城。"房虫儿"就是买房卖房的掮客,老北京也叫"拉房纤儿的"。

京城打破"满汉分置"的清规戒律以后,这些"房虫儿"认为自己发财的时机到了,他们终于找到了吃肉喝汤的"饭碗"。

"拉房纤儿的"都不是凡人,一个个比耗子还精。这些人眼观六路,耳听八方,消息特别灵通,哪个王爷病危了,急着要给儿子分遗产,哪个王爷的孙子身上背了多少债,债主讨债上了门,哪个贝勒爷的孙子要娶媳妇,着急上火想卖房,他们都心里有数。

当然,买家这头儿他们也门儿清,知道哪个汉族的大户憋着在内城买房,哪个外省的大官对哪个王爷的府邸垂涎已久。

像闻着腥味儿的猫,只要听到哪个王爷的府邸要出手,这帮人便像饿狼一样扑过去,凭着自己的伶牙俐齿,这边找卖房的贝勒爷的孙子谈价,那边找买房的主儿说合,总而言之,只要让他们咬住便不撒嘴,直到这笔买卖成交。

一档子房产的买卖成交了,很快就有第二个第三个效仿者,于是那些败家的少爷秧子们,便开始折腾老祖宗留下的房产了。

到了辛亥革命以后,清朝的遗老遗少失去了"铁杆儿庄稼",没有正经八百的职业,又想接着享受昔日的体面生活,只能坐吃山空,靠卖房卖院过日子。有的是把老宅门分割成几块,一个院子一个院子往外卖,有的因为债台高筑,干脆整个宅子都出手。

一条胡同半部近代史

有了钱就置房置地，是中国人的老传统，内城的城门一开，那些有钱的大户便趋之若鹜，捷足先登，有的洋范儿汉族大户，买了老房老院还要拆了盖洋房，于是东城胡同里大宅门便开始扎堆了。

到民国初年，住到东城的包括政界、商界、军界、文化界、艺术界的大宅门有几百户。

有的一条胡同，就住着十多位政界和文化界的名流，如东城的史家胡同，这条胡同全长七百多米，现在仍然保存良好的四合院有八十多个，称得上是宅门的有三十个。

这些宅门几乎都是清末民初，那些有钱的大户买下来的，经过百年的风雨，社会变迁，时代更迭，已经换过几茬儿主人了，但住过这些宅门的大人物，数得上来仍然有上百位。

比如史家胡同的 8 号院，曾是俞启威（黄敬）住过的宅子，黄敬曾任天津市长，夫人范瑾曾是《北京日报》社长、北京市副市长。他们的儿子俞正声担任过全国政协主席。

这条胡同的 51 号院，是辛亥革命后教育总长章士钊的宅子；53 号院据说是李莲英的外宅，华国锋主席曾在此居住，粉碎"四人帮"就是在这里策划的；32 号院是原水利部部长傅作义的

《东直门的宅子，西直门的府》

宅子。

此外，史家胡同还住过原国家副主席荣毅仁、原中央统战部部长李维汉及他儿子全国政协副主席李铁映；还住过原《红旗》杂志总编胡绳；据说清末名妓赛金花（傅彩云）在这条胡同也有住宅。北京人艺的宿舍也在这条胡同，焦菊隐、于是之等名家曾在此居住。

您看东城的一条胡同就这么多的宅门，其他胡同也不少。难怪老北京人说"东直门的宅子"呢。

一座王府半条街

为什么有"西直门的府"之说呢？因为当年清朝在西城的地面上，建的王府多。

这儿，还得跟您多说一句：跟"宅门"和四合院不是一回事儿一样，在老北京，"府"也是不能随便说的。"府"特指王爷府，不是王爷，您住的地方再体面，也不能叫"府"。

西城的王府多，也是清朝实行的"满汉分置"形成的。辛亥革命推翻了清朝后，居住在王府的王爷后代们处于穷途末路。为了维持生计，这些王爷的后代纷纷出卖王府。本来地广轩敞的王府，被这些不肖子孙们分割肢解或拆改，然后，经"房虫儿"之手，转卖给有钱人。

据北京市文物局公布的数字，到北平解放时，尚存六七十处王府，这些王府 70% 以上在西城，而且大体保持着王府原来的格局的也在西城。

从新中国成立初期到现在，经过七十多年的城市改造和变迁，多数王府被拆改添建，改变了原有的格局。但目前京城保存相对完整的几个王府，都在西城。

经过修整，基本保持原貌的典型王府，当数位于西城的恭王府，它也是目前北京唯一的一座对外开放的王府，已成为北京著名的旅游景点。

恭王（道光皇帝的第六个儿子奕䜣）府，在前海西街，最初是乾隆时的大学士和珅的宅第，嘉庆时，成为乾隆的第十七儿子庆亲王永璘的王府，后被咸丰皇帝收回，转赐给他弟弟恭亲王奕䜣。

恭王府占地面积非常大，仅府邸就有四十六点六亩，王府的花园名"萃锦园"，占地三十八点六亩，现在前海西沿的郭沫若故居，您觉得面积不小吧？但它当年只是恭王府的马厩。

■

王府的巨大变迁

京城另一座保存相对完整的王府是醇王府，也在西城。

醇王（道光皇帝的第七个儿子，末代皇帝溥仪的祖父奕譞）府，在西城后海北沿，王府坐南朝北，布局宏阔，保存相对完好，是目前北京保存最完好的王府之一，后来，国家卫生部在这里办公，现在是国家宗教局的办公地。

王府的花园，原来是清代大学士明珠宅第的一部分。解放后，这里是国家名誉主席宋庆龄的故居。宋庆龄去世后，经过国务院批准，她的故居对外开放。目前人们参观游览的宋庆龄的故居，其实它以前就是醇王府的花园。

醇亲王府（南府），在西城区太平湖东里。原来是乾隆的第五个儿子荣亲王永琪的府邸，奕譞被封为醇郡王后，分府出宫住在了这里。同治三年（1864 年）奕譞加封为亲王，其府被称为醇王府。

同治十三年（1874 年），同治皇上病逝，奕譞的二儿子载湉嗣位，当了光绪皇上。因为光绪皇上就是在这个府邸出生的，所以府邸成为"潜龙邸"。根据清朝皇家的老规矩，皇上的出生地应该升为宫殿，所以奕譞和他的家人得另选府邸，后来搬到后海北沿。

昔日的王府成"潜龙邸"了，当然就不能再住人了，直到奕譞去世，王府的前半部分改为奕譞祠堂，再后来，"潜龙邸"开办了北京第三十四中学，另一部分被中央音乐学院占用。不过王府现在还保存着一部分建筑，作为文物保护单位了。

西城还有一座保存相对完整的王府——礼王府，不过，现在王府没有对外开放。

礼王（清太祖努尔哈赤的第二个儿子代善）府，在西皇城根儿，大酱房胡同东口，府邸占地很大，其主体建筑保存相对完整。

王府的一部分后来成为华北大学，再后来为中央政务部，其后改为国家民政部在此办公，现在仍然是中央单位的办公机构。

清朝的王府建筑是有规制的，一般王府的面积都很大，经过百年的变迁，几乎所有王府都有变化，有的保留下来的一部分还相对完好，比如位于西城的庆王府。

庆王（乾隆皇上的第十七个儿子）府，在定阜大街，王府占地很大，建筑宏伟，原府分为三大部分，现只有西部保存相对完整。解放后，京津卫戍区司令部曾在这里办公，现在仍然是部队机关使用。

有的王府被政府机关占用后，为了保护王府的原有风貌，进行了异地迁移，比如顺承郡王府。

顺承郡王（礼亲王代善的孙子勒克德浑）府，在太平桥大街，现在的全国政协礼堂，就是王府的一部分改建的。

最后袭封的顺承郡王讷勒赫，死于光绪七年（1881 年），从此家道中落，到他儿子这儿，家境已经入不敷出，最后以七万银元将王府卖给了张作霖，作为他的大帅府。

新中国成立后，这里是全国政协的办公地。第一届全国政治协商会议，就是在这里召开的。

王府的中路建筑保存完好，东路的前后多层院落也保存完整。上世纪 90 年代，全国政协办公楼扩建，王府的遗存部分被整体迁到朝阳区，也算是进行了异地保护。

为建王府铁帽子王的"帽子"没了

老北京人都知道，除了皇上住的紫禁城，王府的门最大，王府的庭院深深，当然故事也多多。您也许不知道，当年有位王爷为了建王府，把爵位给丢了。

哪位王爷呢？他就是郑王爷。您看好了，他还是位亲王呢。

郑亲王（清太祖努尔哈赤的三弟舒尔哈齐之子济尔哈朗）府，在西单大木仓胡同。

济尔哈朗在清初赫赫有名，他年轻有为，能征善战，在征服中原的大小战役中，战功卓著，属清朝的开国元勋，被封为"八大铁帽子王"之一的郑亲王。

郑王府的占地，东边快到西单北大街了，西边临近太平桥大街，您想面积有多大吧！

我小时候，在西城的二龙路小学念书，我们小学当年是王府祠堂的一部分，学校旁边儿上有条小胡同，胡同的名儿就叫王爷佛堂。现在这所小学已拆，在原址建了西城区档案馆。

当年，郑亲王建这王府时，清军刚进关，王爷还率领军队在南方打仗，看了手下人拿给他的建府图纸，嘿然大笑，对来人

056

说:"仗快打完了,我也该享享福了。你们别小里小气的,要用心把王府建得气派一些!"

手下人对王爷的这番话心领神会,回到北京还真没小里小气,不惜重金,把王爷府建得富丽堂皇,雄伟巍峨,结果惹恼了皇上。

敢情清朝政府对王府的营建有定制的,郑王爷自恃武功,把王府建得那么气派,真是忘乎所以了。

史料记载,郑王爷因建府殿逾制(超标),于顺治四年(1647年)遭弹劾后,被罢官罚款。

清朝的法律真够严的,济尔哈朗堂堂的"铁帽子王爷",就因为建府超标,把官儿给丢了。当然官儿没了,王府并没没收,王爷还是王爷,府也还是王爷府。

郑王府自东向西分三部分,现在仅存中部两个殿堂,以及西部花园的一部分。庆幸的是王府面阔五间的正门保存下来,后来是国家教育部的正门,我小的时候常到门口玩,印象深刻。

解放前,在王府办过中国大学,后来归教育部使用,现在还是国家教育部,不过在原来的王府内盖起了新的办公楼,大门也改在了北面的辟才胡同。

西城的王府多,但是拆的王府也多,许多王府现在已经有其名,没其"府"了。

我是在西城出生长大的,当年住家在西单辟才胡同,离辟才胡同西口不远有个王府仓胡同,东起锦什坊街,西边到阜成门的顺城街。

我的小学体育老师住顺城街，小的时候去老师家，老穿这条胡同，但走过无数次，在这条胡同没见过有王府规模的院子。

为什么叫"王府仓"呢？很长时间我解不开这个闷儿，后来查看史料才知，原来这条胡同确实曾经有过王府，是康熙皇上第二十个儿子允祎的府邸。

允祎原来是贝子，在雍正八年（1730年）升为贝勒，王府仓的地名正是因为允祎贝勒府而叫出去的。王府在后来的城市变迁中荡然无存，仅留下了地名。

这种情况很多，永瑸贝勒（乾隆的第十二个儿子）府，原来在西直门内路北，府邸建于嘉庆年间，原来的府门有三间，数进四合院，现基本拆没了。

您知道西城有个地名叫和平里吧？这个地名是怎么来的呢？原来跟承泽亲王府有关。

承泽亲王（太宗皇太极的第五个儿子硕塞）府，即庄亲王府，在西四北太平仓，向北到麻状元胡同，占地有三四条胡同。因庄亲王载勋在王府内设过"拳坛"，王府在"庚子事变"时被八国联军焚毁。

北洋军阀统治时期，人们传说王府的地下埋着黄金，军阀李纯和其弟李馨花重金，把王府买了下来。

据说李氏兄弟派人掘地三尺，也没挖出什么宝贝来，后来哥儿俩在王府原址盖了许多房，院子称为"和平里"，敢情今天和平里的地名是由这儿而来。

岁月无情，李家哥儿俩建的宅院，已经不复存在，不过地名留下了，西城文物局还保留着"和平里"的门额砖雕。

"西直门的府"已翻篇儿

有些王府虽然名存实亡，庆幸的是原来王府的一些院落和建筑保存下来了。

涛贝勒（醇亲王奕譞的第七子载涛）府，府门在什刹海的柳荫街，西临松树街，南到定阜大街，北边是铜铁厂胡同。

跟其他王府相比，涛贝勒府的面积不大，但多数建筑已被拆改，现存的原来府邸面积有一千多平方米，后来成为辅仁大学附中的男生宿舍，1952 年改为北京第十三中学。

洵贝勒（即清末海军大臣载洵，他本来是醇亲王的第六个儿子，后过继给瑞郡王奕誌）府，在西单的背阴胡同以西的槐里胡同，占地很大，西边到西单北大街，后来在王府的西部建了孔教大学，解放后，被中央组织部全部占用，在王府原址盖起了大楼，现在王府的遗迹只留下了一段院墙。

仪亲王（乾隆的第八个儿子永璇）府，在西长安街路北，电报大楼东边，王府原来占地很大，后来仅存花园的一部分，文化局和市文联在此修建了办公楼，现在为中央宣传部办公楼，昔日的王府了无痕迹。

克勤郡王（礼亲王代善的长子）府，在新文化街西口路北，原府面积不大，跟其他王府没法比，最后一代克勤郡王晏森，是宣统元年（1909年）袭封的，民国以后，他把府邸卖给了熊希龄，后来熊希龄夫妇将此宅捐给北京救济会，现在王府的原址是小学校。

定亲王（乾隆的长子永璜）府，在西四南大街缸瓦市东，颁赏胡同南。原来府邸很大，占地近四十亩，西墙在今天砂锅居饭庄一带，王府后来大部分改为民居，仅存的部分后来成为九三学社的办公用房。

恂郡王（康熙的第十四儿子允禵）府，在西直门内大街，南到半壁街，府邸建筑基本无存。在西城的王府中，还有一些府邸因为住过不同的人，民间老百姓对府邸的叫法也不尽相同。

比如绵德府，民间传说是王府，其实只能算贝子府，府邸在西单的小石虎胡同。这个府清初是吴三桂的儿子吴应熊的，后来才给了绵德。

绵德是乾隆的长子定亲王永璜的长子，算是乾隆爷的长子长孙，但这位爷太不争气，年轻的时候，在爷爷的眼皮底下，竟敢不拘小节，收受贿赂。

本来在乾隆十五年（1750年），他已然袭父亲爵位，当了定王爷，但在乾隆三十七年，他接受革职的礼部郎中秦雄褒私送的书画，被乾隆爷知道后，龙颜大怒，为了整肃门风，把绵德的爵位给削了，王爷的爵位被他弟弟绵恩承袭。

不过，乾隆爷还是爱惜孙子的，您别忘了，绵德是他的长孙。四年后，爷爷动了怜悯之心，封他为镇国公，乾隆四十九年，又晋升为贝子，可惜没过几年他就呜呼了，只活了四十岁。

这个府邸是绵德革了职当镇国公以后住进来的，因为不久他又当了贝子，所以叫贝子府合适。

不过，吴三桂的儿子吴应熊，后来娶了皇太极的十四女和硕纯长公主，也住在这里，所以人们又称此府为"驸马府"，也有叫"格格府"的。

您瞧，同一座府邸，因为住过不同的人，或者同一个人又有不同的命运，所以府名也会有所变化。

绵德府后来由蒙藏院开过蒙藏专门学校，后来改为北京民院附中，现在已迁走。此外，这里还开办过松坡图书馆，原来的府邸还保留着两个大院子，建筑面积有两千七百平方米。

这个府邸离西单食品商场很近，我小的时候，常跟同学到这儿玩，因为院里有一棵高大的枣树。

据说这棵枣树有一百多年了，树干一个人抱不过来，每到秋天，树上结满了大红枣，煞是可爱，吸引着周边胡同里的孩子。

记得我跟"发小儿"手心痒痒的时候，也在夜深人静的时候，偷摸上房摘过树上的枣儿。

现在西单大街已经高楼大厦林立，昔日的绵德府在群楼的包围中，显得有些孤单寂寞。我每次经过这里，都忍不住要朝府邸看两眼，当然看到的只是屋顶，这也许就是昔日王府的命运吧。

现在京城可参观的王府，只有恭王府及花园，还有醇王府的花园，但它对外的名称是宋庆龄故居。

这么说来，"西直门的府"这句话也属于老黄历，早就翻篇儿了。

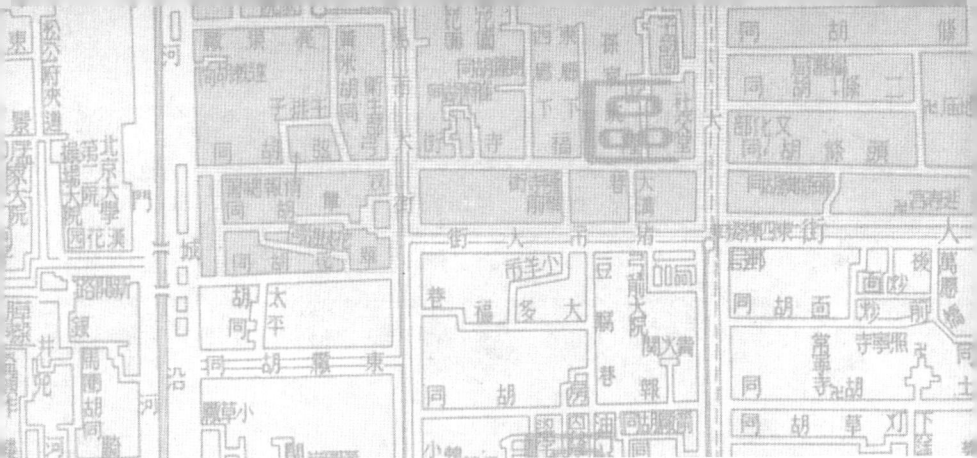

老北京的
当街牌楼

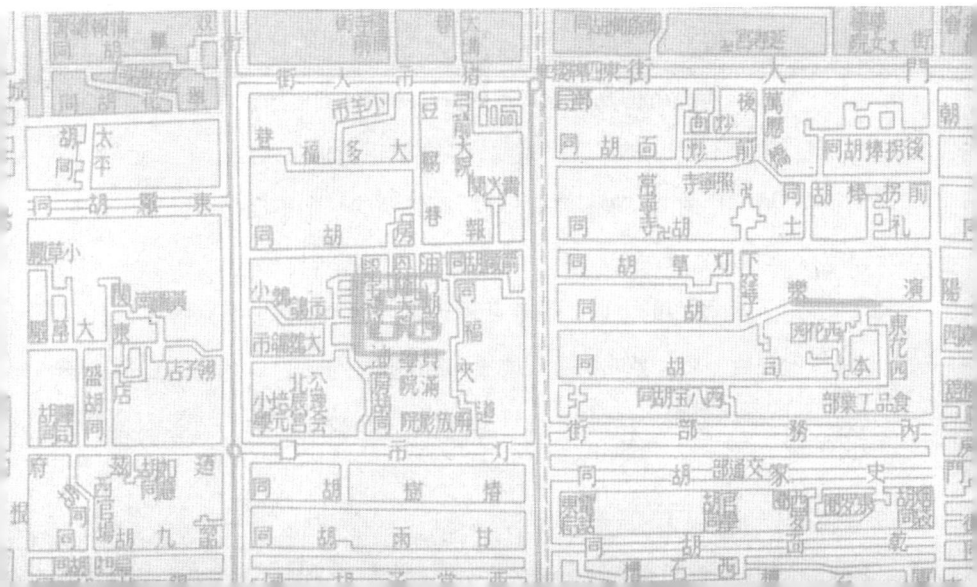

牌楼曾是老北京城的地标

牌楼是老北京比较典型，也是常见的建筑。说到牌楼，您自然会想到牌坊这个词儿，在现实生活中，这两个词儿常常是混着用的，有人习惯把牌楼说成牌坊，也有人把牌坊说成牌楼。实际上，最早牌楼跟牌坊还真是没有什么区别。

说到牌楼，人们常引《诗经》里的一句诗："衡门之下，可以栖迟。"来证明早在周代就有牌楼了。

周代就有"牌楼"，这没错儿。不过这个"牌楼"要打引号，因为那会儿的"牌楼"，只是两根柱子上面，加一根横木而已。有人考证真正意义上的牌楼一词，到了唐代才出现。

不过在老北京，牌楼是主要街道的标志，辽、金、元、明、清五代的北京城，"坊"是行政区划的一个单位，相当于现在的街道。

"坊"的下面，是若干条胡同。每个"坊"都有牌坊，上面写着"坊"名儿，它们就建在重要的街口，所以人们叫它牌坊。

后来，"坊"的建制取消了，牌坊也不再只是街道的标志物，在园林、宫苑、陵墓、寺庙、祠堂的门前也都建有牌楼，而且规模越来越宏大，建得也比较讲究，有木头的、石材的，还有砖木的、琉璃的，再后来还有水泥、钢铁等等材料的。

北京的牌楼讲究对称

北京的牌楼不但规制上有讲究，而且非常讲究文化内涵，同时建牌楼讲究对称，比如京城有名的东单牌楼，跟西单牌楼就是一种对应关系；东四牌楼，跟西四牌楼也是相对应的。

北京现存最老的牌楼，是朝阳门外的神路街东岳庙山门外的牌楼，上面的匾额是"永延帝祚"和"秩祀岱宗"，相传是严嵩写的。

这座牌楼始建于元代（约1328—1330年），原来是木制的，明万历三十五年（1607年），改成了琉璃牌楼，现在保存相对完好。

据史料记载，到清末民初，京城街道上的牌楼只剩下二十七座，这二十七座牌楼，几乎都有说法。

西单牌楼上的匾额题的是"瞻云"，跟它对应的东单牌楼上的匾，题的是"就日"。

您瞧对得多么巧妙，东边是太阳出升的方位，所以要"就日"；西边是太阳落山的方位，夕阳西下，霞光万道，"瞻云"绝对是一道美丽动人的风景。

原来在司法部街的北口有一座牌楼，上面的匾额题的是"蹈和"，在它东面的公安街北口，跟它对应的也有一座牌楼，上面题的是"履中"。您瞧，这是不是遥相呼应的关系？

原来在东长安街上是有牌楼的，牌楼上题写的就是"东长安街"，与之对应的是西长安街上，也有一座牌楼，上面题写的是"西长安街"。

同样，在六部口的北口有座牌楼，上面的匾额题的是"敷文"，与之对应的王府井的南口也有一座牌楼，上面题的是"崇武"。

东边是"敷文"，西边对"崇武"，对得多贴切呀！

西单地名的由来

北京有条繁华的商业街西单。这条商业街早在明代就很有名。明时期，北京流传这么一个顺口溜儿："东四西单鼓楼前"，说的是三条著名的商业街。

西单为什么叫这个名字呢？原来跟西单路口的牌楼有关。

当年，西单的路口有一座很大的牌楼，因为是单独的一座，所以人们就把这个地界叫单牌楼，这条街的东面也有一座相同的牌楼，这个在西面，所以叫"西单牌楼"。

但人们叫着叫着，觉得"西单牌楼"的"牌楼"俩字拗口，就改叫西单了。西单的地名就是这么来的。

关于西单和东单这两座牌楼，还有一段趣闻：

民国初年，袁世凯当了大总统。他对北京的地面儿熟呀，当然知道牌楼的作用，为了彰显自己当了中华民国大总统的"荣光"，特地授意将东单牌楼上的匾额改成了"景星"，那意思是自己这个大总统，是东方的一颗巨星，老百姓都要对他景仰。

东单牌楼上的匾额"就日"改"景星"了，西单牌楼上匾额也得变呀，于是改成了"庆云"。把"瞻"改成"庆"，那意思还用说吗？

但是，袁世凯的野心忒大，当了总统还觉得不过瘾，非要当皇上。他这一恢复帝制，激恼了全国的老百姓，有示威的，有抗议的，有举旗的，有起义的，闹得这位大总统惶惶不可终日，只当了八十三天"皇上"，便嗝儿屁着凉了。

他这一死，东单牌楼和西单牌楼上的匾额，还保得住吗？很快东单牌楼上的匾，又恢复成"就日"，西单牌楼上的匾，也恢复成"瞻云"了。

西四和东四在老北京都是有名的商业街，也叫大市街，这是两个十字路口，四个路口各有一座牌楼，所以地名叫西四牌楼和东四牌楼。

西四的四座牌楼是有讲究的，因为它是大市街，所以南北路口的两座牌楼上，题的匾额是"大市街"，西边的牌楼题的是"行仁"，东边路口的牌楼题的是"履义"。

跟它对应的东四，也是四个路口各一座牌楼，南北路口的牌楼上也题的是"大市街"，但是东边路口的牌楼上，题的是"履仁"，西边路口的牌楼上，题的是"行义"。

您看多有意思，西边的是"行仁""履义"，东面的是"行义""履仁"。

彰显功德要立牌楼

牌楼除了有地标功能外，另一个重要功能是彰显功臣德将和文化名人的功德，给贤达人士立牌坊。在有皇上的年代，除了树碑立传之外，最高的奖赏大概就是给人立牌楼了。

那年头，贞洁是女人的最高境界。女性有一个算一个，最高理想不是找个好丈夫，吃香的喝辣的，或儿孙满堂，荣华富贵，而是死后能给自己立一个贞洁牌坊，告诉后人：姑奶奶我一辈子纯洁如水，冰清玉洁。

这大概就是封建礼教的结果，也是中国女性的悲哀。我在江西和山西农村见过这种贞洁牌楼。

《老北京的当街牌楼》

据说，以前在农村这种牌楼挺多，但一般是木制的，风吹雨打日晒，用不了多少年便哗啦啦了，加上后来破"四旧"的毁坏，所以留存下来的很少。我见的那两个牌楼是石头的，寿命还长一些。

京城牌楼故事多

京城有关牌楼的喜怒哀乐故事很多，比较悲壮的是给德国驻华公使克林德，在东单西总布胡同西口立的那个石牌楼。

说这话是在"庚子事变"那年的6月，义和团在北京烧了十一座教堂，眼瞅着这把愤怒之火，就要烧到东交民巷。

您知道呀，东交民巷是当时的使馆区，这可把那些驻华大使馆的外交官们给吓得麻了爪儿，一般人都在使馆里猫着，不敢动窝儿。

但也有胆儿大的，6月20日，德国公使克林德，坐着轿子奔了总理衙门，想跟清政府官员商量大使们回国的事儿。

轿子走到东单北边，遇上了巡逻的神虎营的士兵，上前盘查，士兵们都拿着枪。这一查不要紧，让这位公使动了怒，把手枪掏了出来。

他这儿掏了枪，清朝的士兵当然也不怵，两边擦枪走火，当场就要了克林德的命。

这克林德不是一般人，把他给打死了，能是小事儿吗？可以说这是八国联军攻打北京的导火索。

后来，八国联军攻进了北京，慈禧太后和光绪皇上仓皇逃亡到了西安，转过年的 1901 年，慈禧太后让李鸿章出山，跟八国签订了《辛丑条约》。"条约"里除了割地赔款之外，还有一条，在德国公使克林德毙命处，建克林德牌楼。

"条约"已经都签了，没辙，只好在东单北的西总布胡同西口，给这位德国公使立了一座石牌楼。当然，立这牌楼是整个国家的耻辱，但您是战败国，耻辱也得立。

谁知这个牌楼立起来没几年，在 1914 到 1918 年的第一次世界大战中，德国成了战败国，当时中国是"一战"的协约国成员，协约国战胜了，中国也有一份儿。

既然如此，人们就不能容忍在中华民国的首都，立着战败国公使的牌楼了。

于是，有人提议要把这个牌楼拆掉。但又有人认为这个牌楼虽然是"耻辱"，但也是历史，应该保留它，告诉后人，知耻而后勇。可把这么一个牌楼放在哪儿呢？一时难以定夺。

1928 年，政府尊重民意，把这个牌楼迁到了中山公园的南门一进门不远的位置，匾额换成了"公理战胜"。

这四个字有很深的内涵，意在告诉人们世界上是有公理的，不管人怎么折腾，最后还是由公理来说话，因为公理可以战胜一切。

因为这座牌楼在国际上都有影响，解放以后，中国的外交政策发生了变化，为了跟德国等欧洲国家建立友好关系，所以把牌楼上的匾额换成了"保卫和平"，匾额由郭沫若书写。

也许这四个字的文化内涵更意味深长。您现在到中山公园游览，还能看见这座牌楼。

街面还剩多少牌楼

京城的大街面儿上留下的二十七座牌楼，在民国期间，陆续又拆了四座，到北平解放的时候，街道上的牌楼还有二十三座，其中木头的牌楼有六座。

这些牌楼有的年久失修，损毁严重，加上阻碍交通的发展，所以，从1952年开始，便开始对这些牌楼进行拆除。京城在解放后拆的第一座牌楼是地安门外火神庙的木牌楼，紧接着以影响交通的理由，又要拆东西长安街上的牌楼，以及前门的正阳桥牌楼，也就是有名的五牌楼。

这件事在当时引起了社会议论，尤其是文物保护专家。拆不拆牌楼的话题被拿到北京市人代会上讨论。经过一年多的争论，最后还是以改善北京城区交通的理由，使拆牌楼成了顺理成章的事，仅1954年就拆了十七座。

阜成门内的景德坊牌楼在所有牌楼里是最漂亮的，拆这座牌楼时，梁思成先生来到现场，抚摸着牌楼上的雕刻，久久不愿离开。

有人劝他。他感慨万千地说："我是来向牌楼告别的。"场面有些悲怆。

到 1956 年，跨街的牌楼拆了十九座，只剩下了四座，也就是现在您仍然能看到的成贤街两座、国子监两座，当然，这四座牌楼以前是木制的，现在已经改成钢筋混凝土结构的了。

眼下，您想看到木牌楼，只能到公园了。

2008 年，在西单十字路口东北角的文化广场，按照原来的尺寸重新建了一座牌楼，上面的匾额题的就是"瞻云"俩字。

西单大街现在已经高楼商厦林立，在这些大厦的遮掩下，西单牌楼显得很小，像是个积木，但这座牌楼让这条充满现代化气息的老商业街，增添了一些古韵。

老北京的
"新三门"

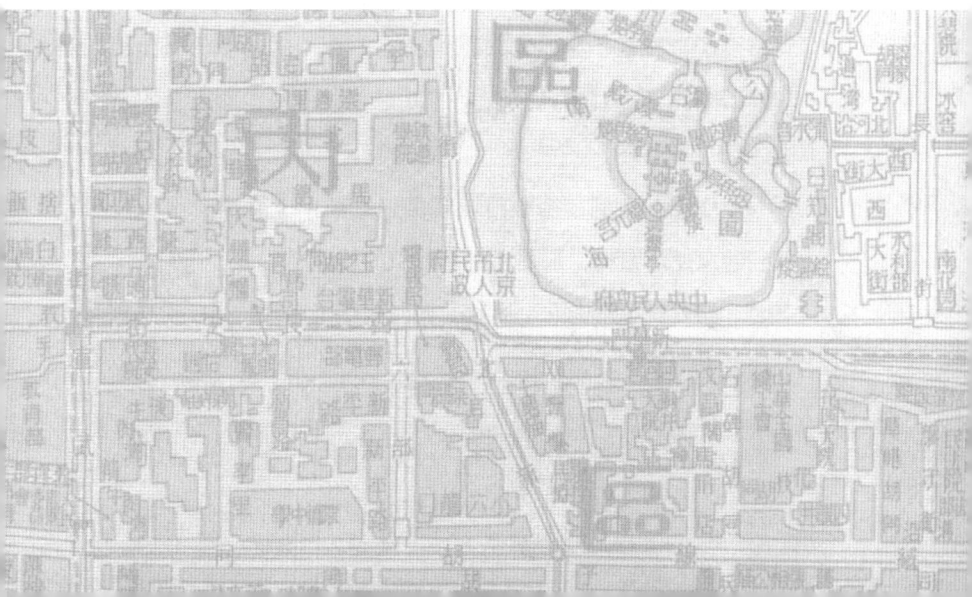

内城的城门与地铁2号线

人们都知道老北京的内城有九个城门：南面仨：东崇文，西宣武，中间是正阳门，也就是前门。北边俩：西德胜，东安定。东边俩：东直门和朝阳门。西边俩：西直门和阜成门。

北京人管城楼叫城门楼子。楼子在北京话里是非常高大，不可逾越的意思。当时的城门楼子不但有主楼，还有箭楼，而且城楼和箭楼之间还有瓮城。

经过几百年的历史变迁，老北京内城的城墙已经拆了，城墙没了，城楼子当然也跟着淹浸了。眼下，内城的城门楼子已经所剩无几，目前硕果仅存的就是正阳门了，而且它的箭楼也还保存下来。

您现在看到的德胜门城楼，它只是一座箭楼。至于说您看到的东便门箭楼，那是老北京外城的城楼了。

您要想了解老北京内城的城门楼子很容易，坐一次地铁2号线就全清楚了。

老北京内城的城门楼子，几乎都在地铁的 2 号线上。因为老北京内城的城墙，相当于现在的地铁 2 号线。

当年建这条环城地铁，就是顺着内城的护城河往下挖的。所以当您乘坐地铁时，就会听到这些带"门"字的地名。

不过，有朋友纳闷，把地铁 2 号线带"门"字的地名数了一遍，结果发现前面我说的那些这个门那个门都有，但是多出来建国门、复兴门和和平门三个门。

这三个门是怎么回事？它们是老北京的城门吗？

当然是老北京的城门。不过这个"老"字要打引号。

您也许知道，老北京内城的城墙是明代修建的，换句话说，老北京内城的城门楼子，都是明代建的。

不过，建国门、复兴门和和平门这三座城门，是在民国以后建的，所以，跟内城的明代九大城门相比，叫它们老北京城门，要打引号。

而且这三座城门，只有门，并没有楼子。

您会问了，这三座城门为什么没有城门楼子呢？说来话长。

■

"建国""复兴"两个门的来历

您也许知道城门楼子的主要作用，是为了走人和过车的。

但老北京内城的城门之间隔得比较远，比如朝阳门往北是东直门，往南是东便门，东便门往西是崇文门。

当时的东西长安街没有现在这么宽，但已经是京城东西走向的主要干道了。可是由于有城墙挡着，如果您住家在东单，要去现在的建国门外办事，只能绕道朝阳门或东便门。没辙。

西边的阜成门到西便门，跟朝阳门到东便门的距离一样，您要到白广路办事，也只能绕道儿。人多走几步路，还能对付。关键是拉货的车，绕远就费力了。

清朝实行的是"满汉分置"，内城住的都是旗人，而且也基本上没有什么商业服务业，所以，人们并不觉得怎么别扭。

清朝末年取消"满汉分置"，内城不但允许汉族人居住，而且老百姓可以开商铺做买卖，人们一下子觉得走朝阳门和阜成门忒绕脚了，于是呼吁政府能"破墙开门"。

可北洋政府执政后，一直战乱不断，官员如同"走马灯"，谁也没心思管这事儿，于是"破墙开门"这事儿就石沉大海了。

"七七事变"日本侵占北京以后，以为从此就不走了，野心勃勃地对北京城进行过改建的规划。1939 年，日本人开始在西郊兴建所谓的"新北平"，在东郊建所谓的"工业区"，当然也遇到了同样的城墙问题。

日本人和伪北平市政府，迫于民众呼声的压力，当然主要也是为了他们交通运输的方便，便在东边的朝阳门到东便门之间，对着东长安街的城墙，开了一个豁口。同样，在西边的阜成门到西便门之间，对着西长安街的城墙，也开了一个豁口。

但这两个豁口修整出来，能通车了，日本人却没有考虑建城门。当然，他们主要是想解决交通问题，其他事不管。出于安全需要，他们在这两个豁口处，各安装了一个大铁门。

1941 年初，北京的日伪当局曾经想在这两个豁口建城门，并且初步拟定了城门的名字。西边的叫"长安"，东边的叫"启明"。

不过，城门迟迟没开工，两个城门的名字也没叫起来，京城的老百姓只把这两个豁口叫"豁子"。类似北边新街口的豁口。

1945 年抗战胜利后，国民党北平市建设局，在西边的豁口，建了一个城门洞，并且安装了大门，这就是所谓的城门。

当时，在城门不远处还立了一块石碑，上书"中华民国三十五年北平市建设局"，以此证明他们是城门的建设者。

东边的豁口并没建城门，但豁口也有铁门。

一座城市新增了两座城门，总得给这两座城门起个名字呀！

起什么名儿呢？当时北平市政府觉得这是个大事，自己不好定这个名，还是征求民意吧。于是，为这两座城门在报纸上向市民征求名称。

京城的老百姓喜欢参与这事儿，于是纷纷贡献智慧。当时市民起的名字很多，比如有人建议，不是抗战胜利了吗，干脆这两座城门一个叫胜利东门，一个叫胜利西门得了。

当时在政府社会局工作的沈忍庵老先生认为，中国人民经过八年的艰苦奋战，才取得了抗战的胜利，实在不容易。抗战胜利以后，国家应该进入复兴建设的时期了。他从这个思路着想，建议两座城门的名字，一个叫"复兴"，一个叫"建国"比较合适。

"复兴""建国"，这两个城门名立刻让人眼前一亮。

经过建设局的讨论，最后采纳了沈先生的建议，确定西边的城门叫"复兴门"，东边的城门叫"建国门"。

东边的"建国门"始终没建城门。1956 年 7 月，东西长安街开始扩宽改造，"复兴门"的门洞被拆除，现在只留下地名儿。

冯玉祥与和平门

在地铁 2 号线上，还有一个带门的地名叫和平门，说起这个门，北京人得感谢一个人，谁？冯玉祥。

怎么和平门跟冯玉祥还有联系？这事儿您听着新鲜吧？

说到这和平门，相信北京人没有不知道的。但在正阳门和宣武门中间的这个和平门，直到清末民初的时候，它可还没有出现呢。

当时琉璃厂火神庙的庙会，也就是厂甸庙会十分火，但厂甸在内城的外面，中间有高高的城墙相隔，城里人想逛厂甸庙会，您得绕道宣武门，从那儿拿弯儿。

《老北京的"新三门"》

民国初年，政府在宣武门和正阳门之间，修了一条南北走向的马路，但这条路到城墙这儿断头了。所以老百姓呼吁政府在两门之间破开城墙，打通这条道路。

但当时的政府是北洋军阀执政。北洋政府，谁都知道这是个"走马灯"政府，大总统恨不得一年换一个，你方唱罢我登场。您想呀，都忙着争权夺势了，谁还顾得上给老百姓修路这个茬儿？

1924年，冯玉祥的部队进驻北京，鹿钟麟当了卫戍总司令。这位鹿钟麟，就是把溥仪赶出紫禁城的那位将军。

这位将军听说老百姓想在宣武门和正阳门之间的城墙开个口子，打通南北道路，但是没人管，便把这事儿跟冯玉祥说了。

冯玉祥一听这话，对鹿钟麟说："连个城门都修不了，算什么政府？他们不管，咱们管！"

鹿钟麟觉得他说的话在理儿，可也犯了难，咧着嘴说："对，咱们部队的宗旨就是'不扰民，真爱民'。可是咱们要钱没钱，怎么管呀？"

冯玉祥一拍大腿说："没钱，咱们有人呀！"

"人？人在哪儿呢？"

"你手下的部队不是人吗？"

"是。"鹿钟麟顿时明白了。

冯玉祥大手一挥，对鹿钟麟说："好了，我决定了，你就是总指挥，这段城墙咱们的队伍包了！"

"是！"鹿钟麟应声说道。

于是乎，鹿钟麟成了建这座城门的总指挥。他是个雷厉风行、说干就干的人。一方面找人测量，一方面派人动员城墙两边的老百姓拆迁。

拆迁？是呀，那会儿就有拆迁了。当时，城墙内外还住着一百多户人家呢。

那会儿，拆迁也得给人安置费呀，上哪儿找这笔钱去呢？鹿钟麟只好又去找冯玉祥。

据史料记载，冯玉祥派人找当时的财政部要钱，部长没给。冯玉祥的大炮性格坐不住了，亲自去找财政部长。

"现在财政很困难嘛，老百姓的那些简陋民居，拆了就拆了嘛，还用补偿什么？建城门我支持，要财政拨款搞拆迁，我无米下炊。"财政部长跟他哭穷说。

"你这简直是屁话！拆了人家的房子，不给人家补偿，算什么政府？"冯玉祥登时就怒了，"啪！"他掏出枪，往桌子上一拍说："说吧，这笔钱你给不给？不给，就让它说话！"

"大帅息怒！"部长见冯将军发了火，而且也知道他的脾气，便软了下来，"这样吧，你让人把拆迁款的预算做出来，我们研究研究。"

"嗯，这还像句人话。"冯玉祥心中暗喜，对付这些人，不给他们点儿颜色真是不行。

就这样，修城门的拆迁款算是解决了。

修城门得凿开一段城墙，然后再打洞。老北京的城墙十分坚固，城砖都是灌了糯米汤的，那会儿没有任何机械，全靠人工镐刨钎撬。

这些军人在修城门时，穿着灰色的土布军装，干活儿十分卖力气，鹿钟麟也身先士卒，亲自挥镐动锹。

当时的报馆记者，还拍下了鹿钟麟穿着军装，戴着"不扰民，真爱民，誓死救国"的臂章，在工地上挥汗如雨干活的照片，登在了报纸上。

和平门从 1926 年动工，1927 年初便建成通车了，当然，说是城门，实际上是利用老城墙，开了两个大的门洞，并且用新的材料，安了两扇大铁门，所以工程不是很大。

但是城门刚通车，冯玉祥的部队就被张作霖的奉军打败，撤离了京城。

张作霖三改城门名

却说奉军进驻京城后，张作霖当上了大元帅，得知新开了个城门，前去视察。

张作霖来到这座城门，看了看城门洞，问手下的人："这个城门叫什么呀？"

"叫什么？是呀，它叫什么门呀？"手下人一时也回答不上来。

旁边一个部长想了想，凑过来说："老百姓都叫它豁子。"

"豁子？妈了巴子，这是什么名儿？"张作霖一听火了，转身对手下人说，"既然是城门，得有个像那么回事的名儿。你们的脑子都别闲着，回去好好儿想想，给这个城门起个名儿！"

真有抖机灵的人，转过天，来见张大帅："按您的吩咐，我一宿没睡觉，把城门的名字想出来了。"

"好呀。"张作霖一听乐了，"你给它起的是什么名儿呀？"

那位赶紧点头哈腰说："承大帅信任，我给它起名叫兴华。"

"兴华？嗯，你说说，它是怎么个讲法儿？"张作霖问道。

"它是这个意思，您看咱们奉军不是打了一路的胜仗，横扫千军万马，摧城拔寨，所向披靡。您呢，又当了全国的大元帅，总司令。咱们这也算是兴我大中华了呀！所以我说这门应该叫兴华门。"

"嗯。兴华门？"张作霖想了想，突然一拍桌子，"这名儿起得好！兴华门！就用这个名儿了！"

张大帅当即做了批示，手下人不敢耽搁，于是这座城门就叫"兴华门"了。

城门的名儿起好了，得把它"挂"出来呀，谁来写这个城门的名字呢？

有人提议，找当时有名的榜书大家华世奎。

"华世奎？他写过什么？"张作霖不认识华世奎。

"您知道天津最大的百货商场劝业场吗？劝业场的匾就是他写的。"手下人对张作霖解释说。

老北京的「新三门」

"嗯，他的字不赖，就让他来写！"

张大帅这一点头，手下人麻利儿照办，赶紧派人到天津，去找华世奎。

华世奎听说张大帅点名，要他给新城门题匾，哪敢违命，当即泼墨挥毫，题写了"兴华门"三个字。

很快，华世奎题的字便用砖雕嵌在了两个门洞的上方。京城的老百姓也开始把这座城门叫"兴华门"了。

谁知新城门"兴华门"还没在京城叫开，华世奎的题字刚嵌在门洞上没多少日子，张作霖摊上事儿了。

敢情张作霖在起"兴华门"的城门名之前，干了一档子臭名昭著的事儿，他派人在北京东交民巷的俄国大使馆，逮捕了李大钊等共产党领导人，并且不由分说，很快把李大钊等人给送上了绞刑架。

"兴华门"的城门名儿叫了几个月，手下人对张作霖说："大帅，'兴华门'的名字不能叫了。"

"哦，为什么不能叫了？"张作霖瞪起了眼珠子。

手下人说："是这么回事，我们查了，共产党的头子李大钊有个女儿叫'星华'。'星华'，这'星华'跟'兴华'可是同音呀！这个城门叫'兴华'，岂不是给李大钊留下永久的纪念吗？"

张作霖本来就很迷信，听了这话，马上把脸沉下来，一拍桌子怒道："这，这，怎么能给他留念想呢？改名，马上改名！"

张作霖一说改城门的名字，差点儿把一个人给吓得挂了。

谁呀？就是当初起名"兴华"的那位抖机灵的主儿。

他得知大帅是因为李大钊的女儿叫"星华"才让改的名，您想，他能不胆儿小吗？回头大帅再追究起他来，小命不跟着上绞架？上什么也不能上绞架呀！想到这儿，这位又抖了个机灵，三十六计走为上吧。凉锅贴饼子，他蔫溜儿了。

再说张作霖下令马上对"兴华门"改名，发动大帅府的人都出主意，重新给这座新城门起名。

当时军阀混战，人们渴望和平，于是有人引用"中正和平"之意，提议将"兴华门"改名叫"和平门"，当然还有其他的名字。

"'和平门'？哦，这个名儿好！谁喜欢天天打仗，不喜欢和平呀？"张作霖看了，当下对这个名字拍了巴掌，立马儿圈定。

谁来写这三个字呢？肯定不能再找华世奎了。有人推荐北京的老翰林邵章，邵章是浙江人，也是清末民初京城的"四大书法家"之一，老北京的内城的城门名字都是他写的。

张作霖觉得邵章写合适，当即拍板。于是把门洞上"兴华门"的砖刻凿下来，让邵章题写"和平门"的匾额嵌了上去。

有意思的是"和平门"叫了没半年，又改回去，重新叫"兴华门"了。

关于改名有几种版本的说法，其一是日本天皇的国号叫昭和，他们认为和平门对天皇有不敬之嫌，当时统治北京的是奉系军阀，迫于日本人的压力，只好改名。

当然这只是一种传说，而且改叫"兴华门"，门洞上的"和平门"匾并没动，只是官面儿上改了叫法。

不过，回炉的"兴华门"还没叫起来，一年以后，北伐军打败了奉系，张作霖逃离北京，北伐军进入北京后，又恢复了"和平门"的名称。

通过"和平门"城门名字的变化，您不难看出城门的名字有多重要。如果说城门是政权的象征，那么城门的名字，也就意味着权力的象征。

和平门的城门在上世纪60年代修地铁2号线时，拆南部城墙时拆掉了。跟复兴门、建国门一样，民国时期北京城修的这三座城门，现在只留下了地名。

遥想当年护城河

林先生从台北回北京探亲，瞅见什么都觉得新鲜。

也难怪，六十多年前走的时候，他还是欢蹦乱跳的小孩儿，这会儿，已然是以拐杖助力的白发老人了。

不过，离开北京六十多年，他的乡音没改，依然说的是一口京片子，时不时还会蹦出一句半句俏皮话。

我陪林先生和他孙女逛了逛街面儿，他没走几步就转了向，一个劲儿嘀咕："走的那时候，不是这样儿啊！"

"是呀，六十年了！"我感叹道。

出了二环路，林先生舍不得挪步了："护城河在哪儿呢？"

护城河？我赶紧也从记忆里去搜寻那条曾经让北京人骄傲过的护城河。

护城河，老北京人谁不知道护城河呢？

老北京城的格局，城有四重，即紫禁城、皇城、内城和外城。有城，就有护城河。所以四重城，就有四条环绕城的护城河。

在冷兵器时代，护城河是城的重要屏障，也是城的重要组成部分。古代人说到城，往往用"城池"这个词儿，这里的"池"，其实就是指护城河。

北京的护城河是活水，每条护城河都是流动的，河与河也是相连的，以至于形成了密密麻麻的水网，构成了京城独有的水系。

北京城的护城河，如同古都的一条条项链，在显眼的位置闪亮生辉。护城河又像是城市肌体里的动脉，在静静的流淌中，感受着一年四季的变化，聆听着历史的脚步，印证着城市的变迁。

但是随着古老都城发生的历史变迁，护城河也随之发生了变化。目前，北京真正意义上的护城河，只有紫禁城，也就是故宫的护城河，北京老百姓俗称的"筒子河"了。

皇城、内外城的城墙几乎都拆了，当然，护城河也跟着消失了。

眼下，内城的北段，还保留着一段护城河，外城的东部和北部也保留着一段护城河，所以，现在老北京人口头儿上说的护城河，主要是指这两段护城河，但叫护城河，只是一个河名而已，这河早已没城可护了。

我陪林先生和他孙女来到安定门外的北护城河畔，望着平静无波的水面，我向老爷子讲起20世纪60年代，北京人挖防空洞，拆城墙，以及后来在护城河道，修环城地下铁道的往事。

我对他们介绍说："你们如果坐北京地铁2号线，就会发现很多门的地名，西直门、安定门、朝阳门等等，现在地铁走的路线，就是当年的护城河。"

"噢，地铁是在原来的护城河上走呀！"林先生的孙女感叹道。

"对，是老北京城内城的护城河道。"我更正她的话说。

"噢噢，内城的护城河！"林先生沉吟道，"那是一条多么幽静安谧的河呀！"

我的话触动了他的敏感神经，又让他勾起记忆的涟漪。

"在海外，只要能碰上在北京居住过的老人，都会想起这条护城河的。"老人情真意切地说。

"护城河真能这样牵动着老北京人的心吗？"

"能的呀！海外的游子，不论你是说着一口地道京白的老北京，还是客居北京的外乡人，只要提到护城河，就像一根线把两颗心拴到了一块。"

六十年前，林先生的住家在安定门内炮局胡同，放了学，便跑到护城河边撒欢儿。春天，踏着刚返青的浅草放风筝；夏天，光着膀子，穿着短裤，到河里摸小鱼捞蛤蟆骨朵儿；秋天，在岸边的草棵子里和石缝间捉蛐蛐儿；冬天，在封冻的冰面上溜冰床子玩……

儿时留在记忆中的印象，是难以抹掉的，说来并不足为奇的一档档小事，也竟让他记忆了几十年。

由于护城河改成地铁的缘故，林先生执意要坐地铁2号线溜达一圈儿。

当我和林先生还有他孙女挤上地铁，环城兜圈时，林先生的眼睛凝视着窗外，像是寻找着逝去的往事。

窗外黑洞洞的，玻璃上照出他爬满皱纹的脸。车到安定门，我们下来了，步出地铁车站，走进四月温暖和煦的春意里。

眼前是一段通浚的护城河。清澈的河水，石砌的护堤，岸边

《遥想当年护城河》

的柳树正吐绿扬花，桃花开得正艳，依然是幽静舒缓的河面，映出的却不是古老灰暗的城墙，而是一幢幢拔地而起的高楼大厦。

瓦蓝的天空，不时有鸽群掠过，抬眼远眺，西山的黛色层次分明。几个老人拎着鸟笼悠闲地遛弯儿，一个小孩儿雀跃着在草地上捕捉一只蝴蝶。

这里远离市区的喧嚣，一切都显得平和恬静。

"这是当年的护城河吗？"林先生吃惊了。

我笑着给他讲起十几年前，全市各界在此会战的情景。

老人感慨万分，频频点头。

铿锵的"二黄"打断了林先生的思绪，街心花园的回廊里，几位老"票友"在摆"清音桌"（没有胡琴伴奏）。

"拜上了信阳顾年兄，自从在双塔寺分别后，倒有几载未相逢……"一位老者在唱《四进士》，音宽嗓高，气稳腔柔，令人回肠荡气。

林先生这位在护城河边长大的"戏篓子"，被这几句唱儿吸引住了，他拉着我扎进了人堆。

"你们也许不认识我，我也不认识你们，可我是从台湾回来的老北京，护城河边长大的……"林先生哽咽着说出了自己的身份。

老人们的巴掌拍到了一块儿。林先生在这些老北京的撺掇下，耐不住性儿了，他擦净眼角的晶莹物，撖撖嗓子，动情动容地来了段"西皮"。

苍老的京腔京韵，在护城河畔回响……

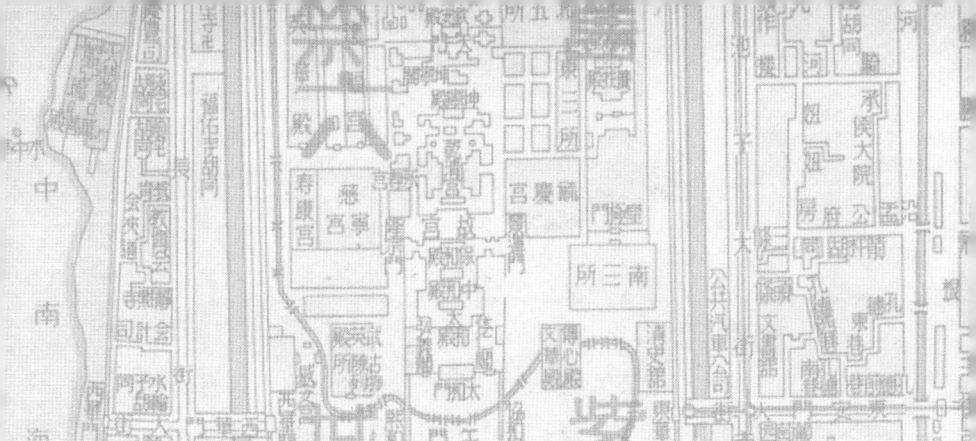

皇城槐香

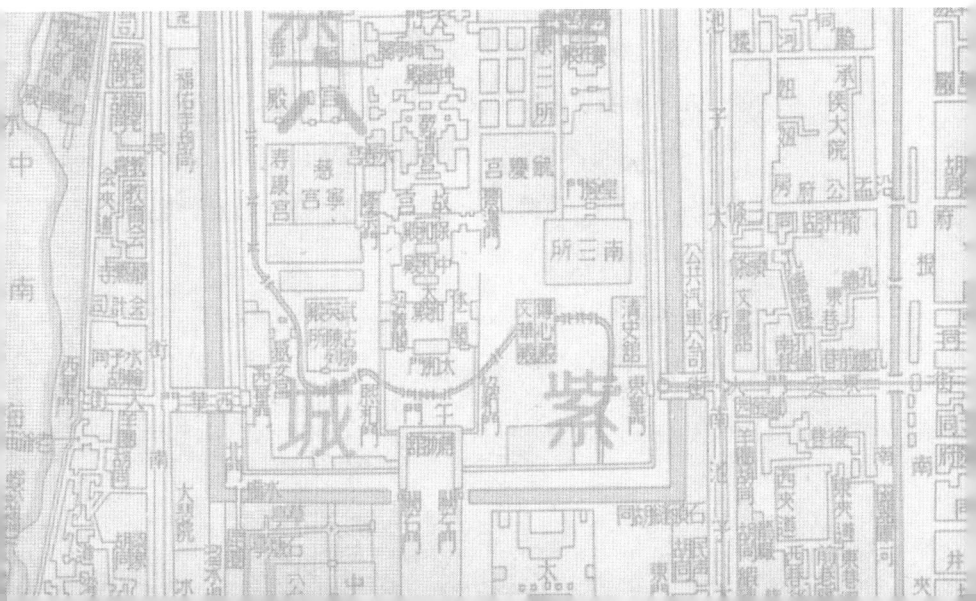

北京的市树是"哥儿俩"：国槐和侧柏。国槐既然是市树，肯定是北京人非常喜欢的树种，不然，那么多树种，怎么会选它呢？

北京人喜欢槐树，大概跟地理环境和历史人文有关。江南的城市，路两边多为梧桐，槐树很少见，可在北京，"落叶梧桐雨"的意境，只能到诗里去体会。

诗人在北方，眼之所见更多的则是槐树，"绿槐花堕御沟边，步出都门雨后天。"（唐·朱庆馀）"唯有门前古槐树，枝低只为挂银台。"（唐·段怀然）。

槐树的树形高大，根扎得极深，生长快，有旺盛的生命力，不但耐干旱，也能抗洪水。所以远在古代，人们就把它视为吉祥瑞气的象征。古代有"槐官相连""槐鼎"等说法。

《周礼·秋官·朝士》里说："面三槐，三公位焉。"您瞧，那会儿的人就把槐树比喻成"三公"或"三公之位"。

"三公"，指的是谁？即古代辅佐天子的最高行政长官，最早是太师、太傅、太保；后来是司马、司空、司徒；再后来是丞相、太尉、御史大夫。

古人对槐树还有"槐位""槐卿""槐兖""槐宸""槐掖""槐望"等说法。

"槐位"也指"三公之位"。"槐卿",指的是"三公九卿"。"槐衮",指"三公"。"槐宸",指皇帝的宫殿。"槐掖"指宫廷。"槐望",指有声望的公卿。

您瞧,古代人对槐树是多么敬畏,不但喜欢槐树,还把槐树封了"官位",而且这"官"还不小。

唐代的人更有意思,把槐树指代成了科举考试,将槐树喻为科考,考试的年头叫"槐秋",举子赴考叫"踏槐",考试的月份,叫"槐黄"。

北宋初年,写得一手好文章的兵部侍郎王祐,受到同僚的谗言诬陷,险遭罢免。他郁闷之时,想起古人所说"面三槐,三公位焉"的话,相信王家后代必出公相,于是在院子里种了三棵槐树,作为标志。

谁知这事果然应验,王祐的儿子王旦,在宋真宗时做了宰相。当时人称王家是"三槐王氏",王祐感恩于那三棵槐树,在开封自己的相府里建了一座很大的宅子,称为"三槐堂"。

后来"三槐王氏"不断繁衍,又出了不少贤才,成了王氏大家族中很重要的一个分支。

有人认为,正是由于古人对槐树的重视,才把槐树尊为国槐。

其实并非如此,槐树为什么叫国槐呢?原来槐树在植物王国,并非"独生子",还有一种跟槐树差不多的树叫刺槐。刺槐原产地是北美,"模样"跟国槐差不多。

我们常说的槐树原产地就是中国,为了区别原产北美的刺槐，于是人们就把原产地中国的槐树叫"国槐"，而把刺槐叫"洋槐"。

槐树在北京，不仅限于"道路两旁"，皇宫里也种，所以老北京人把槐树又叫"宫槐"。

您进故宫的西华门往东走，在武英殿东边的断虹桥北，会看到一片古槐，据说这些古槐是明代初年修建紫禁城时种的。

《旧都文物略》这本书里，写到了这片槐树："桥北地广数亩，有古槐排列成荫，颇饶幽致。"

数亩成荫的槐树林，槐树肯定不少，但是到了清代末年，随着大清帝国的衰落，存活下来的只有十八棵了，被人称为"紫禁十八槐"。

其实，紫禁城里的这"十八槐"，现在存活下来的只有十六棵了。有意思的是，前几年，有一棵枯死的老槐根部，又长出了一棵幼苗，所以，有人戏说这是"十六棵半"。

有关"紫禁城十八槐"的讲儿可就多了，有的说这些槐树是指明代开国老将的；有的说这些槐树是指明成祖的宫妃的；有的说这些槐树是指天上星宿的。

如今，那些所指的"人物"都已魂归故里，只剩下那几棵老槐，还在喋喋不休地向游人们讲他们的故事。而星宿之说，只能告诉人们，想象力是可以超越时空的。

"宫槐"并不是皇家独有的树，京城老百姓更喜欢种槐树。走在北京的街道上，您几乎见不到没有槐树的胡同。

历史长点儿的胡同，总有几棵老槐立在那儿，像几个历尽沧桑的老爷子，拄着拐杖，伴着风雨，向人们不停地讲那过去的事情。所以，老北京人常说："一棵古槐半部书。"

北京的街道，以槐树命名的不少，像什么"槐柏树街""槐树路""龙爪槐胡同""槐房树路""三槐堂路"等等。您翻开北京地图就会发现，这些胡同名儿至今仍在沿用。

北京的槐树多，槐树的传说和故事也多。

当年景山公园东侧的山坡上有棵古槐，李自成攻打北京时，明朝的末代皇帝崇祯仓皇逃出紫禁城后，就是在这棵树上吊死的。

于是这棵槐树，便被封建统治者视为犯了滔天大罪，判了个"无期徒刑"，用大铁链子把这棵大槐树锁了起来。可怜这棵无辜的老槐树一锁就是五百多年。

说来也有点儿讽刺意味，八国联军侵入北京后，把这条锁树的铁链子给盗走了。这棵老槐也算命大，服刑五百多年，依然挣扎着生存，直到"文革"时，被红卫兵砍了几斧子，挣扎了一年多，最后才干枯掉，饮恨而死。

前些年，景山公园为了保持这一景观，在原地又新栽了一株槐树，使观赏者发思古之幽情，遐想之中获得沉思。

槐树的生长速度很快，新植的槐树，用不了几年，便会枝繁叶茂。槐树的体形硕大，树冠形状像巨大的华盖，有人称它"槐荫不见光，能接三指雨"。而且它花期长，由盛夏到秋凉，可达两三个月。

春天，它为北京人展示新绿，新叶滴翠，花蕾溢香。夏季，它为北京人遮阳防暑，树冠如伞，增几多阴凉。

北京城里路边槐树枝叶茂盛的当数南、北池子和南、北长街。这里的路面以前是两股河道，槐树是河道改成路以后种的，有的槐树已经近百年，树冠相连，宛如天然的天棚。

夏天，人们走在这条路上，会感到清爽怡人，有时，我骑车到东城办事，宁肯绕点儿道儿，也拣这条路走。瞧，这就是槐树的魅力。

北京人对国槐的情愫，不全在它的繁茂遮荫，花香宜人，更主要是它的性情，它的品格。

国槐有极强的生命力，甭管多坏的土质，也不论多恶劣的气候条件，它全不在乎，以顽强的意志与之抗争。

这多少有点儿像北京人，那种对生活的执著追求，对美好事物热烈渴望的顽强劲儿。

槐树的品格是对人类的无私奉献。您瞧，五月槐花香，槐花沁人心脾，是优良的蜜源。槐花蜜是营养价值非常高的蜜。

槐的花蕾可以做染料。槐的荚果，俗称"槐米""槐角"，是一味中药，有清凉收敛、止血降压的作用。肠道有了寄生虫，吃槐角制成的丸药最灵。

槐树的叶子有清凉解毒的功效。槐皮、槐根可以治烫伤。种仁，含有淀粉，可以酿酒、做糊料、饲料，肉能入药，种子可以做饲料。槐木的纹理通直，在硬杂木中，数它做出的家具光亮。

朴实无华的槐树，竟有十几样用途，这倒有点儿像那些坚守

《皇城槐香》

岗位的普通劳动者，不求奢华，默默地做着贡献。

到 2018 年，北京有古树名木四十三万余棵，是全世界古树最多的城市。2018 年评选北京"最美十大树王"，北京侧柏之王，是密云区新城子镇九楼十八杈，胸围七百八十厘米，树高十八米，冠幅十五米，树龄三千五百年，是目前北京最老的树。

北京的国槐之王，是北海画舫斋古柯庭院西南角的一棵老槐，胸围五百九十六厘米，树高十三米，冠幅九米，树龄一千二百年，因为是唐代种的，所以又叫"唐槐"。

北京人爱槐树，把它作为市树，把它作为城市历史与文化的一个标志。在日新月异的北京城市建设中，久经风雨的古槐又展新姿，吐绿扬花的新槐，在春风摇曳中正畅想未来。

未来，在槐树王国里，又会有多少新的传说、新的故事等待它们诉说。

绝胜烟柳

北京人都知道那首说"数九"的民谣："一九二九不出手，三九四九冰上走，五九六九沿河观柳……"

按正常的北方节气，"五九六九"一般是在农历的正月。其实，这会儿正是北方最寒冷的时候。

您忘了那句民谚：腊七腊八，冻死寒鸦。还有一说：腊七腊八，冻掉下巴。

能把寒鸦冻死，把下巴冻掉，您想想这天儿有多冷吧。但为什么民谚又说可以"沿河观柳"呢？这是不是有点儿矛盾呢？

我小的时候，每到"五九六九"心里就犯嘀咕。而且总是下意识地在胡同里蹅摸那棵老柳树看。这棵柳树据说有七八十年了。

腊月观柳，这似乎成了我的一个毛病。直到现在，到了"五九六九"，我脑子里依然转悠着那棵老柳树，琢磨"观柳"这茬儿。

北京人为什么对观柳这么上心呢？因为观柳，实际上是"观春"。

说起来，这里还是蛮有诗意的。我曾经想过观柳的真正含义其实是"探春"。

年轻的时候，特喜欢雪莱的一句诗："冬天来了，春天还会远吗？"这句诗的意境真是绝了！

用这句诗的意境，来读"五九六九沿河观柳"，也许才能品出"探春"的韵味来：最冷的时候，也就预示着温暖的、绿色的春天即将来临。

但是真正领会到其中的奥妙是挺难的。

因为在冻掉下巴的"五九六九"，在凛冽的寒风中，冬眠的柳树早已经被"冻僵"，干枯的柳条有气无力地晃动着，像是在瑟瑟发抖。

这种时候，您就是把眼珠子瞪出来，也不可能在柳树身上，找到丁点儿绿的影子。

春天的影子在哪儿呢？

那时，我总是在心里，怀疑"五九六九沿河观柳"这个民谚是不是靠谱？

以至于把它跟"七九河开河不开，八九雁来雁准来"联系起来，私下将它改为："五九六九带寒气，沿河观柳柳不绿。"

北京的胡同柳树很少，因为柳树在春天的扬花季节，您会看到柳絮漫天飞舞的镜头，一出门，披一身柳絮回来，这多少是讨人嫌的。所以，胡同里的人很少种柳树。

记得小时候，听胡同里的老人们聊天，说人有时候像柳树，走到哪儿都能活。

我好奇地问："真的吗？"

那位老爷子笑道："你是说柳树吗？那还有假？树里它最容

易生存。不信你试试，从树上撅根柳条插地上就能活。"

我那时好奇心重，开春的时候，还真从树上撅了根柳条，插在院子的花池子里了。想不到它还真活了，第二年居然蹿出了嫩绿的叶子。

"谁让你种它的？"我妈看见了，责怪我说。她毫不犹豫地把这棵小小的柳树苗给拔掉扔了。

母亲看出我的不快，对我说："哪儿有院里种柳树的？"

瞧她像犯了什么大忌的样子，我再不敢言语啦。

敢情老北京有讲儿："桑梨杜枣槐，不进阴阳宅。"此外还有柳树、松树不能进阳宅的说法。

为什么柳树不进一般人家的院子呢？这里有一些传说，我以为主要还是跟春天飘柳絮有关吧。

在老北京，凡是有柳树的胡同，几乎都跟河道和水井有关。

老北京城的河道纵横，为什么老北京的一些胡同不是直的，而是曲里拐弯的，就是因为早先它是河道，北方的河道两旁通常都种柳树。

此外，就是在水井旁植柳，因为柳树喜欢水。老北京没有自来水，人们喝的用的都是井水。

那会儿，专门有人在胡同打井。打出甜水来，就专门经营这口井。经营者在井边盖个窝棚或小房守着，附近的人到他这儿来打水，要给他点钱。人们管这叫"井窝子"或"井屋子"。

"井屋子"夏天要有阴凉儿，所以在井旁种一两棵柳树。

时过境迁，北京的胡同变化很大，有许多胡同已经变为马路

《绝胜烟柳》

或高楼大厦，但地名还在，您如果翻老北京地图册，会发现不少跟柳树有关的地名儿。

当然，有的胡同拆了，老的柳树还在。但这种情况已经非常非常少了。因为北京的老胡同多种槐树。

槐树也是北京的市树。当年北京市政府在旧城改造时专门有保护古树的规定，其中有五十年以上的槐树、枣树等不能伐。曾经有人因为伐了一棵老槐树被判刑的事儿。

柳树却没有这样的待遇，也许是因为柳树好活，而且长得快的原因吧？

许多老北京人认为柳树是下等"树民"，所以不把柳树当回事儿。

其实，柳树的用途挺多的。我在工厂当过烧炭工，当时我们是根据树种的特性，来烧不同用途的木炭的。

柳木的木性是轻柔绵润，但有韧性。所以当时的北京礼花厂做礼花和人们过年放的爆竹，都用我们烧的柳木炭。

从中，我也进一步认识了柳树的性格和它的价值。

谁说它是下等"树民"？即使它烧成了炭，还能绽放出五彩斑斓的光束。

柳树在春季的生长是飞快的，特别是开春以后，几乎是一天一个样儿。

"春风杨柳万千条"，柳条在春天里的婀娜多姿，会让人在领略浓浓的春意时，真正体会到什么是赏春。

但是在"五九六九"的腊月，您是无法想象到枯枝败叶的柳条，会"起死回生"，会在春风里那么撒欢儿地证明自己的新生。

很长时间，我才明白"五九六九"在胡同观柳的枉然。

一位老北京人告诉我："您呀，观柳得奔河边儿。"

这时，我才醒悟到民谚本来说的就是"沿河观柳"呀！

不过，寒冬腊月，河边的柳树跟胡同里的柳树几乎没有什么两样。此时，河柳也在寒风中哆嗦着呢，根本找不到春的影子。

难道"五九六九，沿河观柳"只是一种说法，抑或是人们向往春天的一种寄托吗？

这个问题困惑了我很久，直到有一天，看到了李自成的故事，我才恍然大悟。

传说李自成小的时候非常淘气，但胸藏大志，村里人说他有帝王之相。他妈带着他找人算命。

算命的见了他，果然大惊失色，对他妈说，这孩子将来能坐天下，即能当皇上。他妈将信将疑，问算命的，那得等什么时候呀？

算命的说，你看河边的柳树了吗？什么时候那棵垂柳能够到水面儿了，他就能坐天下了。

李自成记住了算命先生的话，跑到河边看那垂柳。这时候，那垂柳离河面还远着呢。从此以后，他几乎每隔一段时间，就到河边看那柳树，但就是不见那柳条能沾水面儿。您想，柳树哪能长得那么快呀！

又过了几年，李自成已经长成大小伙子了，再看那棵柳树，还是够不到河面儿。李自成沉不住气了。不是够不着吗？他爬上树，一把抓住几根柳条，直接往下搋，柳条是够着河面了，但也让他给搋折了。

后来，李自成发动农民起义，打进了北京城，但只坐了四十几天的皇帝，就被吴三桂的军队和清军打跑了。后人想起了当年李自成折柳的传说故事，说这便是一种不祥之兆。

是不是征兆，很难说。我倒是觉得这个故事，起码说明李自成是一个缺乏耐心的急性子。这种性格怎么能坐得稳江山呢？

也许是从这个故事得到的启示，我终于明白"五九六九，沿河观柳"，需要耐心，需要等待，需要静观，不能心急。

是的，等待，也是一种观察。在等待中，才能体会到"观"的乐趣。

过了正月十五，当一股股和煦的春风吹过来的时候，您漫步在京城的河边，会在蓦然之中，发现摇曳的柳枝晃动着春的影子。

当您愣神的刹那间，柳条已经变绿。也许只有在这时候，您才能体会到"五九六九，沿河观柳"的寓意。

话说京城的"三山五园"

圆明园遗址究竟在哪儿

很多朋友到北京的圆明园遗址公园游览，在园子里，必然要看那个著名的被英法联军焚毁的西洋楼遗址，当然，最后出了园子，在遗址公园南门的大门口拍张照片，便以为去过了圆明园遗址公园。其实，您并没有看到真正的圆明园遗址。

原来，现在的圆明园遗址公园分为三个部分，或者说是由三个园子组成的。您走进现在圆明园遗址公园的南门，这个园子是绮春园。您参观的西洋楼遗址是长春园。真正的圆明园遗址在这两个园子的西部。

您沿着福海的南围墙走到头，往南一拐，能见到一块巨大的石头，上面写着"圆明园"，这才是它的遗址。

圆明园遗址是在绮春园和长春园之后恢复的，之前，圆明园遗址已经形成自然村落。您也许听说过在上世纪八九十年代，北京有个"圆明园画家村"，这个"画家村"就在圆明园村。当然，"村"现在早已整体拆迁，遗址重新复位，变成了圆明园遗址公园的一部分。

圆明园在海淀的"三山五园"中，不但有名儿和漂亮，而且知名度也最高，不然的话，当年英法联军烧了好几个皇家的园子，为什么只说"火烧圆明园"呢？

在海淀的"三山五园"中，圆明园也是建得比较早的园子。这个园子跟后来"三山五园"的形成有很大关系。

何谓"三山五园"

海淀，在京城绝对是块风水宝地。您且看清楚，这儿说的是老的海淀地区，而不是作为行政区的海淀，按现在的城市规划，属于西山风景名胜区。

老的海淀区域，有独特的上风上水地理优势，这里水源充沛，到处都是泉水，您从现在保留下来的地名"万泉河""稻香园""青龙桥"等等，就会知道当年这一带水源有多丰厚。

此外，它还紧挨着西山。有水又有山，自然风光当然就秀色可餐。清代学者吴长元在《宸垣识略》中记载："流泉满道，或注荒地，或伏草径，或散漫尘沙间，春夏之交，晴云碧树，花香鸟声，秋则乱叶飘丹，冬则积雪凝素。"

所以，就从辽金时代开始，皇亲国戚和达官显贵，包括风雅的文人墨客就瞄上了海淀这块宝地。他们不惜重金，在这儿大兴土木，建花园，修别墅，好像不在这儿建点儿什么，对不起这里绮丽的风景似的。

在现存的海淀区域内众多的皇家园林和别墅中，最有名的当数"三山五园"。

"三山五园"，现在已经成了海淀的一张"名片"。关于"三山五园"现在通用的说法是：

"三山"指的是万寿山、玉泉山、香山。

"五园"指的是清漪园、静明园、静宜园、畅春园、圆明园。

其中的清漪园，就是现在的颐和园；静明园，就是现在的玉泉山；静宜园，就是现在的香山公园。

但是您细分析一下，便能看出这"三山"跟"五园"是相重叠的，万寿山是在颐和园里的，玉泉山就是静明园，香山就是静宜园。

如此说来，"三山"加"五园"不是等于"八园"，而是只有"五园"。当然，畅春园早已是废园，现在已经不复存在，这么看来，"三山五园"实际上我们能看到的只有四个园子。

因为静明园（玉泉山）不对外开放，因此现在所说的"三山五园"，游客能观光游览的只是"三园"，即颐和园、香山、圆明园（遗址公园）。

其实，海淀的皇家园林，除了这三个园子，还有乐善园、长春、西花园、熙春园等许多园子，但有的成为遗址，名存实亡，有的被单位占用，暂时还难见真容。

康熙最喜欢的园子

"三山五园"最早的提法出自暴源清的《卜竹斋文集》："九月初，夷人焚五园三山，圆明园内外胜景，悉成微烬矣。"

畅春园在"三山五园"中，是建得最早的皇家园林，它是在康熙二十三年（1684 年）在清华园的基础上修建的。清华园是明代皇亲李伟建的别墅花园，当时被称为"李园"，当然这个园子建得非常是样儿，但是到了清代的康熙年间，园子已经荒废。

由于这个园子位置非常好，所以在康熙十九年（1680 年），曾经对园子进行过修整，当时康熙看了并不满意，但具体怎么建，他心里也没谱儿。

康熙二十三年（1684 年），康熙首次南巡，这次下江南让他大开眼界，尤其是江南园林的迷人胜景，令他赞叹不已，于是产生了仿照江南园林，在海淀这个依山傍水的地方，建一座园子的念头，选哪儿好呢？他自然想到了"李园"。

康熙是个干事雷厉风行的人，说干就干，当年，他就让内务府操办此事。内务府指派清代著名的园艺大师张然，在原来的清华园的基础上，主持重建园子的规划改造，三年之后的 1687

年，园子建成，定名为畅春园。

当然这只是最早的园子，之后，从1687到1691这四年间，在江南山水画家叶洮的主持下，又对这个园子做进一步精雕细刻，使畅春园成了融合江南园林和北方宫廷园林特点的精美园林。

单说畅春园是一座皇家园林有失偏颇。实际上，这个园子是具有听政议政的行政功能，又兼有休闲娱乐功能的组合体，所以它更像是一座"离宫"，但不管怎么说，畅春园当时在西郊算是最为精致完美的皇家宫苑。

康熙皇上非常中意这个畅春园，园子建成后，他以"避喧听政"为名，一年当中，有多一半时间都在这里生活。

他在这里听政议政，接见外国使节，甚至一些大型的盛典也在园子里举办，如有名的千叟宴盛典，赐宴外藩蒙古王公等，直到康熙六十一年（1722年），他在畅春园的清溪书屋驾崩。

史料记载：自康熙二十六年（1687年）二月二十二日，首次驻跸畅春园，到六十一年（1722年）十一月八日驾崩，三十六年间，累计在畅春园居住二百五十七次，三千八百余天，平均每年居住七次一百零七天，最长的二百零二天，最短的二十九天，由此可见康熙对畅春园的感情有多深。

康熙死后，畅春园的大部分园子被皇太后居住，其中乾隆皇帝的生母崇庆皇太后，在园子里生活了四十二年。因为康熙死后，雍正和乾隆这爷儿俩主要在圆明园居住，所以对园子的增建兴趣往东面和北面扩展，由此放弃了对畅春园的后续维修和增建

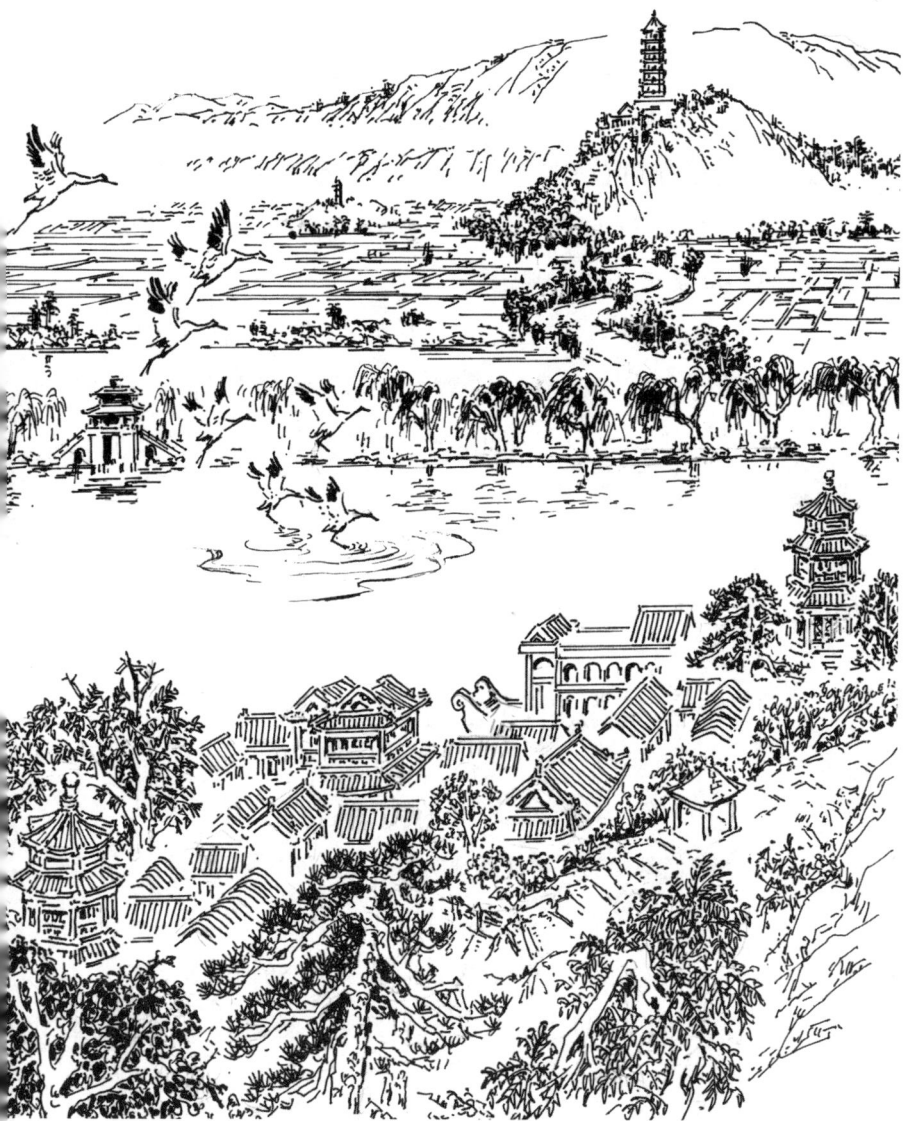

《话说京城的"三山五园"》

等资金投入。

园子再好，没人尽心打理，那不赔等着它衰落吗？到道光年间，畅春园的大部分园子就已经破败不堪了。咸丰十年（1860年），英法联军攻入北京，火烧圆明园时，把畅春园也一起焚毁了，以后，又遭到八国联军的洗劫，畅春园便彻底毁弃了，到民国时，畅春园的遗址已成荒野。

这个园子的遗址大致范围在北京大学教工宿舍和某中学的校区。现在畅春园仅存恩佑寺及恩慕寺两座琉璃山门，1981 年被列为海淀区文物保护单位。

实际上，畅春园已经不复存在，恩佑寺及恩慕寺的两座琉璃山门，孤零零地在马路边默立，只是一个历史见证而已，它的价值也只是告诉人们当年这一带曾经有过一座非常秀丽的皇家园林。

圆明园是康熙赐给儿子的

咱们翻回头，再说说圆明园。其实，圆明园当初只是畅春园的一个园子而已。康熙四十八年（1709 年），康熙一时高兴，把这个园子赐给了第四个儿子胤禛，即后来的雍正皇上。

康熙打心眼儿里喜欢这个四儿子，不但赐园，而且亲自起名

"圆明园"，并给他题写了匾额。为什么叫"圆明园"？因为"圆明"是雍正的法号。

众所周知，康熙的晚年，几个儿子之间为了争夺储位打得你死我活，雍正属于为人谨慎之人，老爹赐给他一个园子，已经显露出对他的厚爱，但他不敢造次，招惹其他兄弟对他的忌恨，所以在老爹活着的时候，圆明园基本没有大动，更没有向外扩展。

直到老爹康熙咽气，雍正正式继位，也就是康熙赐给他圆明园的十五年后，即雍正三年（1725 年），才开始对圆明园大规模地扩张和修建，使这座园子由原来的六百多亩，扩大到三千余亩。

雍正也效仿他老爹，圆明园扩建后，他也在此"避喧听政"，在园子的南部建了宫殿和衙署。这里不但是他休憩游玩的地方，也是他处理日常政务、朝会大臣、接见外国使节的地方。

圆明园幽静的环境和秀丽的风光，让雍正流连忘返，按他的心气，还想不断地扩大园子的面积，但他在位时间很短，归里包堆才十三年，所以再有心扩建圆明园，老天爷也没给他时间。

圆明园的真正大规模的扩建，并成为风光秀美、景色宜人的皇家园林，还得说是到了乾隆爷这儿才搞定的。

清朝到了乾隆继位的时候，有他爷爷和父亲近百年打下的基业，已经到了"鼎盛时期"。在乾隆朝的前期，国库充盈，有的是银子让他折腾，加上乾隆爷又是风流才子，而且在位的时间长达六十年，并且活了八十九岁，是中国寿命最长的皇上，所有这些都让他有资本来折腾。当然，正是由于他的好大喜功，才

"成就"了世界闻名的圆明园。

史料记载，乾隆十年到十六年，在圆明园的东侧，康熙朝明珠的私人花园原址，建成了长春园。

乾隆三十二年，又将康熙皇上所赐的熙春园（今清华大学西部）并入圆明园。

乾隆三十五年，将园子东南的大学士傅恒的赐园，定名绮春园。

乾隆四十五年，将皇亲赐园淑春园改名叫春熙园（今北京大学的北部），归入御园。

这样一来，圆明园实际上是"五园"中面积最大的园子，占地面积达到了约七千亩。

关于圆明园的历史众所周知，这里就不赘述了，下面主要说说圆明园和"三山五园"的关系。

"三山五园"曾是统称

圆明园当时的地位比避暑山庄要高，内务府专门有掌管海淀皇家园林的官员，管园的大臣主要负责管理"三山"和圆明园、畅春园。

到乾隆朝，因为皇上不把畅春园当回事儿了，所以对畅春园基本不管了，内务府的官员主要掌管的是"三山"和圆明园。但乾隆爷活着的时候又建了长春园、绮春园、熙春园、春熙园等园子，这些园子当然也归内务府的官员管理。

正因为如此，在道光年间，人们说到海淀一带的皇家园林时，也归纳为"三山五园"。

"三山"指的是：万寿山、玉泉山、香山。

"五园"指的是：圆明园、长春园、绮春园、熙春园、春熙园。

这么一看，当时的"三山五园"是不重叠的，换句话说"三山五园"加到一起是八个园子。这种叫法一直延续到清末民初。从皇家园林的属性来说，其叫法是合理的。

但是到了"庚子事变"，八国联军侵占北京，对海淀皇家园林进行疯狂的掠夺和焚烧之后，人们对原来"三山五园"的特指，逐渐变成了泛指。

为什么呢？

因为被八国联军掠夺烧毁的并不只是圆明园和"三山"，其他有名的皇家园林也未能幸免，咱们前文说了连已经衰败的畅春园也被他们焚毁。

由于当时清政府的国库空虚，入不敷出，没有钱来恢复这些焚毁的园子，所以有些园子焚毁后，就没有机会再起死回生。

但是，海淀皇家园林的"三山五园"已经被北京人给叫出去了，北京人妇孺皆知西郊有"三山五园"，尽管具体哪"三山"哪"五园"并不见得说得出来，但都知道有"三山五园"的说法。

"三山"好办，几乎没有什么争议。"五园"怎么归类呢？很长时间专家的说法不一。

1992年，我作为《北京晚报》的记者，曾经参加过海淀区有关部门举办的关于"三山五园"定义的讨论会，会上专家们各抒己见，争论得面红耳赤，最后好像也没形成一致意见。

直到上世纪90年代，几位有权威的专家撰文，提出了"五园"的说法，得到了政府有关部门的首肯，"五园"定为清漪园、静明园、静宜园、畅春园、圆明园。

这种说法看起来有些重复，但山归"山"，园归"园"，也能说得通。经过二三十年的通用，现在"三山五园"也已经约定俗成了。

其实，当时长春园、绮春园已经修复，但经过有关专家研究，决定这两个园子就不单设公园了，而将其划归到圆明园里，统称圆明园遗址公园。

从上面的情况可以看出"三山五园"的说法，只能说是对海淀地区皇家园林的大致描述，或者说是泛指，并非具体指某一个园子，如果真是这样，您现在上哪儿找畅春园去？

但是从历史文化的视角看，我们应该知道现在的"三山五园"形成的脉络，了解原来的"三山五园"，是哪"三山"，哪"五园"，更应该知道您现在游览的圆明园遗址公园，实际上是三个园子，即圆明园、长春园、绮春园。

印象紫竹院

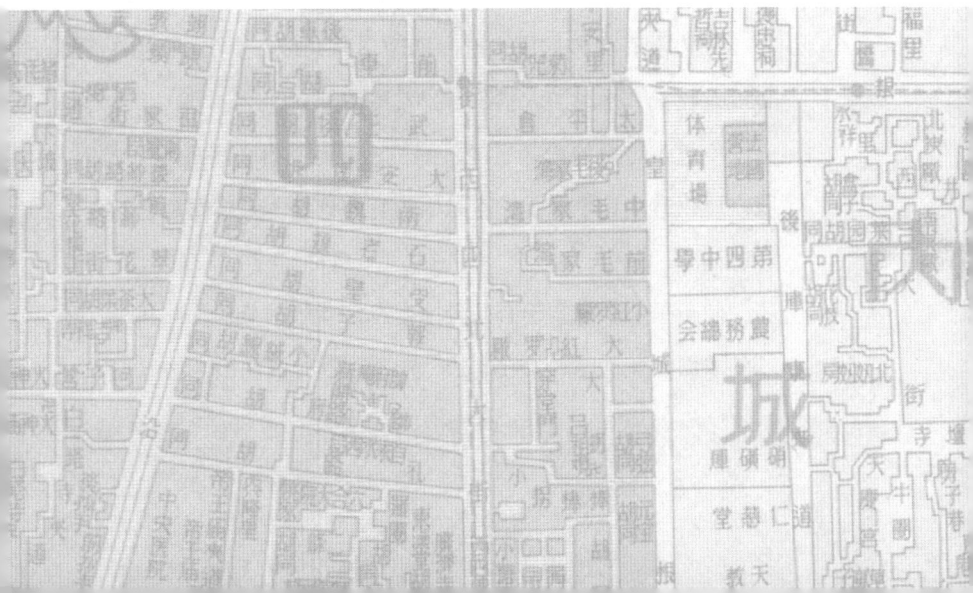

北京以花草树木命名的公园并不多，以竹子为名的园子只有一个，那就是紫竹院公园。

　　紫竹院，一个听起来是那么幽雅淑静、有文气、有韵味的园子。我想很多人正是慕其名、觅其韵而走进这个园子的。

　　我对紫竹院不但熟悉，而且还有很深的感情。

　　时光倒回去四十年，十七八岁的我，在西郊八里庄的一个木制品厂当工人。工厂离紫竹院很近。

　　那会儿的紫竹院，几乎是一个荒废的园子。记忆中的园子，有个水面很大的湖，有不少沧桑的老树，还有一个颓败的古塔，此外，几乎没什么景观。

　　当然进园也不要门票，骑着自行车可以在园子里自由穿行。

　　那时的北京城，可没有现在这么大，紫竹院的位置算是郊区了，周边没有高楼大厦，举目四望尽是菜地。园子北边的长河也没有疏浚，平时游人稀少，异常冷清。

　　不过，这里的深幽宁静，倒也让人能觅得一些野趣。那时，我之所以常去这个园子，不是因为它的景致诱人，而是它的荒芜和静谧。

　　园子里那个湖，确有几分原生态，春秋季节，气候和暖，宽阔的水面湛蓝透绿，站在湖边，能看到远处的西山。

夕阳西下，把最后一抹余晖洒在湖面上，像是镀上了一层金色，波光粼粼。微风轻轻摇曳着岸边的垂柳和稀疏的芦苇，婆娑作响，有如跟我絮语。

身边没有一个人，四周俱寂，甚至没有了鸟鸣。都市的喧嚣和世间的嘈杂，突然之间消失了。暮色之中，烦躁的心一下沉静下来，枯寂的心灵仿佛被这里的安宁过滤了。

什么烦恼忧愁都离我远去，我的心神似乎和这个园子融为一体。多少次，这个园子陪我度过苦闷和寂寞的时光，给我驱散了心头的阴霾。

这也许就是园子的荒凉，留给我的心灵写意。一个园子的兴衰，让我体会到世态的炎凉，感受到人间的冷暖。人只有跟自然状态下的物境相交融，才会感知生命的意义。

当我呼吸着园里寂寞的空气时，我禁不住地遐想，几十年以后的紫竹院会是什么样呢？

哦，那时的紫竹院真像是一个被遗弃的老妪，又像是一个被冷落的少女，孤独寂寞，羞羞答答地躲在都城的角落里，期盼着得宠的那一天，期待着出头之日。这似乎也是我那时的心境。

对紫竹院的情有独钟，让我忽略了许多应该关注的事情。我似乎把它视为我的青春期心灵的栖息地，或者说是我的人生长河中，精神航船曾经停泊的一个港湾。

突然有一天，当有人在我的印象深井投进一颗石子，我的沉梦一下惊醒了。

我有个朋友是画家。他是在四川老家长大的，特别喜欢竹子，也擅长画竹。

一天，他送给我一幅名叫《竹风》的画，我细细品味，确有几分郑板桥的遗韵。于是，我们聊起了竹子，他给我讲了许多有关竹子的故事，还饶有兴味地背诵了几首写竹子的古诗。

其实，大凡有文化的人都对竹子情有独钟，梅兰竹菊，被中国古代文人誉为"四君子"。

竹子中通外直，虚心劲节，四季常青，宁折不弯，高风亮节，清淡高雅，质朴淳厚，文静典雅，一尘不染，古人的这些赞美之词集中于竹子身上，可见其品格的高尚。

还是在儿时，我便会背苏东坡写竹的诗："宁可食无肉，不可居无竹。无肉令人瘦，无竹令人俗。人瘦尚可肥，士俗不可医。"

谁也不甘当不可医的俗人，可是竹子跟橘子一样，它产自南国，对于北方人来说，别说居有竹，就是城有竹，都是一种奢望。朋友说竹，我也只有听的份儿。

但是，朋友聊到最后，突然问我：北京有个紫竹院，你去过吗？噢，他真是问到点上了：这个园子我真是太熟了！

"紫竹院，那里一定有竹子吧？"

啊！我猛然有一种中枪的感觉，脑海里划过一道电光：紫竹院，哎哟，去了不知多少次的园子，我怎么偏偏会忽略了它的名字呢？

紫竹院有没有竹子？我一时也答不上来了。

"我陪你去看看吧。"情急之中，我灵机一动，想到了这个主意。

《印象紫竹院》

三月的北京，春风和煦，紫竹院的树绿了，湖水蓝了，小草也被春风吹醒，忍不住探出脑袋张望。

在这种春的气息中，我和我的画家朋友在园子里觅竹，遗憾的是我们找遍了整个园子，也没有发现竹子的影子。

朋友不无怅惘地说："这个园子为什么叫紫竹院？也许是一个传说吧。北方不会有竹子呀。"

"……"因为我们确实没有看到竹子，怕他更扫兴，我不想跟他争辩，只好认同了他的观点。

是的，竹子产自江南，在北方已经是妇孺皆知的常识。这位"君子"再有傲骨，到了北方的土地上也要"尽折腰"。

既然北方不长竹子，那么紫竹院的名字是怎么来的呢？

原来紫竹院最早是座古刹，叫紫竹禅院，始建于明代，是京西大庙万寿寺的下院。乾隆皇上的母亲钮钴禄氏信佛，乾隆为了孝敬母亲，在庙内供奉一尊观音菩萨像，并将此庙赐名紫竹禅院。

与此同时，乾隆爷还在庙的西侧建了一座行宫，作为他陪母亲去万寿寺和游苏州街的驻跸之所。当年行宫的大门高悬乾隆御笔"福荫紫竹院"。

我想，紫竹院的名字就是这么来的。

为什么叫紫竹禅院呢？

原来清代的万寿寺一带是个热闹的地界，万寿寺的西边有条苏州街，街的南口有座叫杏花村的苏式酒楼，人们在楼的对面挖河堆阜，形成了一片河滩，河边栽种了许多芦苇，并取了个好听的名儿："芦花渡"。

这种芦苇是紫秆，俗称"铁杆梨"，每到秋天，成片的紫色芦苇在劲风中晃动着身姿，远远望去像是紫竹在摇曳，颇有江南水乡的意境，于是文人墨客便将它称之为"紫竹"。

我的那个画家朋友的想象力并没错，敢情这个"紫竹"还真是带引号的。

据说当年乾隆爷对"紫竹"产生过疑惑。内务府的官员心领神会，叫紫竹禅院，不能没有真正的紫竹呀！于是专门派宫里的花把式到江南移植紫竹。

花把式下了很大的功夫，在禅院栽了许多竹子，"数茎幽玉色，晓夕翠烟分"。乾隆的母亲看了喜笑颜开，乾隆爷一高兴，重赏了花把式。

谁知这些"竦影纱窗外，清音玉瑟中"的翠竹，第二年开春便根枯叶黄，在北方的风沙中渐渐凋零了。

于是乎，可爱的紫芦苇依然无可奈何地扮演着"紫竹"的角色，冒名顶替地存活到上个世纪 60 年代。

沧海桑田，昨是今非，到我逛紫竹院的时候，园子里连紫芦苇也看不到了，只留下"紫竹"的虚名，当年皇上给他妈修的紫竹禅院和行宫，也早就没了踪影。

"紫竹院不能没有竹子呀！"当年紫竹院的一位园长对我介绍，这是当年北京的一位老市长，在逛紫竹院时发出的感慨。

当然，这句话也表达了北京人的心愿。要知道，北京以竹子为名的公园，只有紫竹院呀！

大概在 1981 年前后，紫竹院的园艺师们分成几个组，从南

印象紫竹院

方引进竹苗，采用现代栽培技术，试着在园子里栽植，经过几年的努力，竹子终于在北京移植成功。

这在当时的园林界，是件非常了不起的事，在国内外的植物界也引起了轰动，当然，这也是北京人的造化，从此，北京人只能在画里赏竹的遗憾便成了历史。

随着紫竹的实至名归，紫竹院也发生了巨大变化，园子被北京市园林部门列为重点"培养对象"。

政府投巨资对公园进行了整体改造，疏浚河道，挖湖堆山，叠石修亭，岸设水榭，庭置曲廊，广种花草，遍植树木，使园子景观别致，景中有景，楼外有楼。既有自然天成的山林野趣，又有皇家园林的雅致神韵。

紫竹院的旧貌换新颜，我是从报纸和电视的新闻报道看到的。那时，我早已调动了工作，工作单位和住家离紫竹院很远，平时忙于写作，一晃儿，有近二十年没有进过这个园子了。

仲秋时节，紫竹院的园长邀我和几个作家朋友到园子做客，我终于有了机会走进紫竹院，一睹我的这位"老朋友"的芳容。

哦，这是我记忆中的紫竹院吗？

入园举目：绿草如茵，树木繁茂，鸟语花香，湖水澄清，丛丛竹林，含青吐翠。我简直不敢相信自己的眼睛了。

如果把二十多年前的紫竹院，比喻为"养在深闺人未识"的羞涩少女，那么现在的紫竹院，就如同"天生丽质难自弃"的娇美宠妃了。

我感觉园子大了几倍。听园长介绍，现在的紫竹院占地面积有四十五点三顷，水面达到了十五顷。

哦，好大的一个园子！让我诧异的是环境这么优雅的公园，居然不收门票。

园长告诉我，在市属的公园中，紫竹院是4A级景区，也是唯一不收门票的园子。

自然，我最关心的还是竹子。园长听我讲完三十多年前，跟画家朋友进园觅竹的故事后，特意陪我在竹林走了一圈。

天气有些阴沉，竹子枝繁叶茂，竹林里笼罩着蒙蒙的雾气，氤氲弥漫，像是给竹林披上了薄薄的轻纱。

空气里散发着竹子吐出的淡淡幽香，那是一种非常奇妙的特殊清香。我突然想起唐朝一位和尚写的诗："移去群花种此君，满庭寒翠更无尘。暑天闲绕烦襟尽，犹有清风借四邻。"

园长告我，紫竹院的竹林有的已经培植近二十年了，现在确实能遮天蔽日，人们走在竹林里，下雨都不用打伞。

是呀，置身于竹林，"客来不用呼清风，此处桂冠凉自足"。这种感觉我体会到了。

如今的紫竹院已经是以竹子为主题的公园了。我查了一下资料，目前全世界的竹子有一千三百多种，我国有竹子五百多种。园长告诉我，紫竹院栽种的竹子，除了紫竹，还有一百二十多种，竹子越种越多，眼下，约有百万株，是名符其实的华北第一竹园。

紫竹院还加入了国际竹藤组织，各国竹子的研究者到中国北方观竹赏竹，必到紫竹院。

印象紫竹院

131

除了竹子，园内还有盆栽的竹子盆景，用竹子搭建的茶楼，此外，还有一个演奏以竹子做的乐器为主的竹乐团。园子里到处都有普及竹子知识的牌子。

公园提出了"十竹"的倡议。所谓"十竹"，即知竹、爱竹、养竹、护竹、听竹、颂竹、写竹、画竹、食竹、用竹。啊，他们真是把竹子琢磨到家了。

逛完竹林，园长还兴致勃勃地带着我和几个作家，参观了刚刚复建完工的"福荫紫竹院"和行宫。

行宫院内栽种了不少紫竹。蓦然想起白居易的一首诗："勿言根未固，勿言荫未成。已觉庭宇内，梢梢有余清。最爱返窗卧，秋风枝有声。"

试想如果乾隆起死回生，看到这些真正的紫竹，这位爷该作何感慨呢？保不齐他会诗兴大发，一不留神整出十首八首来。

站在当年紫竹禅院的高高台阶上，遥望远处蒙蒙之中的竹林，情不自禁地想起了我的那个画家朋友。

此时此刻，假如他站在我的身边该多好呀。可惜，他十多年前便移居加拿大，我们也有好多年不见了。他现在已是小有名气的职业画家了。

也许他不会忘记当年我们在紫竹院觅竹的往事吧？想到这儿，我不由自主地拿起手机，嚓嚓，一连拍了十多张竹子的照片，最后我也"进了"镜头。

夜幕降临，走出紫竹院，我的脑子还在想，该用哪种方式把手机里"竹子"，发给我的那个画家朋友呢？

香山赏红叶

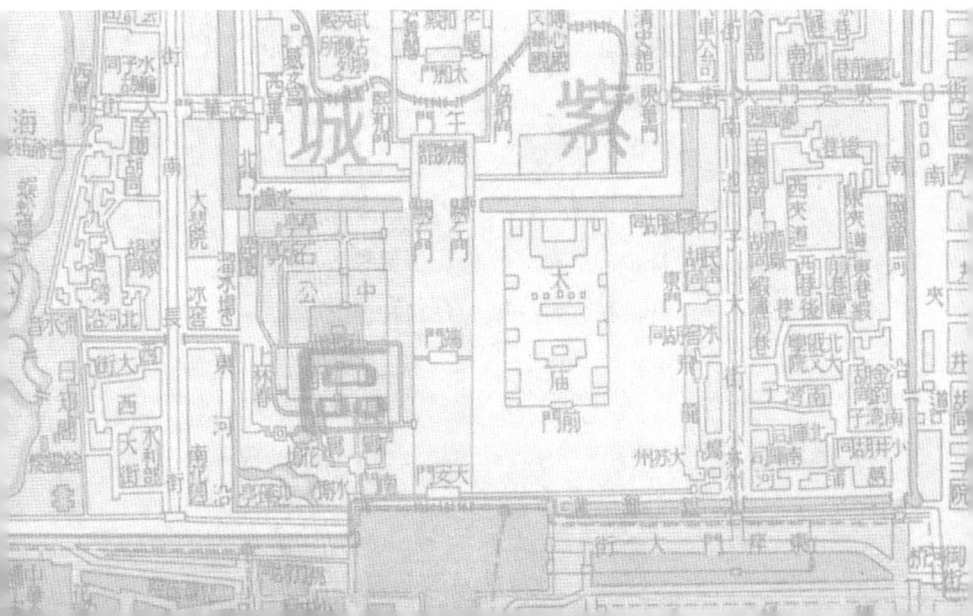

北京的一年四季，以秋天的景色最为怡人。在北京赏红叶和黄叶（银杏），不但是视觉上的一种享受，也是身心的一种愉悦，现在这已经成为闻名中外的景观了。

其实秋天赏红叶，早在辽、金时代，就是京城的一道诱人遐思的景观。当然，那会儿观赏秋景，主要还是有闲情逸致的文人墨客的雅兴，并没有像现在似的，成了北京人秋天必不可少的"精神大餐"和民俗活动。

古代的北京红叶，主要是以枫树的叶子为主，金代的诗人周昂在《香山》里写道："山林朝市两茫然，红叶黄花自一川。野水趁人如有约，长松阅世不知年。"（摘自清·孙承泽《天府广记》）。当时的文人已经在秋天里，与友人相约到香山看红叶，并把黄色的银杏树，也作为一道景观了。

明代的北京人秋天赏红叶，主要是到香山。明代文人刘侗在《香山寺来青轩》中写道：

十里香红一道泉，约同闲伴入春烟。

鸟呼耕凿民畿甸，钟报晨昏僧祝延。

独翠封山谟万壑，来青经野敕诸天。

郊能丹碧人能暇，休养熙游不偶然。

——摘自明·刘侗《帝京景物略》

诗人与朋友相约到香山赏红叶，感叹"郊能丹碧人能暇"，大自然给我们带来的丹碧之色，我们能有闲暇到此欣赏，这应当是人生最为惬意的事了。

香山因最高峰有石似香炉而得名，据明代王衡记载：香山最早叫杏花山，"杏树可十万株，此香山之第一胜处也。"明代诗人徐贯在《游香山偶成》写道：

一派峰峦侵碧汉，独尊凡宇出红尘。

岭松月挂上方晓，山杏花飞下界春。

——摘自明·刘侗《帝京景物略》

香山森林覆盖率达96%，除杏树外，还有多种树木，其中一、二级古树达五千八百多棵，占北京近郊古树总数的四分之一。但在众多的树种中，最有名的就是五角枫和黄栌的叶子在深秋所形成的红叶了。

明代的诗人叶仑在《秋游香山寺》中写道：

秋老香山路，高深霜叶迟，

日窥林内暝，泉涤石中奇。

于奕正在《来青轩》诗中写道：

四山秋色重王言，青翠巍巍捧一轩。
叶渐有声霜待老，僧能无语梵应尊。

周之茂在《香山寺》诗中写得更加详细：

老树引年三代色，危岩亏日四时寒。
登临不尽寻幽意，寻去无愁石路难。

——以上摘自明·刘侗《帝京景物略》

　　在诗人的笔下，香山的红叶会给人带来无限的遐思。风动红叶使秋天的山色，成为有声的画卷，的确令人神往。

　　明清以前的北京人秋天赏红叶，地点比较单一，除了西山，尤其是香山，没有别的地方。现在的香山公园，在清代，还是皇家园林"三山五园"之一的静宜园，一般老百姓是进不去的，但西山的寺庙比较多，静宜园南面的香山寺是开放的。

　　在清代人写的《帝京岁时纪胜》中，记载当时北京人赏红叶时，称其为"辞青"：秋日，"都人结伴呼从，于西山一带看红叶……谓之辞青"。可见到了清末，秋天登高望远、观赏红叶已经成为民俗。

　　当时，北京人观赏红叶方式以结伴进山、相约住寺为主。因为当时的交通不便，从北京的内城到香山坐骡车要多半天。

《香山赏红叶》

那会儿的香山没旅馆、饭店，所以为赏西山红叶，一般要在寺庙住几天，这样正好可以观赏到早、中、晚几个时辰的秋景。这些，我们从明清文人留下的大量诗作当中可以体会到。

秋天西山赏红叶到了民国初年，在文人墨客的渲染下，渐渐成为北京秋天的一道景观，赏红叶的习俗一直延续到现在。1966年秋，陈毅元帅在报纸上发表了《西山红叶》这首诗。全诗如下：

> 西山红叶好，霜重色欲浓。
>
> 革命亦如此，斗争见英雄。
>
> 红叶遍西山，红于二月花。
>
> 四周有青绿，抗暴共一家。
>
> 红叶遍山隅，中右色朦胧。
>
> 左岸顶西风，欢呼彻底红。
>
> 伸手摘红叶，我取红透底。
>
> 浅红与灰红，弃之我不取。
>
> 书中夹红叶，红叶颜色好。
>
> 请君隔年看，真红不枯槁。
>
> 红叶落尘埃，莫谓红绝矣。
>
> 明春花再发，万红与千紫。
>
> 题诗红叶上，为颂革命红。
>
> 革命红满天，吓死可怜虫。

这首诗不但写出了红叶的特性，而且将它的红色喻为"革命"的象征，所以深受当时年轻人的喜爱，从而引发了北京的年轻人秋天赏红叶的高潮。我正是从那时起，每年的深秋，都与年轻的伙伴一起，骑车去香山看红叶。

　　记得当时的漫山遍野的红叶，游人还可以随便摘，年轻人像《西山红叶》诗中所说："伸手摘红叶，我取红透底。"摘了红叶夹到书里，继续欣赏或送给朋友，"请君隔年看，真红不枯槁。"那会儿，红叶还成了年轻人的定情物。

　　到上世纪70年代末，北京人秋天到香山看红叶，不仅是呼朋唤友，而是举家前往了。看红叶的真是人山人海。当时北京还是"自行车王国"，我和同伴骑车到香山赏红叶，在公园门口都找不到停自行车的地方，只好把车停在植物园门口，再徒步上山。

　　香山公园为了满足人们秋天赏红叶的眼福，从1989年开始到现在，每年都举办以观红叶为主题的红叶文化节。以前北京人秋天观赏红叶，主要是五角枫和黄栌，从上世纪80年代开始，不但扩大了这两种树的种植面积，而且增加了三角枫、元宝枫、鸡爪槭、火炬等有红叶的树种。青山翠绿与秋季的红色相映衬，使绵延不断的西山层林尽染，呈现出红黄绿三色，这种壮美景观是老北京人难以想象的。

　　让老北京人更加意想不到的是，现在北京人秋天赏红叶除了香山，在北京北部、东部的山区也出现了大面积的红叶观赏区，目前京城已有红螺寺、金海湖、慕田峪、上方山森林公园、百望山、百花山、灵山、密云水库周边、京张公路、怀丰公路等十多处观赏红叶的地界。

望着这色彩艳丽、层次分明、绚烂如霞的景色，人们会浮想联翩，感叹一年四季，北京最美的景观还是秋天！

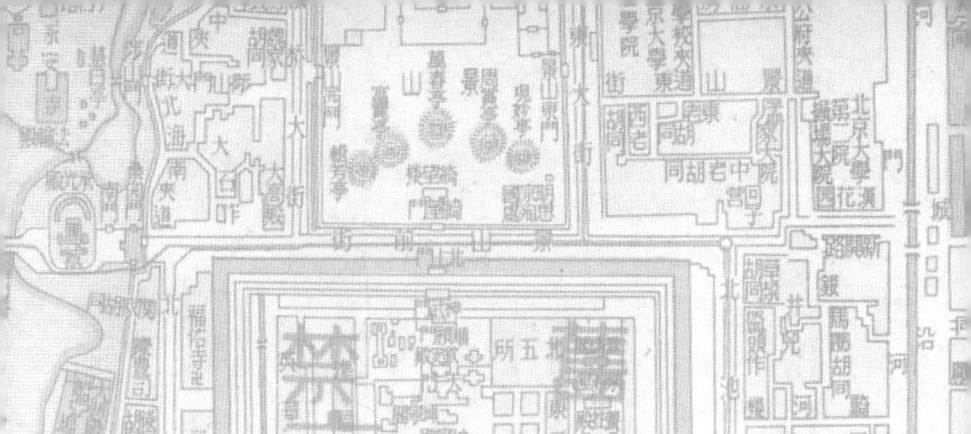

京城
牌匾轶事

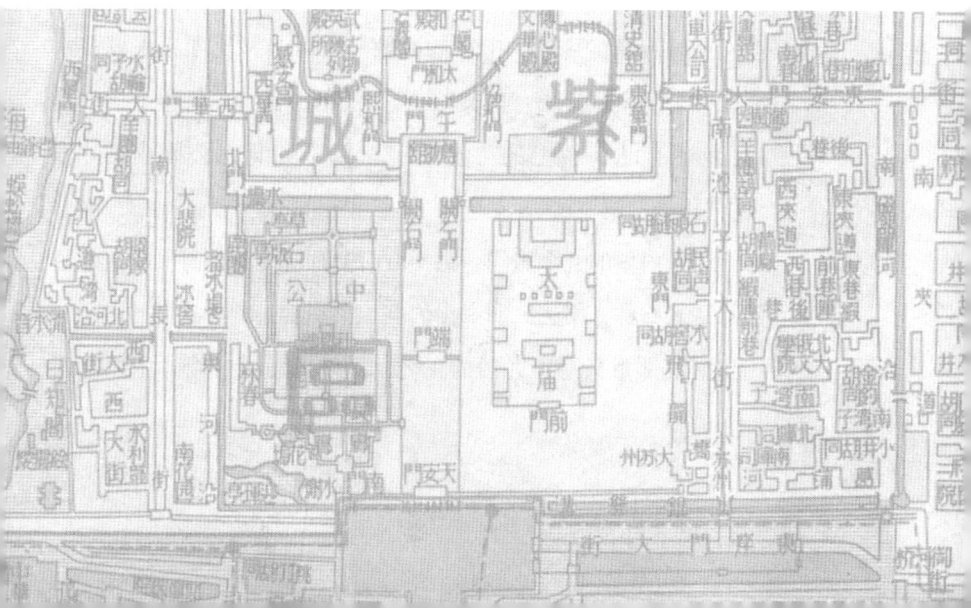

牌匾是城市的"名片"

　　什么是牌匾？许慎的《说文解字》对匾的解释是："扁，署也，从户册。户册者，署门户之文也。"所谓牌匾，就是表现建筑名称或文化内涵的文字。换句话说，就是这个建筑的名称。匾通常是横着挂在门楣之上的，所以也叫门额或匾额。

　　牌匾是一座城市的文化标记，北京是历史悠久的文化名城，自然少不了牌匾文化。京城的牌匾主要分两类，一是古建上的题额，另一类是店铺字号的牌匾。

　　京城所建的牌楼，上面的匾额非常有名，比如原来设在六部口有个牌楼，上书"敷文"，位于王府井南口的牌楼上的"崇武"，还有北海桥上的"金鳌""玉蝀"和北海公园内的"堆云""积翠"两坊。

　　北京内城的九个城门，每个城门上都有砖刻的匾额，这些匾额都是老翰林，书法家邵章（伯炯）书写后，刻在砖上的。

　　据说邵章只写了九门的正名，门字只写了一个，所以九门的"门"字是一样的，而且最后一笔只写了一横折，而不是横折钩。

和平门是民国以后修建的城门，有门没楼，在门洞上方有一块砖刻的匾，上边写着"和平门"三个字。这块匾额，是当时有名的书法家华世奎写的榜书。

老匾皆有典故

老北京的一些饭庄酒楼的匾，都出自文化名人之手。

前门外的"丰泽园"，是著名的鲁菜饭庄。它是老堂头栾学堂，绰号"栾蒲包"，在 1930 年，从"八大楼"的新丰楼拉出一拨人马，在西珠市口买了房子，另起炉灶开的饭庄。

开业之前，给饭庄起什么名字，让饭庄的股东们颇伤脑筋。他们不想起馆、轩、堂、斋、楼这样俗的字号，但起什么好呢？一时间，没了主意。

这时，饭庄的大股东同德银号的经理姚泽生，出资五千块大洋，邀请栾学堂等人游中南海。

当时的中南海，还是对外开放的公园。栾学堂在中南海看到了丰泽园的景观，灵机一动，对大伙说："'丰泽园'这个名字好。为了纪念此行，饭馆的名字就叫'丰泽园'吧。"

大伙琢磨了一下，也觉得这个名字好，于是请徐永海，找书法家李奇写了"丰泽园饭庄"这块匾额。

"丰泽园"有位特级厨师，叫牟常勋，因脑袋长得大，人送外号"牟大头"。上世纪50年代，"牟大头"出席全国政协会。毛泽东主席接见与会委员时，见到了他，一问，知道他是"丰泽园"的厨师，笑着对他说："你们饭庄跟我住的地方都叫'丰泽园'，我们有缘哦。"

老北京有"无匾不恕"的说法，冯恕，字公度，号华农，浙江慈溪人，曾任清朝政府的海军部参事、海军协都统，是著名的书法家、实业家。北京的"张一元"茶庄、"同和居"饭庄的匾额，他自认为写得不错。

北海公园的"仿膳"，最早是茶庄，创建于1925年。由慈禧太后赐封的御膳房"抓炒王"王玉山，和御膳房白案儿厨师，擅长马蹄烧饼、小窝头的杨青山、温宝田，以及红案儿灶上做细活的潘文赏等御厨创办。

"仿膳"开业后，很长一段时间，以卖茶水和宫廷小吃为主，没有炒菜，1956年才改为仿膳饭庄。因老舍先生常去"仿膳"吃饭，饭庄的匾由老舍先生亲题，至今沿用。

一个字号三块匾

北京的烤肉，有"南宛北季"之说，"烤肉宛"创立于清康熙二十五年（1686 年），"烤肉季"创立于清道光二十八年（1828 年），两家老字号，均以烤牛羊肉闻名京城。

现在北京"烤肉宛"的匾，是溥仪的堂兄溥儒写的。其实在此之前的 1954 年，八十六岁的齐白石给"烤肉宛"题过匾，还送给他们一幅写着"仁者多寿"的画儿。

"烤肉季"的匾是溥杰写的。此外，老舍夫人胡絜青、画家黄苗子等，也给"烤肉季"留下墨宝。

鸿宾楼饭庄是清代咸丰三年（1853 年）在天津创办的老字号清真饭庄，以"全羊大菜"和海味菜享誉津门。

新中国成立后，北京没有像样的清真餐厅，1955 年，根据周恩来总理的指示，鸿宾楼由天津迁到北京。

鸿宾楼的字号，取自《礼记》里的"鸿雁来宾"一词，寓意美好。鸿宾楼一共有三块匾，每块匾都出自名家之手。

第一块匾，由天津的两榜进士于泽久所书；第二块匾，是郭沫若先生写的；第三块匾出自启功先生之手。

于泽久写的这块匾，是京城并不多见的金匾，匾上的字是用二十两纯金（约六百二十五克）涂饰的。

这块匾藏着三个玄机：第一个是鸿宾楼的"鸿"字缺一点；

京城牌匾轶事

第二个是牌匾上没有落款；第三个是金匾在一百多年后，发现底板内，藏着一幅晚清时期的工笔画《牡丹美人图》。

三个玄机是三个谜，谁也不知这里藏着什么故事。

"全聚德"开业于清同治三年（1864年），它的创始人叫杨全仁。

当初，杨全仁没太大的野心，只想在前门外的肉市，开一家门脸儿不大的店铺，专门经营烤鸭。不过，在开业之前，杨全仁为店铺起什么字号犯了愁。

杨全仁知道起一个好字号，不但会让自家的店买卖兴隆，而且能扬名四海，生意长久。可起什么字号呢？

正当他百思不得其名，一筹莫展之时，离他的店不远，有家叫"德聚全"的卖干鲜果品的小铺关张歇业了。

"德聚全"？这名字不错呀！他灵机一动，把这家倒闭的干果店买了下来。朋友知道他买的不仅是铺面房，还有字号，对他说："如果把'德聚全'三个字给掉过来，变成'全聚德'，不是更好吗？"

杨全仁一拍巴掌，笑道："正合我意。'全聚德'，这仨字太妙了！'全'，全而无缺；'聚'，聚而不散；'德'，仁德为先。您瞧，'全'和'仁'，不正是我杨全仁的名字吗？"

众人听了，无不为这块得来全不费工夫的字号拍案叫绝。于是，杨全仁请清末名士钱子龙题了匾额。这块匾一直沿用至今。

《京城牌匾轶事》

旧货摊儿上捡来的匾

　　京城老字号偶然获匾的事儿，还有一例。那就是以做酱肘子闻名的"天福号"。

　　上世纪 90 年代，我到"天福号"采访，当年食品厂的老职工，给我讲了"天福号"这块牌匾的故事。

　　"天福号"是乾隆年间，由山东掖县人刘凤祥创建的。相传，当年刘凤祥在西单牌楼东南角，开了一个专做酱肉的小铺。

　　小铺开张以后，生意不错。有老乡对刘凤祥说："你的铺子买卖这么好，应该有个字号。"

　　刘凤祥听了，觉得他说得有道理，但他小字不认，大字不识，哪儿会起字号呀？想了好多天，也没想出来。

　　这天，刘凤祥买了肉以后，到小市转悠，突然发现在一个旧货摊儿上有块匾，上面写着三个字。他看了半天不认识，问旁边的人，人家告诉他这三个字是"天福号"。

　　"天福号"？这不就是天赐宏福吗？刘凤祥琢磨了一下，不由得心中大喜，当下把这块匾买了下来。

　　回到铺子后，他找人重新把这块旧匾涂了一遍漆，又用金粉把上面的字描了几遍，挑了个吉利的日子，把这块匾挂了出去。

　　这真是天遂人愿，"有福之人不用愁，得匾全不费工夫。"

传说中的"天福号"老匾的故事，还是挺耐人寻味的，因为自从挂上这块匾，"天福号"的生意一直很红火。

名家写匾沾文气

京城的老字号牌匾，多出自大家之手，比较有名的是张伯英、孙毓鼎、潘龄皋、冯恕等书法家，也有像康有为、梁启超这样的政治名人。

当然，一个老字号，经历了几百年，不可能只有一块匾，有的老字号有两个或多个名人题的匾，如琉璃厂的"荣宝斋"，前后有陆润庠、徐悲鸿、郭沫若、董寿平、启功等多位名家题过匾。

"张一元"的匾，最早是冯恕题的，现在用的是董石良所题。"都一处"的匾，相传最早是乾隆写的，现在用的是郭沫若题写的。

有意思的是，当年曾任北洋政府大总统的徐世昌、步军统领江朝宗、山东巡抚吴佩孚等，也给一些京城的老字号店铺写过匾，如"戴月轩""静文轩"的匾，是徐世昌题的；"盛锡福"的匾，是吴佩孚题的。

京城的老字号经过"文革"更换店名后，老匾不知去向，所以改革开放恢复老字号后，找名家重新题匾，成了一种特殊的文化现象。

从上世纪 80 年代后，京城题匾的大家有著名书法家董寿平、启功、刘炳森、李铎、欧阳中石等，也有一些政治文化名人，如郭沫若、赵朴初、溥杰、许德珩、胡厥文等。

郭沫若先生题的匾既有文物商店，也有老字号店铺，如"荣宝斋""中国书店""都一处""力力餐厅"等。

赵朴初先生生前是中国佛教协会会长，虽然非常有学问，是书法大家，但为人随和谦恭，所以找他题匾的店家很多，如"青山居""敦华斋""天宫阁""功德林"等。

匾没了，字号留下来了

京城老字号的牌匾，展示的不仅是书法艺术，也是皇都深厚文化内涵，所以有关牌匾的历史掌故和传说故事很多。

"柳泉居"是京城创立于明代隆庆年间的老字号，最早是经营黄酒的酒馆。

相传当时的酒馆不大，院里有棵大柳树，还有一口井，铺子小没字号，那么"柳泉居"的字号是怎么来的呢？有一段传说非常有意思。

相传明朝有名的奸臣严嵩，受宠于嘉靖皇上，嘉靖给他下了一道免死牌，不管他犯多大的罪都不会掉脑袋。到了穆宗这儿，大臣们纷纷上书，要处死这个祸国殃民的宠臣严嵩，但有嘉靖皇上的免死牌，穆宗也无可奈何，最后只好抄了他的家，罢了他的官。

丢了官职的严嵩走投无路，只好拿着饭碗沿街乞讨，但老百姓都恨他，谁也不肯给他吃的。他又渴又饿，步履蹒跚地来到了那家黄酒馆。

一进门闻到酒香，他走不动道了，央告掌柜的给他口酒喝。

掌柜的心地善良，见状给他盛了一碗酒。严嵩喝下去，顿觉神清气爽，于是又让掌柜的给他拿口吃的，并对掌柜的说，我也不白吃你的、白喝你的，你让我吃几碗饭，我回头给你写几个字。

掌柜的见他身上带着文气，以为他是落魄的秀才，便去给他盛饭。严嵩一连吃了三碗饭，有了精神，对掌柜的说："拿纸拿笔去！"

掌柜的拿过纸笔，严嵩看了看院子里的柳树和那口井，大笔一挥写下了"柳泉居"三个字。

掌柜的见他的字写得遒劲有力，非同一般，问他到底是干什么的，严嵩这才告诉他自己的真实身份。

掌柜的大吃一惊，又送他一些吃食，他才离开这个酒馆。不久，严嵩连冻带饿死在街头，"柳泉居"这三个字成了他的绝笔。

因为严嵩的名声实在不好，掌柜的一直没敢把这三个字拿出来，几十年过后，直到他的儿子这儿，才把酒馆改成饭馆，把当年严嵩写的字挂出来，成了饭馆的字号。

经历了几百年的风雨，当年严嵩给"柳泉居"题的匾，早已不知去向，只留下了这个传说故事。

"柳泉居"在上世纪 30 年代，是京城有名的饭馆，与"三合居""同和居"并称为"京城三居"，一直到 1949 年以后，在京城餐饮业的口碑还很好。

1978 年，"柳泉居"门脸重新装修后，由京城著名书法家贾松阳重新题了匾，后来，老舍夫人胡絜青也给"柳泉居"题过匾。2017 年，这家老字号在平安里复建营业，有六百多年历史的老店，生意依然红火。

因匾成名的老字号

严嵩是明代有名的祸国殃民的奸相，名声不好，但他的字写得不错。京城还有两家老字号的匾是他的字，一个是"西鹤年堂"药店，另一个是"六必居"酱菜园。

为什么叫"六必居"呢？

相传，"六必居"开业于明朝中叶，最初是六个人合资开的酱菜园，买卖开张之后，还没字号。

宫里的一位太监到酱菜园买咸菜，店里掌柜的看出他是从宫里出来的人，把他买的咸菜打了包，却没收他的钱。

太监纳闷，问他为什么不收他的银子。掌柜的说了实话："想求您找人给酱菜园起个名儿。"

太监想了想说："这事儿包在我身上，你们预备好润笔费就是。"

掌柜的没想到两天以后，这位太监把当朝宰相严嵩给请到了这家酱菜园。

严嵩问明白掌柜的请他的用意，又问了问开这家酱菜园的情况，想了想对他说："你们是六个人开这个酱园，六人六心呀！"

掌柜的不明就里，点了点头说："是呀，六个人可不有六个心嘛。"

"好吧。"严嵩让掌柜的去拿笔墨，然后铺上纸，大笔一挥，写下了"六心居"三个字。

太监和掌柜的对严嵩起的这个字号，连声说好。

但见严嵩放下笔，沉吟片刻笑道："好什么好？要想办成事必须要精诚合作，一心一意，这六个心，怎么能开好这个酱园呢？"

掌柜的一想，他说得也对，但这"六心居"已经写好，他能再写一个吗？

严嵩也对"六心居"这三个字很满意，不想重写了。他看了看桌上已经写好的字，突然灵机一动，要过笔，在"心"字上来了一撇，于是，"六心居"变成了"六必居"。

其实，这只是一个传说故事，真实的"六必居"是山西汾阳"赵氏三兄弟"赵存仁、赵存义、赵存礼合开的一个卖柴米油盐的小铺，后来才做酱菜。

字号为什么叫"六必居"？老话说："开门七件事，柴米油盐酱醋茶。"他们除了茶都卖，七件过日子必须有的东西，他们占了六样，所以叫"六必居"。

偷换一字成名匾

北京的声音

说起京城老字号的匾，最有意思的是当年我采访老古玩商邱震生先生，他给我讲的东琉璃厂的"宝古斋"匾上换字的故事。

清末民初，是琉璃厂文化街最火的时候，当时琉璃厂的许多店铺，都请名家题匾，如：

"荣宝斋"的匾，是清同治年间的状元陆润庠所题；

"邃雅斋"是姚华题的匾；

"开通书社"是傅增湘题的匾；

"藻玉堂"是梁启超题的匾；

"虹光阁"是天津书法家华世奎题的匾；

"悦古斋"是皇家宗室宝熙题的匾；

"翰文斋"是李文田题的匾；

"长兴书局"（海王村中国书店内）是康有为题的匾；等等。

在文化名人给琉璃厂题的匾里，比较有名的是光绪皇上的老师翁同龢，他先后给"尊汉阁""赏奇斋""秀文斋"等古玩店题过匾。

琉璃厂"宝古斋"的东家，最喜欢翁同龢的字，但"宝古斋"开业时，翁同龢早已作古。

琉璃厂有家老铺"茹古斋"的匾，是翁同龢题的。"宝古斋"的东家本来想买下"茹古斋"的旧匾，但那块匾已经毁了。

恰逢西琉璃厂路南"赏古斋"的老经理刘竹溪去世，店铺经营不下去要歇业。"赏古斋"的匾，也是翁同龢写的。"宝古斋"的东家灵机一动，想把这块匾买下来。

但老经理尸骨未寒，您就要买人家的匾，这不是透着失礼吗？于是，"宝古斋"的东家想了一招儿，借着吊唁的机会，向"赏古斋"少掌柜的刘少溪说，翁同龢写的匾有问题，赏古的"赏"字下面的"人"字的一撇太短，这不是"妨人"吗？不然老经理怎么会死呢。

少掌柜一听这话，脸上顿时阴云密布，看了看那块匾，恨不得立马儿找锤子把它砸了。

"慢着！""宝古斋"的东家说，"黑漆烫金的匾砸了多可惜，卖我吧。"

"您肯要它？"少掌柜的十分不解地问道。

"我买它也是收藏。""宝古斋"的东家淡然一笑说。

于是，少掌柜的刘少溪把"赏古斋"这块匾卖给他了。

当然，"宝古斋"的东家买这块匾，就是为了要挂出去的。不久，他找到京城的金石大家陶北溟，将"赏古斋"的"赏"字的口去掉，改书"珤"字，看上去就是"寶古斋"（"宝"是繁体字）三个字。

匾，还是原来的匾，但"赏古"变成了"宝古"，刻好后挂出去，人们都以为是翁同龢专门给"宝古斋"题写的，只有琉璃厂古玩业的同行知道底细。

自然，两个老字号匾上换字的事儿，也被传为佳话。

京城历史悠久的老字号很多，匾的故事也很多，这些匾的轶闻掌故，现在已然是老北京文化的内容了。

北京的花店

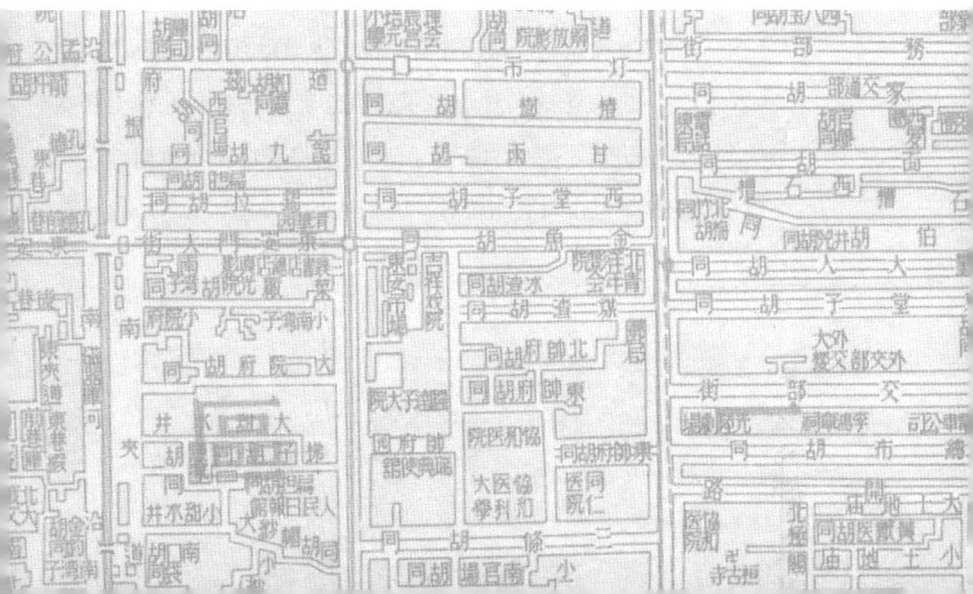

故都的花店

北京人说到花儿的时候，一定要加儿化韵，否则意思就变了。北京人爱养花儿，自然，逛花店也就成了一种乐趣。

北京的花店一年四季花事不衰，各种各样的花儿清香满室，秀色宜人。冬天，绿叶红花，春意盎然；夏季，枝繁叶茂，清幽爽目。

这些年，随着老百姓生活水平的提高，人们更重视家居的品位，甭管住的地方大小，家具和摆设的古朴或新潮，总之，屋里总得摆上几盆花，这样才有品位，也显得有生机和活力。

当然，现在花的品种也多了，就连昔日只有文人雅士喜欢的盆景，也进入了寻常百姓家。花店里除了奇花异草以外，玲珑奇巧的盆景也占有突出位置。

《北京的花店》

老北京的妇女爱戴花

在老北京，街面上是没有鲜花店的。一些史料记载的花店，均为簪花，即绢花店。

当年，京城的妇女以头戴身佩绢花为时尚。绢花曾是京城民间手工艺的一绝。

做绢花的手艺人模仿能力极强，用各种颜色的绸缎，做出来的花儿惟妙惟肖，非常逼真，常常让人以假乱真。

京城簪花的制作与销售多为前店后厂，主要集中在崇文门外。北京有一条著名的街道叫花儿市，便是以此为名。顾名思义，花儿市的花儿，是簪花，而非鲜花，花的读音必须儿化，念成"花儿市"，不然便没味了。

那会儿，京城难道没有卖鲜花的吗？当然有。因为簪花再美，毕竟是假的，没有灵气，而且属于装饰物，真正赏心悦目的还是鲜花。

鲜花，不但老百姓喜欢，王公大臣、达官显贵也钟爱它。

据说当年的慈禧太后就酷爱奇花异草。您想她的小名儿叫兰子，就是个花名儿，她能不爱花儿吗？

"老佛爷"喜欢花儿，当然，她身边的宫女们也不能不喜欢。传说北京人爱喝的茉莉花茶，就是从慈禧"老佛爷"这儿

北
京
的
声
音

来的。

有一年，一个宫女为"老佛爷"选茶叶泡茶，一不留神把头上戴的两个鲜茉莉花瓣儿，掉在了装茶叶的锡筒里，当时她也没看见。

过了几天，她给"老佛爷"选茶时，在锡筒里发现了这两个花瓣，并闻到一股淡淡的幽香。

宫女吃了一惊，知道自己闯了祸，生怕"老佛爷"喝出茶有香味，会受杖责。

果然"老佛爷"在她沏的茶里，喝出了茉莉花的香气。

"老佛爷"把宫女叫过来盘问，宫女吓得直肝儿颤，但又不敢在"老佛爷"面前撒谎，只好如实相告。

谁知，"老佛爷"一听，不但没责怪她，反倒击掌叫好，原来这种茉莉香味正合她的口儿。

于是，"老佛爷"命太监如法炮制，在装茶叶的锡筒里多放鲜茉莉花，以使香味更重。

太监心领神会，知道"老佛爷"好这口儿，嘱咐茶农用茉莉花窨制鲜茶。

精明的茶农在采茶的季节，便开始用茉莉花窨制，使茶叶香气扑面，深受"老佛爷"喜爱。

后来茉莉花茶在王公大臣中传开，以后又传到民间，喝茉莉花茶渐渐地成为北京人的风习，直到现在仍不改口儿。

当然，这只是一种传说，而关于茉莉花茶的起源有多种传说。另一个版本的传说，把慈禧太后换成了武则天。

不管怎么说吧，花茶跟鲜花有关，而鲜花又是宫里皇妃的钟爱之物。

花乡与唐花坞

在老北京，皇宫王府需要的鲜花，直接由城南黄土岗（现在的地名叫花乡）的花农进奉。北京的花木产地，主要集中在城南丰台黄土岗一带的十八村。

那里的土质好，泉水多，适宜花木生长。花木除进奉外，花农便挑着担儿进城串胡同叫卖，或在庙会上摆地摊出售。

北京最初的鲜花市场在广安门内的慈仁寺，因为这儿离黄土岗比较近便。以后又挪到宣武门外的上、下斜街和土地庙一带。

每到花季，丰台的花农荷艳担香，从十几里外的花乡，步行到花市，一路飘香，成为京城的一道景观。

到了清末，花市又移到东西两庙（护国寺和隆福寺）。直到上个世纪 60 年代，两庙仍是花市和花店较集中的地方。

北京地处温带地区，花期较短，应时应令的鲜花必须在温室里养植。老北京把温室叫"暖洞子"，这里养出的花也叫"堂花"。

因为"堂"的古字也作"唐"，所以也称"唐花"。现在中山公园里的花房，就叫"唐花坞"。

温室培植的鲜花，价钱昂贵，一般老百姓虽然喜爱鲜花，却难以问津。所以京城的妇女们才选择了"假花"即绢花。

直到民国初年，北京才有专门的花店。

那时城里人已有饮茉莉花茶的嗜好。一些茶叶铺怕从南方来的花茶跑味儿，便自己现窨（同熏）现卖。窨茶主要用茉莉、玉兰、栀子、含笑等花。

要使这些花芳香浓郁，必须在含苞待放时掐下来。花骨朵儿和已开放的花，窨出来的茶，香味儿不浓，茶叶铺不要。

所以，茶叶铺要在午后时分掐花，然后用铁盒封好，茶叶铺按朵儿论价。这种供应窨茶的花店叫"白货厂子"。此外，有的花店还专门为药铺种植入药的花。

在老北京，花店的主顾大多是大宅门的达官显贵。这些大户逢年过节讨吉利，婚丧嫁娶装门面，都需要大量的鲜花。

当时一些王府和权贵的家里，都有专门养花儿的"花把式"，但有些大户人家为了减少雇用人工的负担，把养花儿的事由花店包下来。

花店的把式除了管拾掇宅门的花木，也管其他跟花儿有关的活儿，比如办丧事，花店管做"灵活"，用松柏扎成松人、松亭、松鹿，十二件一套，这些"灵活"比卖鲜花更有赚头。

不过，红白喜事用的鲜花，毕竟不如平时人们家里摆放和院子里种的花儿多。花店的主要收入还是靠出售盆花和应节当令的鲜花。

北京人种花讲究多

老北京人活得洒脱，也活得滋润。住四合院讲究"天棚鱼缸石榴树，先生肥狗胖丫头"。夏天，要在院子里搭天棚，还要种上多种名目的树，摆上鱼缸。

院子里当然不能光种石榴树，还有象征富贵吉祥的四季海棠、玉兰、牡丹、丁香等。最有名的是讲究在院里种"金玉满堂"，金，指的是柿子树，秋天，金黄的柿子缀满枝头，看着是那么让人喜兴；玉，是玉兰树；满，指的是石榴树，因为石榴的果实，即里面的籽是满满的，所以有此说；堂，就是海棠树。

您看，北京人种花植树有多少讲儿吧。当然，北京人在院里种什么树，在厅堂和卧室、书房摆什么花，都有讲儿，这些讲儿是跟风水学有关，按《周易》八卦，阴阳五行的说法，花草树木也是生灵，所以不能乱种、乱养、乱摆。

老北京人还有一种说法：桑梨杜皂槐，不进阴阳宅。为什么桑树、梨树、杜仲树、槐树等不能在院子里种呢？

因为这些树的谐音不好听，桑的谐音是办丧事的"丧"，家里死了人，才办丧事；梨的同音是分离，离开的"离"，一家人和和美美多好，谁愿意分离呀？皂，是黑的意思，黑颜色的树，多不吉利呀；槐的谐音是"坏"，不用说了，任何人都讨厌这个字。

这些讲儿，花店的花把式们都门儿清，所以他们不会把这些犯忌的树，种到您家的院子里的。

当然，花把式的功夫主要是拾掇花儿。养花是需要学问和技术的，一般人看花赏花可以，真让您养，未必能养得好。

新中国成立后，北京的花店兴旺起来，除了一些传统花木，花木工人还不断地移植和引进新的花卉品种。花店里的花儿万紫千红，群芳争妍。

鲜花的价格也越来越便宜，鲜花逐渐成为美化人们生活不可缺少的点缀品。人们逛一趟花店，花钱不多，就可以端几盆喜爱的花回家。

每年的四五月，京城的各个花店顾客盈门，逛花店成了人们生活中赏心悦目的事。

但是，谁能想到养花也会成为罪状呢？"文革"当中，红卫兵和造反派把养花当成了"封资修"的产物。

"十年内乱"时期，北京的花店受到严重摧残，养花被视为资产阶级的闲情逸致，要"砸烂花盆闹革命"，花木工人用多年心血培育的名贵花卉毁于一旦。

当时，京城的花店都改换门庭，经营其他商品了，偌大的京城没有一家专营的花店。直到改革开放以后，鲜花才获新生。

上个世纪 70 年代末 80 年代初，东四的隆福寺街有了重新恢复的第一家花店。以后，护国寺、西单、东单、崇文门外又相继开办了几家鲜花店，但当时的花店均属"国营"，算是北京市花木公司下属的门市部。

这些花店除了卖各种应节当令的鲜花，也卖观赏鱼、金鱼或热带鱼。北京的花店，鲜花与观赏鱼"联姻"，应该说是从这时才开始的，这也成了当时全国花店所独有的现象。

到 20 世纪 80 年代末，京城有了属于"个体"的私营花店。随着市场经济的发展，到 20 世纪 90 年代，京城的花店几乎都变成了"个体"或民营。

如今，北京花店（指鲜花市场）的格局，已发生了巨大变化。

首先，鲜花的品种多了。过去，北京花店经营的鲜花，以北京的品种为主，如春夏的茉莉、百合、栀子、玉兰、合欢、兰花、月季、牡丹等；秋冬的菊花、桂花、梅花、玫瑰、蟹爪兰、水仙等。

现在则不同了，花店里不但有北方生长的鲜花，也有南方生长的花木，还可以买到从国外进口的鲜花。

随着物流业和保鲜技术的发展，有些鲜花店，直接从亚热带或热带地区选购鲜花，空运到北京，拿到市场上出售。

即便在冬季，您在北京的花店也可以买到四季橘、凤梨、杜鹃、大花蕙兰、君子兰、金橘、金琥等名贵花木。

其次，鲜花的用量日益增加，使鲜花市场蓬勃发展。如今，花木业已经成为一个新兴的产业。

现代人的生活离不开花

过去鲜花市场主要面对家庭，现在则不然了，除了家居需要鲜花外，各种会议、庆典、红白喜事也需要大量的鲜花。

平日，不但宾馆、饭店和机关、学校、企事业单位的礼堂、会议室、会客厅、办公室需要摆放鲜花，就连个体餐馆或门市部也需要用鲜花来装点门面，鲜花的用量是过去的上百倍。

现在，京城已形成了新鲜花木的产业链，有些花店已发展壮大成为花木公司，不但有自己的批发兼零售的门市部，还有自己的花木养植基地，大一点的单位还建有自己的花房。

现在北京的花店，跟过去的花店也不一样了。过去的花店是一家一户的小门脸儿，即门市部。人们买鲜花，只能奔这种花店。现在，北京已形成了若干个大的花鸟鱼虫市场。

这类市场面积很大，北京人所说的花鸟鱼虫"四大玩"都集中到了一起。除了这"四大玩"，还有奇石、紫砂、玉器、古典家具等文玩。

人们到花鸟鱼虫市场逛一趟，想看的想养的想玩的东西都能买到。

值得一说的是，过去那种一家一户的小门脸儿花店，在京城还能找到，但有所不同的是，现在这种花店主要经营的是插花。

这种插花是上世纪 90 年代末，从日本和东南亚引进的"舶来品"。目前深受时尚的女士们喜爱，尤其是青年人都喜欢为自己的情侣买几束鲜花作为礼物。

情侣们手捧鲜花，会感受到一种浓浓的爱意，胜过许多甜言蜜语。而新居摆上几束插花，会让人们贴近大自然，让居室"环保"，清新怡人，也会给平淡的生活增加许多情趣。

人们的生活离不开绿色，也离不开鲜花。就像人们的生活离不开阳光、空气和水一样。

有花就会有花店，花店是一座城市历史发展的一个缩影，也是一座城市历史文化的一种载体或符号。透过花店的变化，我们可以感受到一座城市的历史变迁和发展，难道不是吗？

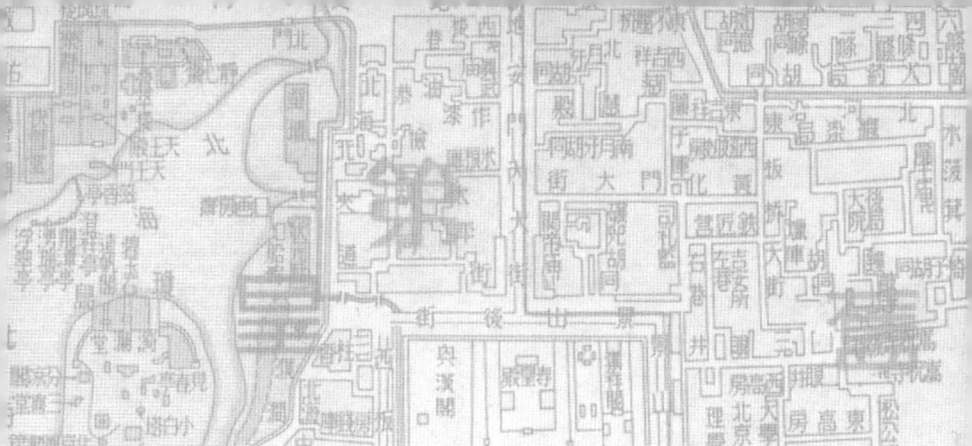

北京的桥

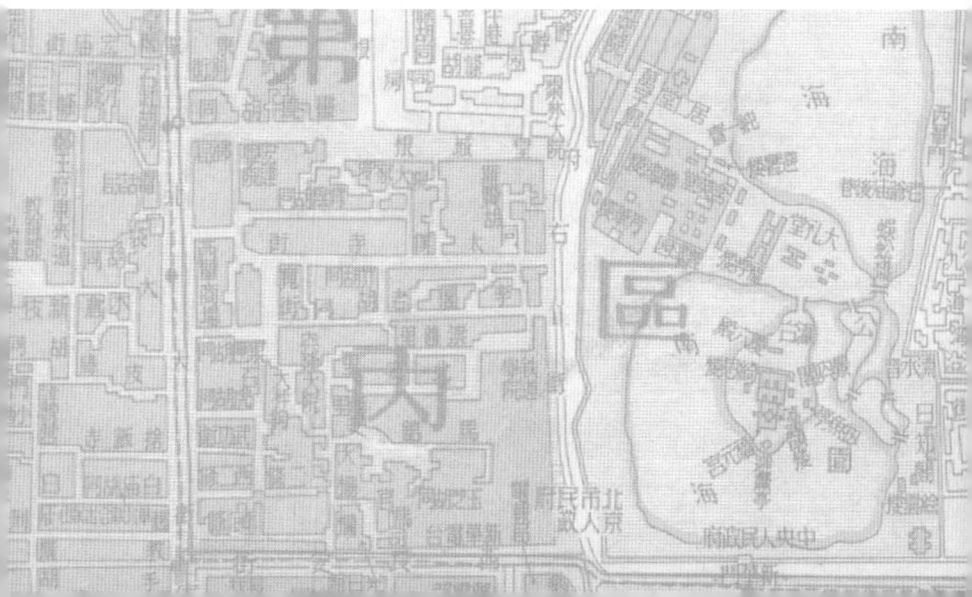

北京的桥真多

　　如果给您出一道题：世界上哪座城市的桥最多？也许人们首先会想到北京。

　　没错！无论是从桥的数量、桥的历史，还是从桥的大气壮观、桥的灵秀美丽来说，北京的桥都是数得着的。

　　北京的桥，是一部古都建筑史；北京的桥，又是一部城市发展史。它像凝固的诗篇和音乐，向人们讲述着城市的变迁。

　　说到北京的桥，人们自然会想到天安门前洁白如玉、雕琢精美的金水桥；想到颐和园里造型奇特、状若长虹的十七孔桥；想到曲线挺拔、宛如玉带的玉带桥；想到形如白龙卧波的北海永安桥……

　　这些汉白玉的石桥与苍松翠柏古槐、灰色的城墙、金黄色琉璃瓦的宫殿，构成了沉稳、坚实、幽静、典雅的古都风貌。

　　北京的桥不但美，而且多，您或许能从现今城区的地名中领略出它的深幽。

现在北京的城区始建于六百多年前的明朝，那时，都城河道纵横，石桥遍布，加上皇家园林，庙宇道观，大都用桥来点缀景观，所以石桥不计其数。

　　如今古都历尽沧桑，当年的许多河道已成为宽阔的马路，许多石桥已不复存在，空留下桥的地名，人们只能从这些地名，去追溯它的渊源，回忆它的历史了。

　　北京的桥多，关于桥的传说也多，几乎每座桥都有一个美妙的传说故事。西直门外的高亮桥，那引水入京的神话人物高亮，至今仍是老北京人心目中的英雄。东郊的酒仙桥，那个传说中的酒仙，还是附近老者茶余饭后的话题。

　　新中国成立初期，北京的旧城墙还没拆，护城河里还有鱼虾，过去的吊桥已经成了糟朽的木桥。那会儿，人们进出城可费了劲，冬天要踏冰，夏天要绕道儿。为此，北京市政府出资，在护城河上架起了一座座木桥。

　　这些木桥的历史很短，不久，便在上世纪60年代，被新的钢筋混凝土桥所取代。

　　那么城墙、护城河泥？

　　城墙变成了坦荡的环城马路，护城河变成了地下铁路。地上地下的巨变只用了十多年，可是古老的护城河，却默默流淌了六百多个春秋。

　　这就是现代化的步伐。历史掀开了新的篇章。现代化的建设脚步，使北京的桥展现了新的风采。

　　有河才有桥，已成为历史。有路就有桥，展示着首都的未来。

时间、空间、铁路、公路、立体交叉……这些新的概念，随着一座座立交桥的架起，令人耳目一新。

■

老北京带"桥"的地名

过去，上岁数的北京人跟晚辈拍老腔儿，总爱说：我过的桥，比你们走的路还多。虽说这纯属大话，但细琢磨并不离谱儿，因为老北京的桥确实很多。

远古时代的事儿不跟您聊，单说元代和明代的北京城，可以说河道密布，桥梁纵横。

现在的西单、西四和宣武门、崇文门外是多繁华热闹的地界呀，可是，您能想到在元代和明代，这一带还是能行舟的湖河吗？

或许您能从那会儿留下的虎坊桥、甘石桥、达智桥等地名中，想象得到当年这一带曾有过"小桥流水人家"的迷人景色。

河多，自然桥就多。翻开现在的北京地图，您会发现以桥为名的地界很多，有名的如天桥、厂桥、北新桥、万宁桥、德胜桥、高梁桥、酒仙桥、青龙桥、虎坊桥、半步桥、板桥、大石桥、小石桥、白石桥、六里桥、八里桥等等。

《北京的桥》

当然这些桥，有的早就变成了宽阔的马路，找不到半点儿桥的痕迹了。

我是在西城辟才胡同长大的，当年胡同西口有个地名叫太平桥，从白塔寺到闹市口这条路就叫太平桥大街，但从我记事起，就没见过这座太平桥。

原来早在明清时代，这里是河槽，清代又叫西沟沿、北沟沿。早在上世纪 20 年代，这条河槽便改造成暗沟，上面铺上石板，修成了马路。

当年这条河曾是西城重要的水道，水来自京西玉泉山水系，往南经太平桥、石驸马桥到宣武门外的护城河，往东经辟才胡同、甘石桥、灵境胡同再往北，经过厂桥到"外三海"，即什刹海、后海和西海。您看这一带只有几公里的地界，就有五六座桥。

北京的"四大名桥"

北京的名桥很多，几乎每座桥都是历史的见证物。

老北京有拱卫京师的"五大名桥"之说。这五大名桥分别是东边的永通桥，即通州的八里桥，建于明正统十一年。

西边有中外闻名的广利桥，即卢沟桥，建于金大定二十九年，算是目前北京最古老的石桥。

南边有宏仁桥，即俗称的马驹桥，建于明天顺七年，当年走此桥可直达通州的张家湾，是走水路下江南的必经之路。传说当年那位"怒沉百宝箱"的名妓杜十娘，就是与情人李甲经过这座桥去的江南。

北边有沙河的安济桥，即沙河南大桥和朝宗桥，两桥均建于明正统十二年。为什么叫朝宗桥？因为明代的十三陵在昌平北边的天寿山，皇上每年要经过此桥谒陵祭祖，故曰朝宗。

北京的桥有四座建于明代，距今已六百多年，除马驹桥和沙河南大桥改为水泥桥梁外，其他依然保存完好，古风依旧。

北京的名桥不但有不少传说故事，也见证了六百多年的中国历史。

当年闯王李自成率领着农民起义大军，是经过朝宗桥打进北京城的。卢沟桥的"七七事变"，拉开了全面抗战的序幕。

八里桥地处交通要冲，1860年，中国军队在这里与英法联军发生了激烈阻击战。1900年，中国军队又在这里与八国联军展开过激战，八国联军也是经过这座桥侵入北京城的。

而天安门前的金水桥，不但见证了轰轰烈烈的五四运动，也见证了1949年新中国成立的开国大典。

桥，在北京属于地标性的建筑。人们自报家门时，往往会说家住在某座桥的南边或北边，当然，有的地界则干脆以桥来命名。

在作家的笔下，桥不但是建筑物，还是爱情的纽带，不论是

诗歌，还是小说，桥总有许多爱情的故事。所以，桥带有许多
浪漫的色彩。

近代诗人卞之琳的那首《断章》："你站在桥上看风景，看
风景人在楼上看你。明月装饰了你的窗子，你装饰了别人的
梦。"至今仍脍炙人口。

鹊桥的故事在民间流传了上千年，每年的"七月七"牛郎和
织女是以银河为桥来相会的。许仙与白娘子的故事，发生在西
湖的"断桥"。

《三国演义》张飞喝断长坂桥的故事，更是家喻户晓。外
国则有催人泪下的《魂断蓝桥》《廊桥遗梦》等感人至深的爱情
故事。

卢沟桥的狮子数不清

北京的许多美丽传说也多与桥有关。我从小听老人讲的高
亮引水进北京之后，才有高亮桥的故事，至今不忘。

什刹海周边的银锭桥、李广桥、东不压桥、西压桥以及酒仙
醉酒建了酒仙桥，萧太后运粮建了通州张家湾的通运桥，即萧太
后桥等传说，听起来是那么传神。

老北京的民俗中，有正月十五上元节，妇女"走桥"和

"摸钉"的习俗。

上元节这天的子夜时分，京城的妇女要结伴上街，见桥即过，传说这样能"消百病"，所以又叫"走百病"；凡是不过桥的妇女，则会生百病。

明代的周用曾有一首竹枝词，对这一风俗作了生动的描写："都城灯市由来盛，大家小家同节令；诸姨新妇及小姑，相约梳妆走百病。俗言此夜鬼穴空，百病尽归尘土中；不然今年且多病，臂枯眼暗兼头风。"

不过桥，人就会瘦得胳膊像麻秆，两眼发黑，还会得中风，您想，妇道人家谁敢不去走桥呀！

在走桥之后，还必须到正阳门，摸摸门上的门钉。据说摸了门钉，可以生男孩。

当然，这一带有迷信色彩的习俗早就破除了。不过，北京的桥多，哪个人平时不从桥上过呀。

桥，对每个北京人来说，几乎都有一段温情，也都有一段美好的回忆。

北京不但是桥最多的城市，也是桥最美的城市。说桥最美，出自意大利的旅行家马可·波罗之口。在他所著的《马可·波罗行记》中，详细地描写了北京的卢沟桥之美，饱含深情地称赞了这座世界上最美的桥。

的确，您现在看这座古石桥，它还像一件巨大的精美的"工艺品"。卢沟桥的石雕更是精美绝伦，桥上有栏板二百七十九块，望柱二百八十一根，石狮四百九十八个。这些栩栩如生的石狮，形态各异，或大或小，妙趣横生，有的小石狮伏在大石狮的背上，有的在大石狮怀中戏耍，若隐若现，不仔细计数，难以算准，所以在老北京，有"卢沟桥的狮子——数不清"的歇后语。

我年轻时，曾多次骑车到卢沟桥去数石狮子。数了不知多少回，每次数出的数儿都不一样，还真是数不清。

不信您可以去试试。现在得出的石狮子数儿，也是几经变化，最后才得出的。

您若问北京还有哪些造型壮丽宏伟的石桥，笔者还能说出几处，如颐和园的十七孔桥、玉带桥、北海的金鳌玉蛛桥等等，这几座桥均可用独一无二来形容。

桥是京城新地标

时代变了，北京也变了。新中国成立近七十年，北京发生的巨大变化之一就是桥。过去人们挂在嘴边的桥是河桥，现在则是道路上的立交桥了。

立交桥成了北京的新地标，出门打听道儿，人们往往以立交桥为标志，告诉您在某个立交桥的附近什么位置。

在北京的版图上，从二环到六环，据不完全统计，有五百多座大小不同的立交桥。这些桥，不但是路与路的交会点，也是一个个路网的连接线。

北京的第一座立交桥，是1974年建的复兴门立交桥，之后建的建国门立交桥，在上世纪70年代末，这座立交桥看上去是那么壮观，它与周边的外交公寓，曾作为改革开放之后新北京的形象走入人们的视线。

现在北京的车多了，路多了，也宽了，立交桥也变大了，再看建国门立交桥则显得有些小了。

改革开放后的四十年间，随着北京道路建设的迅猛发展，一座座大型立交桥拔地而起，20世纪80年代，有人说最大的立交桥是三元桥。20世纪90年代，有人说最大的立交桥是四元桥。

现在到底哪座立交桥最大，好像人们也不去计较了，因为立交桥建设得太快了，当然它的规模也越来越大了。

立交桥的发展，见证了首都北京的巨变，从时空的角度说，立交桥又是北京这座六朝古都历史文化名城，向国际化大都市迈进的"连接点"。

从老北京的"五大名桥"，到新时期数百座立交桥的变化，犹如一部雄伟壮阔的都市交响乐章。

在这部交响乐章中，有我们的美好回忆，也有我们对未来的憧憬。

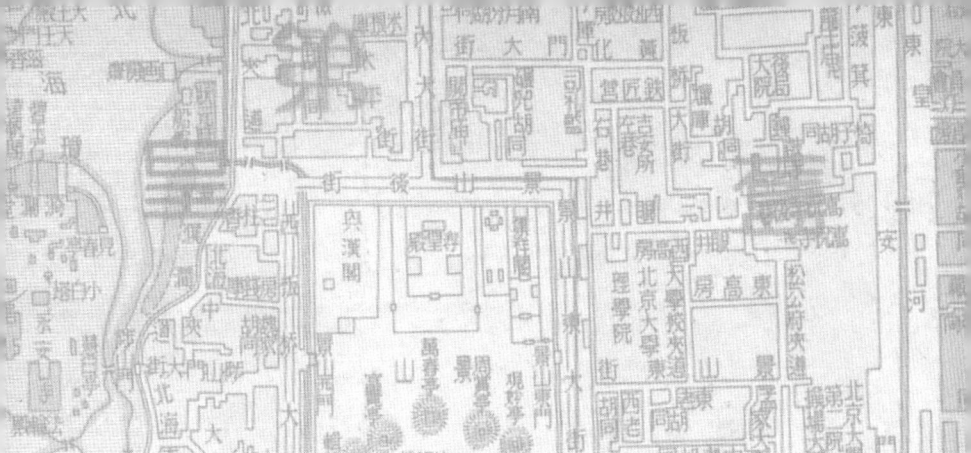

不灭的香火

庙会为什么得说逛

庙会，在中国几乎每个上点儿岁数的城市都有，因为有年龄的城市就有寺庙，有庙就有庙会。但是，庙会在北京，却是另外一种文化风景线，因为北京人太重视庙会了。

现在的庙会，尽管被各种文化包装，已然离开了"庙"，只剩下了"会"。但就其内容来说，它依然是老北京民俗风情展示的舞台，也是民间艺人们才艺集中展示的平台。

在北京庙会上，各种民间艺术八仙过海，各显其能。如果说，一年一度的春节是北京民间的狂欢节，那么庙会就是狂欢节的"嘉年华"。

现代国际大都市的定位，让北京城的马路越来越宽，楼厦越来越高，现代时尚的味道也越来越浓，但是您在北京，总还能找到土得掉渣儿的京味儿。毫无疑问，庙会，是品尝京味儿的最好去处。

北京人说到庙会，总要在前边加一个"逛"字儿。逛庙会，是北京人过年长盛不衰的"节目"。

为什么要说"逛"庙会，不说"看"庙会呢？

因为北京的庙会，是需要像饮茶酌酒那样，慢慢儿地浅酌低饮，细细地咂摸的。

走马观花似的"看"，是咂摸不出庙会那浓浓的京味儿来的。

北京的庙会，您必须得溜溜达达地闲"逛"，这才能"逛"出味儿来。

隋唐时期的庙会

北京的庙会历史悠久。"久"到什么份儿上呢？有学者考证，早在隋唐时代，北京就有庙会了。

隋唐时代，北京的寺庙确实很多。北京历史上有过八百四十座寺庙的记录。现存最早的寺庙恐怕要数潭柘寺了。它最初建于晋永嘉元年（307 年），到现在有一千七百多年的历史了。所以老北京有句顺口溜儿："先有潭柘寺，后有北京城。"

现在的北京，有隋唐时期留下来的大小寺庙十几座，最有名儿当数法源寺。此庙建于唐贞观十九年（645 年），距今有一千三百多年了。

法源寺最初叫悯忠寺，是专门祭祀阵亡的将士的。这几年，这座古刹因台湾作家李敖写了一本书叫《北京法源寺》而闻名遐迩。

隋唐时期的北京城不在现在的位置，在现在北京城的西南部。我们现在的北京城是在元大都的基础上建起来的，所以，有人考证北京的庙会起源应该在元代。

元代的大都城寺庙众多，史料上记载，当时的庙会香火很旺。

但考证庙会的源流，并不是北京城的"专利"。

庙会，起源于中国古代的社祭。什么叫"社"呢？

"社"这个字在古代非同寻常，古代的人把土神和祭土神的祀礼叫"社"。

当然，现在它也了不得。如果在"社"后边再加一个"会"字，世界上的所有现象俩字全包了。

有"社"，就得有坛庙，庙堂本来是供奉祖宗神位的处所，后来也成了祭祀的场所。有祭祀就有庙会，因为最早的庙会，是与祭祀相关的。

庙会，说白了就是每逢开庙的日子，香客们的"聚会"，后来才演化为"市"。每逢开庙的日子，也同时开"市"。

如果这么说，北京庙会的源头，可不仅仅停留在元代，早在西周的"蓟"城时代，就有庙会这种形式了。

当然，这只是一种推断，找不到史料证明，但我认为，北京

北京的声音

的庙会至少在晋代就有了。

北京现存最早的寺庙之一潭柘寺，当初叫嘉福寺。史书上记载，当年的嘉福寺香火极盛，想必当时的庙会，也会有香客云集的盛况。

其实，后来人们所说的庙会，跟最早的庙会已经不一样了。当然，跟现在的庙会更不是一回事了。

■

老北京的"五大庙会"

北京的庙会演变到近代，已经成了名副其实的"市"了。

"市"就是集市，类似农村定期赶集的集市，现在城市的早市、夜市。只不过，庙会是借助于寺庙开庙的日子而形成的集市。尽管地方是在寺庙，但宗教（庙）的成分已经淡化。

比如老北京有名的土地庙庙会，地址在现在宣武门外的下斜街。土地庙建于元朝，原有三层大殿，后遇火灾，烧了一些殿堂，有庙会的时候，只剩下不大的一个殿了，供着土地爷和土地奶奶。

庙会每月逢三（农历三日、十三日、二十三日）开庙。开庙的时候，人山人海。但人们来此并不是拜土地爷，主要是借这个地界儿，来买卖生活的日用品，及粮油、蔬菜、水果、小吃等。

老北京的庙会不少。我手头有份 1930 年统计的资料，当时北京的庙会，城区（相当于现在的二环路以内）有二十处，郊区有十六处。

当时有"八大庙会"之说，即西城的白塔寺、护国寺；东城的隆福寺、东岳庙；南城的土地庙、蟠桃宫（地址在东便门）、白云观、火神庙（即厂甸）。

到北京解放后，20 世纪 50 年代，北京还有"五大庙会"之说，即土地庙、火神庙（花市）、白塔寺、护国寺、隆福寺。

这"五大庙会"，都是属于定时开"市"的庙会，比如西城的护国寺，每月逢六开"市"；东城的隆福寺，每月逢一、二、九、十日开"市"。因这两个庙会规模较大，逛的人多，所以老北京有"西庙""东庙"之说。

每逢年节开放的庙会有厂甸（火神庙）、白云观、蟠桃宫、万寿寺、黄寺、大钟寺、雍和宫等。

这类庙会虽说有寺庙的香火相衬托，但就庙会本身而言，依然是"市"的概念，没有多少宗教的内容了。

在我的印象里，直到 20 世纪 60 年代，也就是在"文革"之前，隆福寺、白塔寺、护国寺、厂甸（即火神庙）等庙会依然还在。这几个庙会，我小的时候，大人领着我都逛过。

当然，那会儿的庙会，已经完全是民俗味儿很浓的"市"了。

白塔寺庙会的杂耍、京剧、曲艺、鸽子、鸟儿；隆福寺庙会

《不灭的香火》

的古董、古籍和小人书摊；护国寺庙会的鲜花、各样儿的北京小吃、小金鱼儿；春节的厂甸庙会，空竹、风车、风筝、洋画儿、大串的糖葫芦，至今还留在我的记忆里。

1963 年春节，厂甸的火神庙庙会的年货摊儿，从和平门外的桥头起，一直向南摆到了虎坊桥的十字路口。

那会儿，内城的城墙还没拆，城墙外的护城河结着冰，河岸到处是货摊棚子，从和平门往东一直到前门，往西到了宣武门。

庙会人声鼎沸，逛庙会的人摩肩接踵，扬起的尘土，在天空中弥漫，逛完庙会，人快成"土猴儿"了。

据当时的报纸报道，从初一、初二一直到初五、初六，逛庙会的每天都有十多万人次。当然，我也在其中，这一盛况至今难忘。

■

过年离不开庙会

庙会在"文革"时遭遇了禁令。您想"文化革命"，寺庙首当其冲是革命的重点对象，佛像被砸烂，和尚方丈也被赶出寺院，还了俗。当然，庙会也无从谈起了。

不过，过年没有庙会，北京人总觉得生活中缺了点儿什么。没有庙会的春节，也显得有些寂寞。所以"文革"结束以后，人们在回忆庙会盛景的同时，也非常希望政府能恢复庙会这一民俗活动。

1987 年的春节，经过几年的筹备，北京东城区政府在地坛公园，举办了首届春节文化庙会。这是"文革"后恢复的第一家庙会。

当然，地坛公园的庙会吸引了大批北京市民，庙会办得非常成功，让其他区县也跟着纷纷效仿。

紧随其后，原来的崇文区在龙潭湖公园，也举办了首届春节文化庙会，盛况空前。

到 20 世纪 90 年代初，京城又形成了"四大庙会"，即：地坛、龙潭湖、大观园、白云观。

当时，北京城市中心区还是四个区：东城、西城、崇文、宣武，基本上形成了一个区一个庙会。东城是地坛，西城是白云观，崇文是龙潭湖，宣武是大观园。

北京人干什么事不甘人后，你这个区有庙会，我这个区当然也得有，城区有了，郊区也得有。紧接着，朝阳区在东岳庙，石景山区在游乐园，丰台区在花乡，怀柔区在红螺寺，门头沟区在潭柘寺，总之，没有几年的时间，当时北京的十八个区县都有了属于本地区的春节庙会。

恢复后的庙会，已经跟老北京的庙会有了很大的区别，首先在庙会前边都加上"文化"两字。

"文化"这俩字，内涵丰富，包罗万象，它加在庙会的前边，基本上从传统意义上的庙会形式脱胎换骨了。因为以前的庙会都依附于寺庙，现在则是没有庙的庙会了。

记得 20 世纪 90 年代初，我在北京电视台就庙会的话题作过两次节目，也在《北京晚报》上写过几篇关于庙会的文章。

我那会儿曾说过，北京的庙会将成为展示北京风土人情、民俗文化的一个平台，庙会将成为中国传统节日春节，老百姓民间娱乐的一个"狂欢节"，庙会也将成为浓缩京味儿文化、满足北京人怀旧情怀和温故知新的"盛宴"。

果不其然，我当时的预见，后来已成为现实。从 20 世纪 90 年代中期开始，北京的庙会，已经成为烘托着春节的喜庆气氛的"大舞台"。

继"四大庙会"以后，不但那些北京人久违的老庙会又重新恢复，而且一些新型的庙会也不断崭露头角，什么"洋庙会""音乐庙会""冰雪庙会""古玩庙会""品茶庙会""迎春庙会"等等，真是八仙过海，各显其能。

如果说，20 世纪 80 年代恢复的庙会，在举办地还能与"庙"沾上点儿边儿的话，那么现今北京的庙会，已经完全不拘形式和地点了，只要是春节期间搞的大型娱乐文化活动，都可以贴上"庙会"的标签。

比如这几年流行的文化馆、宾馆饭店，甚至大型商场里举办的文化庙会，哪有"庙"的影子呢？

2005 年的时候，北京春节期间举办的庙会有三十五个。到 2011 年，北京的城区和郊区举办的大大小小各类庙会，已经达到了近百处。

不过，北京庙会的形式变来变去，不离其"宗"，主题仍然是一个：展示北京的传统民俗文化。

就这一点而言，北京最早恢复的几大庙会，如地坛庙会、大观园庙会、白云观庙会、龙潭湖庙会、东岳庙庙会、厂甸庙会等，还保留着传统庙会的味道。这几处庙会，也是北京人和来北京旅游观光者最喜欢去的地方。

近几年，最先恢复的"四大庙会"风采依旧，尽管庙会众多，它们仍然独占鳌头，每年都吸引着大批的人。

2008年地坛庙会的摊位竞拍，一个摊位竟拍出了近二十万元的天价，2009年再拍，居然涨到三十万元。一个卖羊肉串的摊位，在春节庙会短短的几天，摊位费竟达到了三十万元，您说他得卖出多少羊肉串去？

摊主是精明的生意人，能做赔本的买卖吗？据摊主介绍，在庙会上，平均一分钟能卖出三十串羊肉串。由此可见逛庙会的人有多少了。

北京人为什么爱逛庙会

北京人为什么喜欢逛庙会呢？因为庙会热闹。人们过年就是为了过个热闹劲儿。

其实，老北京庙会上的小吃，并不见得很卫生，东西也不见得比平时买更便宜。杂耍、民间艺术表演因为人多，也许还看不大真切。

但庙会却永远那么有诱惑力，主要是北京人想到庙会感受一下过年的气氛，沾沾喜气。

这让我想起老舍先生在长篇小说《赵子曰》中，描写的白云观庙会的情景："逛庙会的人们，步行的，坐车的，全带着一团轻快的精神，平则门外的黄沙土路上，骑着小驴的村妇们，裹着绸缎的城里头的小姐太太们，都笑吟吟到白云古寺去挤那么一回。"

是呀，那会儿交通不方便，从城里到白云观得骑驴。但人们却要在过年的时候，笑吟吟地"挤那么一回"，挤出一身汗，挤回一身土。但同时也挤到了心中的一种美意。说到底，还是一个字：值！

当然，逛庙会也有乐子。近几年，北京的庙会越办越丰富多彩了。在庙会上您能买到各种各样的民间工艺品，能看到民间的花会表演、民间歌舞、音乐、戏曲、曲艺、杂技等娱乐节目。

您在庙会上可以猜谜、看灯，也能品尝到各种各样的北京风味小吃。尤其是各大庙会都有不同的主题，如地坛庙会的祭地表演、大观园庙会的元妃省亲、龙潭湖公园的花会大赛等等。

各种民间艺术形式，把庙会烘托得红红火火，热热闹闹。其实这都是民俗文化。

在这些玩的、看的、摆的、放的、唱的、跳的、买的、卖的、吃的、喝的，热热闹闹当中，浸透着浓郁的北京民俗文化的元素。这些文化元素不逛，是咂摸不出其中的味道来的。

当然，庙会要的就是一个热闹劲儿。这种热闹欢快的场面，正好符合春节的气氛。人们平时在各自的工作岗位，辛辛苦苦忙碌了一年，在家里也被繁琐的家务活儿消磨了一年，不正好可以到庙会上去放松一下、"解放"一下吗？

在庙会这种热热闹闹、红红火火的氛围中，感受一下民俗的乐趣，也许这正是北京春节的庙会的魅力所在。

自然，在逛庙会的过程中，您也能领略到北京的民俗风情，品尝到地道的"京味儿"。

不灭的香火

魅力白塔

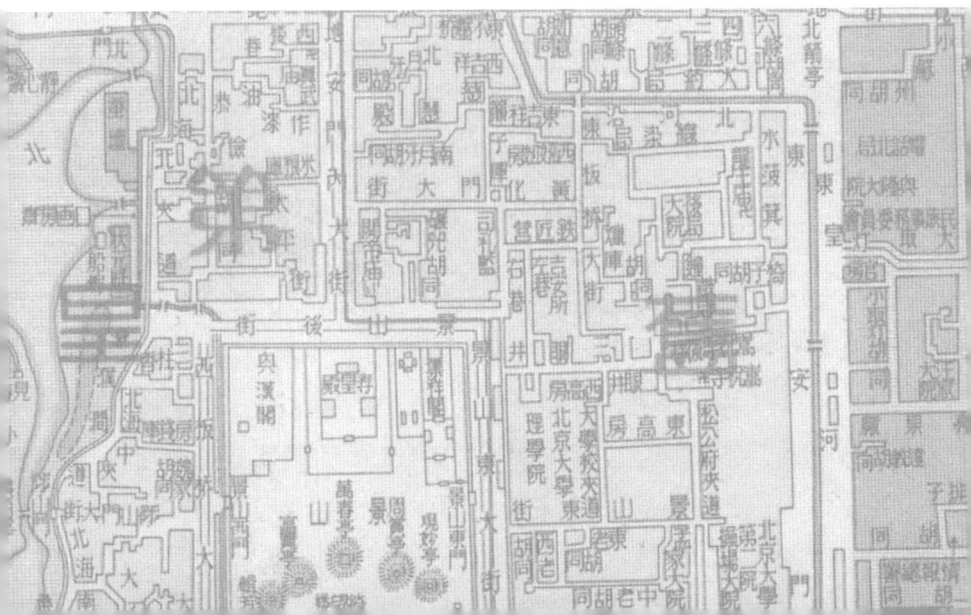

白塔是老北京城的地标

北京人说到地名的时候，往往爱挑那些显鼻子显眼的建筑当标志。

比方说，要去阜成门内的宫门口胡同。别人问您去哪儿，您会说去白塔寺。因为宫门口就挨着白塔寺。

白塔寺的白塔不但在西城，在北京也赫赫有名，它，甚至可以说是老北京城的地标性建筑。而宫门口呢，除非是住在它附近的，住得稍远点儿的人就不会知道了。

有一年，我去西安，在火车上碰上一位一口京片子的北京人。我问他住哪儿，他说住白塔寺。

我听了一愣，因为我是在辟才胡同长大的，白塔寺离辟才胡同有两站地。这么说起来，我们算邻居呢。

再一细问，原来他住在白塔寺北边的富国街。敢情离白塔寺还有两站多地呢。可见白塔寺对北京人的影响力。

先有塔后有庙

白塔寺因白塔而闻名，而且作为庙来说，它是先有的塔，后有的庙。

说起这白塔寺，算是北京资深的一座老庙了。白塔寺的白塔，当年号称"镇城之塔"。

您也许不知道，早在建这座白塔之前，这里原本还有一座塔，这座塔也非常有名儿，叫佛舍利塔。

早在辽代的时候，白塔寺的位置属于辽南京城的北郊。辽道宗寿昌二年（1096年），在这儿建了一座专门供奉佛舍利的塔。

塔身内藏有释迦佛舍利戒珠二十粒，香泥小塔两千座，无垢净光等陀罗尼经五部，当时香火极盛。但这座塔后来毁于兵火，只留下了塔的基座。

到了元代，这一带成了元大都城内的西部。元世祖忽必烈定国号为元之后，于至元八年（1271年）敕令在辽塔的遗址上重建一座塔，就是现在的白塔。

因为原来的辽塔供奉的是佛舍利，忽必烈对此塔的建造极为重视，工程由尼泊尔著名建筑设计师阿尼哥主持。

经过八年的精心修建，白塔于至元十六年（1279年）竣工，并迎释迦佛舍利藏于塔中。这座塔设计建造得十分精美，可以说是中国最早也是最大的覆钵体式白塔。

我曾在尼泊尔的加德满都，参观过博达哈大佛塔，这座塔高三十八米，周长却有一百米，建于公元 5 世纪，已有一千五百多年。这座全世界最大的圆佛塔，也是尼泊尔的地标性建筑。

可以想象到元世祖忽必烈，是知道博达哈大佛塔的，要不他怎么会把尼泊尔最牛的设计师阿尼哥给请到大都城来，设计北京的白塔。

毫无疑问，这两座白塔，是中国和尼泊尔两国人民友谊的象征。

跟博达哈大佛塔相比，北京的白塔要高出它十多米，达到五十点九米高。塔分塔基、塔身、塔刹三个部分，其中台基高九米，底座的面积十四点二二平方米，比博达哈大佛塔的周长一百米要小得多，否则，世界覆钵体塔的老大要数北京的白塔了。

白塔圆圆的塔身，远远看上去像一个钵，所以人们又称它为"宝瓶"。钵体安了七条铁箍，上面有亚字形的小须弥座，再往上是十三"天相轮"。顶端是直径九点七米的华盖。

华盖，也被称为"天盘"，是用厚木做底儿，上面有铜板瓦做成的四十条放射形的筒脊。华盖的四周，悬挂着三十六副铜质的透雕的流苏和风铃，风吹过来，铃铛响起来，声音悦耳，余韵袅袅。

华盖的中心还有一个高约五米的鎏金宝顶，以八条粗壮的铁链将宝顶固定在铜盘之上，工艺非常讲究，造型也很独特。

最让人称奇的是，白塔无论是在白天的日光下，还是在夜晚的月光下，都没有影子。所以，老北京人传说：白塔寺的塔，无影白塔塔无影。

这是怎么回事儿呢？有人以为跟佛光普照有关，其实并非如此。

有人专门从科学的角度进行现场考察，发现光照无影是由于塔身高大，又是圆锥体，加上周边的胡同狭窄，影子隐没于胡同的墙上的投影之中了。

白塔的落成让忽必烈异常喜悦，兴奋之余，他又下令以塔为中心，修建了一座面积约十六万平方米的大寺院，敕名"大圣寿万安寺"。

大圣寿万安寺，就是妙应寺的前身，这里成了当时皇家进行宗教活动和百官习仪的中心场所，香火盛极一时。

由于大圣寿万安寺的白塔建得宏伟高大，又漂亮又壮观，所以从元代起，老百姓就把这座寺庙叫作白塔寺。白塔寺的俗称，一直延续到现在，以至于它在后来改名叫妙应寺，人们也没改口儿。

白塔的雄伟连火神祝融都敬畏三分，元至正二十八年（1368 年），一场特大的雷火，烧毁了大圣寿万安寺的所有殿堂，但这座白塔却安然无恙。京城的老百姓对这座白塔更刮目相看了，有关它的传说也多起来。

到了明代，明宣德八年（1433 年），宣宗朱瞻基下令修葺白塔。之后又重建了一座寺庙，改名为妙应寺，但面积仅仅是一点三万平方米，跟原来大圣寿万安寺十六万平方米的规模无法相比。

在这以后的五百多年间，明、清两代的皇帝多次敕令修葺白塔和寺庙，使这座寺庙香火不断。

■

白塔跟鲁班爷的故事

大约在清朝的同治年间，白塔寺内的僧人迫于生计，将寺内的配殿及空地对外出租，逐渐演变成京城著名的"四大庙会"之一（另三个庙会是西城的护国寺、东城的隆福寺和南城的火神庙）。

每逢开庙的日子，这里热闹非凡。北京的老百姓也有"八月八，走白塔"的习俗。

许多住在西城的老北京人，对白塔寺的庙会记忆犹新，庙会一直延续到上世纪50年代末。

记得我小时候，家人还带着我逛过白塔寺庙会。庙会的杂耍和小吃让我流连忘返，浓浓的京味儿至今难忘。

"文革"当中，白塔寺遭到了破坏，山门和钟鼓楼被拆除，并在原址盖起了副食商场。1976年唐山大地震，白塔天盘下的十三天部的顶端被震坏。

但白塔寺在北京太有名了！有着六百多年历史的白塔，早在1961年，就被国务院批准公布为全国重点文物保护单位。

白塔那可是北京的地标呀！白塔顶部的华盖给震坏了，此事牵动着北京老百姓的心。

作为北京的地标性建筑，白塔的受损情况得到了北京市政府和国务院的重视，1978年，政府投巨资，对白塔以及寺内的殿堂进行全面的修复。

修复白塔的华盖，对当代的工匠是个考验。我曾采访过参与修复工程的北京市房修一公司的老瓦匠关爷。

他坦言，修复白塔华盖有非常大的难度，上百年了，白塔的顶部没有人动过。

关爷给我讲了一个有意思的传说故事：

相传，当年白塔上"天盘"也被一场大地震给震坏。白塔是镇城之宝，哪能让它的"天盘"掉了呀？于是皇帝下旨，必须在一百天之内修复。但白塔的顶部设计复杂，工匠们一时无计可施。

眼瞅工期快到了，这可把大家伙儿难住了。因为延误工期，就是抗旨不遵，脑袋就要搬家。

众人正在焦灼不安，忽然有个卖蝈蝈儿老头儿从庙门前过。老头儿衣衫褴褛，饥肠辘辘。众人见其可怜，动了恻隐之心，商议一番，把他的一挑子蝈蝈儿都买了下来，老头儿对大伙儿的慷慨厚道感激不尽。

老头儿走后，大家这才发现那些蝈蝈儿没有叫声，打开所有的蝈蝈儿笼子一看，里面什么也没有。大伙儿正在纳闷儿，有人看到挑子下面有一个纸卷儿。

众人把纸卷儿展开，原来是白塔顶部包括"天盘"和宝顶的图纸。大伙儿顿时明白了，敢情那个老头儿是鲁班爷。

鲁班爷见大伙儿要被杀头，特意来救大家。有了这张图，白塔顶部很快就修复了。

关爷对我说：鲁班爷是我们这一行的祖师爷。过去，工匠们在施工时遇到难题，便想象着鲁班爷能来救助。其实，哪有鲁班爷呀？

关爷说：鲁班爷是谁？就是我们自己。世界上的活儿，有会做的，也就有能修的。面对复杂的技术，我们群策群力，一起开动脑筋，攻克了一个个难题，终于让古老的白塔，重新展现在北京人的面前。

关于鲁班爷修白塔的民间传说，还有几个版本，其中有一个传说是锔白塔的。有一年闹地震，把白塔震裂了，怎么修复这条大裂缝呢？工匠们发了愁。

正在一筹莫展之际，来了一个锔盆锔碗的老头儿。他几天没找到活儿干，又饿又渴，走道儿都打晃儿了。

工匠们见状，急忙把他让到工棚，好吃好喝款待。有人知道他是锔盆锔碗的，就跟他开玩笑，这个白塔您能锔吗？他看了看，笑而不语，当晚，道了谢就走了。

但第二天，大伙儿忽然发现白塔的裂缝被锔上了。这时人们才省悟那位锔盆锔碗的老头儿是鲁班爷。

《魅力白塔》

顺口溜说白塔

　　"文革"之中，白塔也遭了殃，不但庙里的和尚被驱散还俗，山门也拆了，建起了白塔寺副食商店，还有中药店。改革开放之后，白塔也得到了"解放"，上个世纪 80 年代末，西城区政府拆迁了中药店，后来又拆迁了副食商店，亮出了白塔寺的山门。

　　白塔寺的白塔之所以有名，除了它悠久的历史和建得漂亮之外，还因为它高大。在三十多年前，白塔在北京绝对是最高大的建筑之一了。

　　那会儿，百分之八十的北京人还住在胡同的平房里，京城几乎没有超过十层的高楼。所以在晴天丽日之下，白塔显得非常雄伟壮观，隔着几里地都能看见这座白塔。

　　同时，白塔又像是一个"轴心"，在它的周围，汇聚着许多寺庙、王府、名人故居。

　　早年间，有首民谣流行于北京的四九城："平则门，拉大弓，过去就是朝天宫。朝天宫，写大字，过去就是白塔寺。白塔寺，挂红袍，过去就是马市桥。马市桥，跳三跳，过去就是帝王庙。帝王庙，绕葫芦，隔壁就是四牌楼……"

　　这首民谣，非常生动地描绘了从阜成门到西四这一段街道的几处有名的建筑。阜成门在元代叫平则门，有些老北京人，还习惯地称呼这个老地名。

"拉大弓"是指阜成门内北边，在明代就有的弓箭作坊。这些弓箭作坊到清代已经不存在了，但留下了东弓匠营和西弓匠营的地名。

朝天宫是明代有名的皇家道观，建于宣德八年（1433年），是在重修白塔寺的时候，一起建起来的大道观，占地面积是白塔寺的几倍，从阜成门内大街往北，一直到现在的平安大街。

这个大道观在明代非常有名，是京城"十大道观"之一，可惜的是1626年毁于火灾，现在已没有任何遗迹，仅留下了地名，如前文说的宫门口，以及东廊下和西廊下等胡同。

"朝天宫，写大字"是怎么回事呢？

原来，当年在朝天宫附近有个"天禄轩"茶馆，平时聚集着一些落魄的文人和"抄书匠"，以代人写书信、抄文章、写对联、题匾额等为生。

老北京城不识字的文盲很多，代人写书信、抄文章也是一种职业。当时用的是毛笔，毛笔字又被北京人称为大字，故有"写大字"一说。

白塔寺怎么会挂了红袍呢？

原来白塔寺是一座藏传佛教的寺庙，当年有点儿身份的佛教徒到白塔寺拜佛时，都要向白塔献哈达，因为塔内有佛祖舍利。

哈达最长的有一百多尺，有白的，也有红的，由人爬梯子从塔顶挂上去。那些红绫子的哈达挂在白塔上，远望犹如白塔穿上了红袍。

现在白塔寺东边的十字路口，原来有一座桥，因为元代这一带有一个很大的马市，因此这座桥名叫马市桥。桥是木板的，年久失修，有许多缝隙，人们过桥免不了要跳着走。所以才有"马市桥，跳三跳"。

过了马市桥，路北就是历代帝王庙。历代帝王庙是明清两代皇帝祭祀历代帝王的皇家寺庙，建于明嘉靖十年（1531年），是全国唯一的一座系统祭祀历代帝王的场所。

这里祭祀的历代帝王共计一百八十八个牌位，历代功臣七十九位，上至"三皇五帝"，下至明代历朝帝王名臣。

民国以后，皇家的祀典被废，历代帝王庙改由中华教育促进会及幼稚女子师范学校等单位使用。解放后，由北京女三中使用，女三中后改为北京第一五九中学。

历代帝王庙在1996年，被定为全国重点文物保护单位。

为了完整地保护这处重要的古代建筑群，恢复历代帝王庙的原貌，北京市、区两级政府前后投资四个多亿，新建校址，将一五九中学整体搬迁，并对庙内建筑全面修复。

这里成为改革开放以来，北京投资最多、修复的工程量最大的一处重点文物保护单位。

如今，历代帝王庙已经对外开放，成为人们缅怀古代先贤，弘扬中华民族传统文化的场所。

四牌楼，就是现在的西四。在早，帝王庙前的东西也各有一座跨街的木牌楼。1954年拆除了。木牌楼中间被称为"景德街"，是由皇帝命名的专用御道，老百姓得绕着它走，所以民谣中有"绕葫芦"的说法。

白塔周围名胜古迹多

北京的名胜古迹众多，除了妙应寺的白塔，另外一座白塔也很有名，那就是北海公园里万岁山上的白塔。

这座白塔也曾经是北京的地标性建筑，但是两个白塔比较起来，还是妙应寺的白塔更有名儿。

白塔寺及周边，也是北京带有地标性的历史文化区。

在白塔寺西边的宫门口有鲁迅故居。东边有我国第一座全科医院中央医院旧址，即现在的人民医院，有全国著名的古刹广济寺，有建筑风格独特的西四转角楼，有现代建筑原地质部，现国家矿产地质部大楼。

南面有原顺承郡王府，现全国政协办公楼及政协礼堂，有老华北局，现民主党派办公大楼，有万松老人塔及京城最早的胡同砖塔胡同。

北面有以抗日英雄赵登禹命名的街道，有西四北头条到八条北京历史风貌保护区。

此外，还有众多的历史文化名人故居，如冯公度故居、齐白石故居等。

不管是古代的，还是现代的，一座建筑一旦成为一座城市的地标，不但会走进人们的生活，也会走进人们的记忆。

当然，它也是这座城市的记忆。毫无疑问，白塔是古都风貌代表性的建筑，是重要的历史文化遗产。

每当我走过阜成门的时候，眺望着雄伟壮观的白塔，便会产生奇妙的遐想，当年叱咤风云的忽必烈，建这座白塔及修建占地十六万平方米的大圣寿万安寺时，是多么气势恢宏。

十六万平方米，几乎涵盖了现在阜成门内以北的大部地区，而当年白塔寺的香火又是多么旺，方圆几十里的香客，都来这里进香朝圣，香烟弥漫，人声鼎沸，那种景象是多么壮观！

往事悠悠，如今这一地区已完全改变了模样，忽必烈时代寺庙的盛景已经如过眼云烟，甚至连片瓦都找不到了。

只有这座傲然屹立、岿然不动的白塔，还有周围的胡同，还能告诉今天的人们这里曾经有过的奇观和发生过的故事。

白塔像是一位饱经沧桑，沐浴过七百多年风雨的老人，镇定自若，神闲气定，不为岁月的流光掠影所迷，不为朝代更迭的烟云所困，见证着这座城市的历史，见证着时代的变迁。

也许这正是白塔寺白塔的魅力所在。难怪北京人以它作为古都的地标，难怪离它几里地居住的人喜欢用它来说地名。

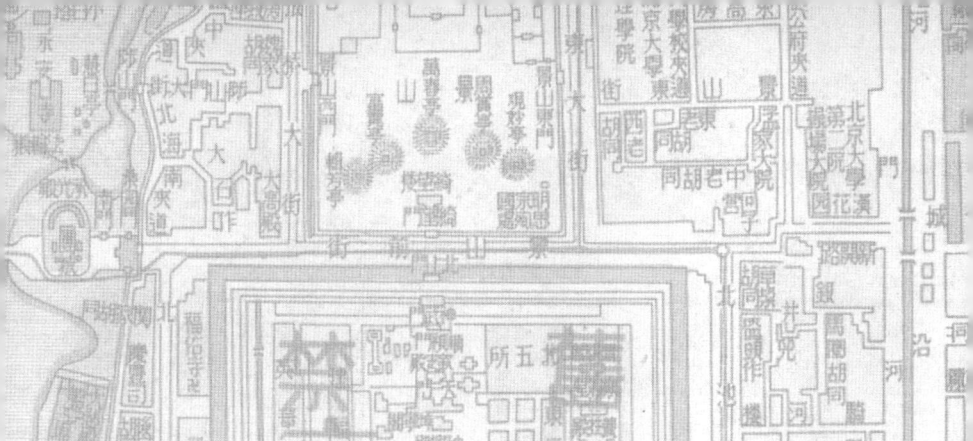

老北京的"四大"
与"四大名医"

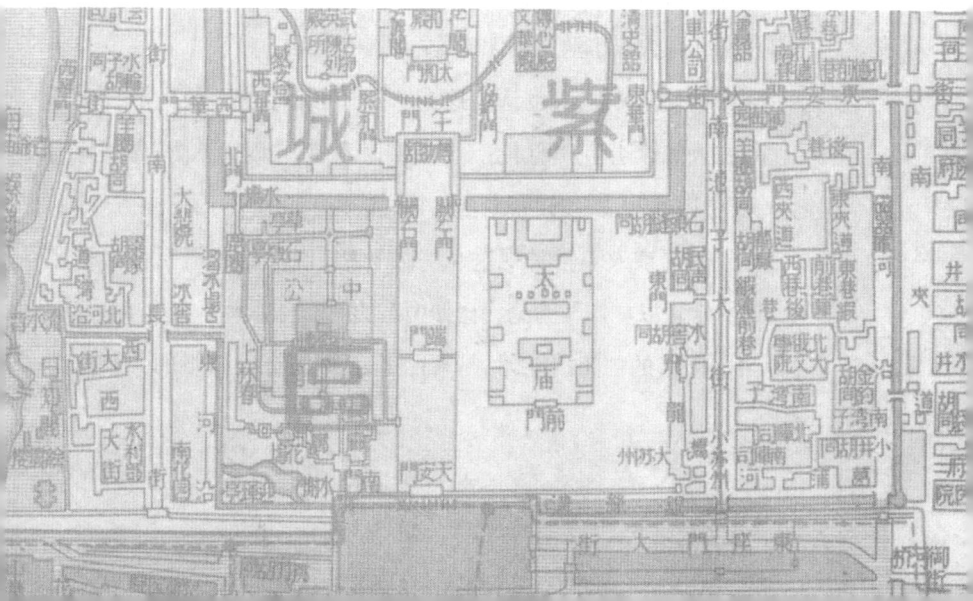

老北京人喜欢"四"

"四"在中国人的眼里是特殊的字，当然，不只是中国人认这个"四"字，其他国家的人也把"四"视为吉利数，古代的印度人把"四"视为"最大"和"无限"，比如他们认为地、水、火、风，是构成一切物质的元素，所以称为"四大"。

有个成语叫"四大皆空"，有人用它来比喻一个人干事一事无成，其实这是不对的。"四大皆空"是佛经里的一句话，佛家认为宇宙间的一切都是"空"的，这个"空"字是哲学意义上的说法，跟人干事业一事无成是两码事儿。

古代的中国人也认为这个"四"字有"大"的内涵，要不然古人怎么会有"四书五经""四时八节""四面八方""四海为家""四通八达""四亭八当"等说法呢？

老北京人非常重视这个"四"字，在总结和概括什么事儿时，常常以"四"为论，比如中医的"四门医术"：望、闻、问、切；京剧的"四门艺术"：唱、念、做、打；相声的"四门功课"：说、学、逗、唱；等等。

老北京人拿"四"说事儿的例子很多，比如评选活动，往往也喜欢以"四"为尊，评出"四大"什么来，比如"四大名旦"，即梅兰芳、尚小云、程砚秋、荀慧生；"四小名旦"，即李世芳、毛世来、张君秋、宋德珠。

梨园界还评出来"四大须生"，这"四大须生"还分前后，"前四大须生"，是余叔岩、高庆奎、马连良、言菊朋；"后四大须生"，是马连良、谭富英、杨宝森、奚啸伯。

书法家在老北京也叫"书家"，老北京有两个"四大书家"之说，一个是清乾隆年间的"四大书法家"，他们分别是成亲王永瑆（乾隆的第十一儿子）、翁方纲、铁宝、刘墉（即传说中的"刘罗锅"）。

另一说是清末民初的"四大书法家"，他们分别是宝熙（瑞忱）、邵章、罗复堪、张伯英（勺圃）。

此外，金融界还有所谓"四大钱庄"的说法，即"四大恒"：恒兴号、恒利号、恒和号、恒源号。

老北京人说谁有钱，不说腰缠万贯，而说"腰缠'四大恒'"，由此可知"四大恒"的影响力。

新北京有"四大商场"的说法，即王府井百货大楼、东安市场、西单百货商场、东四人民市场；还有"四大菜市场"，即西单菜市场、东单菜市场、崇文门菜市场、朝内菜市场。

老北京的各行各业也喜欢以"四"说事儿，比如戏曲界有"四大徽班"，即三庆班、四喜班、春台班、和春班。

玉器行有"四怪"一说，即四位大师级人物：潘秉衡、王树森、何荣、刘德瀛。

餐饮业的"四大斋"，即做五香酱牛羊肉的"月盛斋"，做月饼和点心的"正明斋"，做酱肘子的"开福斋"，做酸梅汤的"九龙斋"。

老北京的餐饮业还有"四大兴"，即福兴居、万兴居、同兴居、东兴居。

清真餐馆有"羊肉四大家"的说法，即"东来顺"的涮羊肉，"烤肉季"的烤羊肉，"月盛斋"的酱羊肉，"白魁老号"的烧羊肉。

老百姓家里的"四大件"，即所谓的"三转儿"——手表、缝纫机、自行车，"一提拉"——录音机（另一说是收音机）。

当然有些"四大"什么的名目，只是有时有会儿的过眼云烟，时间一过，也就没有多少人记得了，我在上世纪90年代，还有幸入围了一个"四大"。

1994年，我在《北京晚报》当记者时，被评为首届全国"百佳"新闻工作者，同时被评上的还有三位，于是北京的媒体把我们四个人，说成是京城的"四大名记"。

那段时间，我走到哪儿，别人都介绍我是"名记"，因为在北京话里"名记"跟"名妓"同音，而且以前人们很少说"名记"这个词儿，弄得我赶紧跟人家解释这个"名记"是记者的"记"。

当然，这"四大名记"随着岁月更迭，时过境迁，现在的北京人早就忘了，我走到哪儿，也没人提起"名记"这个茬儿了。

"四大名医"是怎么来的

不过，有些"四大"却能青史留名，因为他们独特的技艺和高尚的人品，岁月难以洗去他们的名望，比如老北京的"四大名医"。我很小的时候，就听一些老北京人如数家珍地说出他们的名字：萧龙友、孔伯华、汪逢春、施今墨。

京城早年有给皇上看病的太医院，太医院的位置大概其在现在国家博物馆的南面，当然，太医院属于皇家医院，但不光是给皇上一个人看病。

当年的太医院集中了全国最有名的中医大夫，其编制也有几十号人。辛亥革命后，太医院随着清王朝的灭亡也散了摊子。

当然，太医院的大夫属"国粹"，不给皇上看病了，依然是宝贝，有的衣锦还乡，成为当地的名医。有的已然在京城有了名气，不愿回老家，就在京城扎了根。

虽然这些中医大夫如玉珠流散民间，但有太医院的牌子，开门问诊，自然求医者盈门，北京的许多名医就是这么来的。

不过，说到老北京的"四大名医"，却跟皇家的太医院没有什么关系。这"四大名医"是怎么来的呢？

是民选，还是"公知"？其实都不是。原来这"四大名医"的来历另有出处。

话说 1935 年，国民党政府颁布了中医行医的管理条例，规定了中医大夫开门问诊的考核办法和立案手续，也就是说，您想开中医诊所，得有合法的营业执照。

这个执照不是托人花钱就能办的，也不是随便申请就能得到的，您想拿到这个营业执照，必须参加考试，就像现在考机动车驾照一样。

考试得有考官呀，在北京的第一次中医资格考试时，当局挑选了医术精湛、德高望重的四位大夫当主考官。

这四位主考官就是萧龙友、孔伯华、汪逢春、施今墨。当时的主考官除了负责出题和阅卷，还要管最后的评判，换句话说，谁能拿到中医的营业执照，得这四位爷拍板。

您想他们的地位是不是一下子就提升了？哎，这"四大名医"的称号就是这么来的。

各有专长的"四大名医"

这"四大名医"各有所长，萧龙友的拿手绝技是治疗各种虚劳病症；孔伯华擅长治疗温热病症；汪逢春擅长治疗湿温病；施今墨擅长治疗心脏病和内科杂症。

萧龙友，生于 1864 年，去世于 1962 年，活了九十八岁。他于 1934 年，与孔伯华一起创办北平国医学院，培养了大批中医人才。儿子萧璋是北京师范大学中文系教授。

孔伯华 1885 年生于山东曲阜，去世于 1955 年，他的祖父孔宪高是前清的进士，通文也精医理，孔伯华受其影响，从小就习文习医，十六岁来北京应聘，在外城官医院任医官，后来辞职开门诊，因为医术不凡，名声鹊起。

孔先生不但医术高明，人品也佳，他的诊室题匾"不龟手庐"，"龟手"就是手有皲裂和冻疮的意思，这是他自谦给人看病不过是让人的手不皲裂和有冻疮，意思是有特效的雕虫小技而已。

他与萧龙友创办北平国医学院，历时十五年，毕业生达七百多，这些学生后来分布于全国各地从医，可谓桃李满天下。

1952 年，毛泽东主席在西郊的玉泉山接见了孔伯华，这之后不久，他给中央写信，提出："中西医体系两异。其理法说教虽有不同，皆以治人之疾病为目的，其用心并无二致。取长补短，合一炉而治之，必将有所创新，能提高而跃进。"他可以说是最早提出中西医结合的名医之一。

孔伯华的三子孔祥珊（嗣伯）、四子祥琦承继父业，在京城也是名医。

汪逢春，生于 1887 年，去世于 1948 年。汪先生除了开门诊治病以外，还主张从医的大夫要有系统地学习，1942 年，他创办了国药会馆讲习班，培养了许多国医高手。

施今墨是浙江萧山人，在京城名气最大，他的资格也老，参加过孙中山领导的同盟会，并且还参加过在南京举行的孙中山民国临时大总统的就职典礼，同时他也是给孙中山和毛泽东、周恩来等领导人看过病的大夫。

■

施今墨救中医

老北京关于"四大名医"医术高明、妙手回春的故事传说很多，其中最有名的，是施今墨拯救中医的事儿。

众所周知，中医是咱们的老祖宗传下来的国宝医术，也被称为"国医"，但是诸位有所不知，近代历史上，西医引入国门之后，中医险些被当权者腰斩。怎么回事儿呢？

1927年，南京国民政府成立，南京成为首都，北京成为北平特别市。当时的南京，以西医的医院为临床的主流，人们看病主要找西医，中医的地位随之降低。

本来中医的地位就岌岌可危，加上当时的报纸不断有民间郎中乱开药方、卖野药、吃死人的报道，于是引起当局对中医存在必要性的怀疑。1928年，国民政府扬言要取消中医的合法行医资格。

施今墨

汪逢春

孔伯華

萧龍友

《老北京的"四大"与"四大名医"》

1929 年，汪精卫任国民党政府行政院长时，在所谓国民议会上，余云岫提出了取消中医的议案，当时国民党的少壮派态度坚决，大有不取消中医誓不罢休的劲头儿。

国民党政府迫于他们的强势，不得不采纳了他们的建议，草拟了"取缔中医行医"的决议，准备在会上表决。

这个消息传出以后，震惊了全国的中医界，您想这个决议要是通过了，以后中医大夫再行医就等于违法。换句话说，全国成千上万的中医大夫就要失去饭碗，中国老祖宗流传下来几千年的中医，就此就要夭折。

北平的中医界得知这个消息，一个个气炸了肺，毫无疑问，这种时候，"四大名医"是中医界的主心骨儿，于是大家伙儿纷纷来找他们表达心愿。

当时，施今墨大夫年富力强，对取消中医这件事气愤填膺，他连续几天废寝忘食，组织中医同仁，成立了"中医公会"，并且组建了华北中医请愿团，决定亲自带队，到南京请愿。南京政府得知他们的义举，感到非常恼怒，准备派军警前去阻拦。

该着天不灭我中医，正在双方剑拔弩张、互不相让的时候，国民党政府行政院长汪精卫这儿出事儿了。什么事儿呢？

原来他的岳母，得了一种非常奇怪的病，拉稀不止，去了几家西医院，打针吃药不但不见效，反而病情加重。眼瞅老太太生命垂危，有人向汪精卫建议，赶紧请北平的施今墨来南京把脉诊治。

"什么？请中医大夫？"汪精卫对中医也是持怀疑态度的，

这次国会表决取消中医他是准备投赞成票的，听人说这话，他脑袋摇得像拨浪鼓。

"不行，绝对不能找中医！"他对手下人说。

但他岳母那儿却急了。老太太拉了十多天稀，人已经瘦得快成糠灯了，听说中医能治她的病，老太太情急抱佛腿，赶紧让人找汪精卫，让他去请施今墨。

老太太的话，汪精卫不能不听呀！于是他只好同意试试看。

施今墨得知给汪精卫的岳母看病，心想正是让那些国民党少壮派见识一下中医疗效的机会，于是欣然前往南京的汪府。

施今墨给汪精卫的岳母把脉后，又问了问症状，给她开了药方，然后微微一笑对她说："这药煎制后分七天吃了，你的病要是好不了，我甘愿受罚。"

在旁边的汪精卫问施今墨："还要不要复诊？"

施今墨笑道："病已经好了，还用再找我复诊吗？"

面对病入膏肓的人，施今墨敢说出这话，在场的人无不惊疑。

"什么，你的这些药汤子真能治好老人家的病？"汪精卫用怀疑的眼光，看着施今墨说。

"病不除，我甘愿受罚，难道还要让我立字据吗？"施今墨冷笑道。

"好吧，咱们吃了药再说。"汪精卫不服气地说道。

果然名医的医术名不虚传，老太太服用了施今墨开的药，过了七天后，果然病症全消。这件事让汪精卫对中医的医术不得不刮目相看了。

此事见报后，令主张取消中医的那帮人无话可说，后来，在全国舆论的压力下，国民党政府不得不收回取消中医的议案。

施今墨也因为此举在国内名声大振，不久，国民政府批准成立了中央国医馆，施今墨先生担任了副馆长。1931年，施今墨先生又与同道筹建了华北国医学院。

1953年，当时的政务院总理周恩来在中南海接见了施今墨，对他说："在新中国，中医一定会有一个新的发展，我们不但要让中医在国内占有重要地位，而且要把它介绍到国外去，让西方人懂得中医是人类医学宝库中的重要财富。"

在周总理这番话的感召下，施今墨献出了治疗胃溃疡、十二指肠溃疡、肝脾肿大、气管炎、高血压、神经衰弱等十大验方，后来这十大验方，被制成"高血压速降丸""感冒丹""气管炎丸""神经衰弱丸"等成药，并打上"名医施今墨处方"销往国外。

施先生是全国政协委员，活了八十五岁，他的儿子施小墨、女儿施如瑜、姑爷祝谌予继承了他的中医事业，后来也成为京城名医。

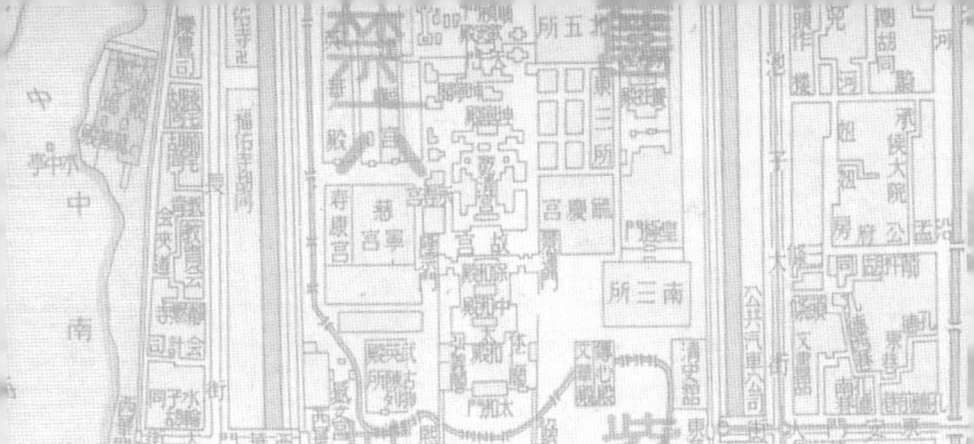

京城的"八大堂"
"八大楼"

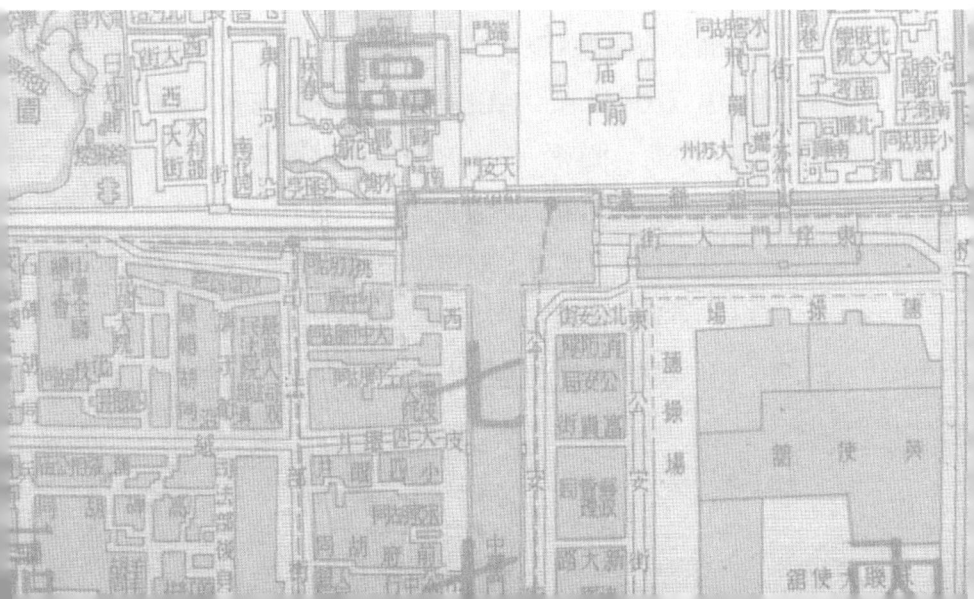

京城厨师有门派

　　"八大堂"，是老北京的八家带"堂"字的饭庄字号，"八大楼"，同样也是八家饭馆的名号。

　　老北京的饭馆很多，"堂""楼"以外，还有"八大居"和"八大春"等等说法。

　　北京城曾是辽国的南京。辽国有五个都城，上京临潢府（今内蒙古巴林左旗林东镇），中京大定府（今内蒙古赤峰市宁城县），东京辽阳（今辽宁省辽阳市），西京大同府（今山西省大同市），北京是南京析津府。

　　从辽代开始，北京就是都城。跟历史上任何一座都城一样，从那时开始，北京就是一个五方杂处的移民城市。

　　从辽代到民国这千八百年，统治者换了几个民族，所以在吃上，京城没有形成自己独有的风味菜。不过，话又说回来，说没有自己独有的菜，这本身就是一个特色。

　　它体现了京城文化的包容性和宽容大度。在这一"特色"

里，首先就要说到山东菜，也就是鲁菜。

老北京做买卖，是非常看重帮派体系的，山西人在京城开钱庄的多，开酒馆（大酒缸）的也多，所以这两个行当，几乎是他们的天下，其他地方的人，很难插足。

开当铺的几乎都是安徽人，外省人很难介入。开古玩铺、开书店的，多是河北人，开布铺的山东人居多。

同样，老北京有四个行当是山东人的天下，一个是送水的，一个是卖猪肉的，还有"勤行"，也就是开餐馆的；另外一个就是开粪场、淘大粪的。山东人能吃苦，这四个行当都属"苦大累"的活计。

老北京没有自来水，人们喝水用水，全靠井水和河水。井是要有人掏钱打的。打井的主儿把井打出水来，便靠卖水为生，老北京管干这行的叫开"井窝子"的。

有的"井窝子"，管着几条胡同的人吃水用水。当然，开"井窝子"的单管卖水，送水得另雇人。

送水是卖力气的活儿，同时还要办事实在、认真，所以开"井窝子"的相中了山东人。最初也就是同村的七八个人，时间一长，十里八村的汉子都来了，京城送水的成了山东人的"天下"。

老北京人管送水的叫"水三儿"，据说这是"老山东"自己起的名儿。

老北京非常尊重少数民族的生活习惯，卖牛羊肉的单有地方，叫"羊肉床子"。肉市，主要是卖猪肉，几乎被山东人垄断。

还有就是餐饮业，老北京管餐饮业叫"勤行"。"八大堂"和"八大楼"都属于鲁菜，鲁菜是中国的"八大名菜"之一，也是北方菜的代表，鲁菜又分为"胶东派"和"济南派"。

从明代开始，鲁菜就在京城唱主角，京城的鲁菜餐馆，从东家到堂头，从厨师到先生（财会人员）几乎都是山东人。

还有一个行当也是山东人独霸天下，就是淘大粪的。您瞧，吃喝拉撒"一条龙"，几乎全让山东人给包了。

老北京的饭馆分档次

老北京的餐馆，也分等级和档次。高档的餐馆叫饭庄，当年的饭庄都设在宽敞的大四合院，有几家最有名的饭庄，是带跨院的"宅子"。院子里有花园，有亭台楼榭，甚至还有戏台。

这种饭庄，除正常的用餐之外，还可以在此举办红白喜事、贺寿庆典等宴席。

饭庄的字号多带"堂"字，"八大堂"就属于这类高档饭庄。"八大堂"是：

惠丰堂、聚贤堂、福寿堂、云福堂

会贤堂、福庆堂、庆和堂、同和堂

京城的饭庄不仅就餐的环境高雅，而且几乎每个饭庄都有自己的当家菜，比如坐落在东城金鱼胡同的"福寿堂"，拿手菜是"翠盖鱼翅"。

什刹海的"会贤堂"，拿手菜是"什锦冰碗"。地安门外的"庆和堂"，拿手菜是"桂花皮炸"。

西单报子胡同"同和堂"的拿手菜是"天梯鸭掌"。"聚贤堂"的拿手菜是"炸响铃双汁"。南城的"同兴堂"，拿手菜是"烩三丁""枣泥方谱"等。

第二档次是饭馆酒楼。饭馆酒楼主要设在繁华街道的大街面儿上，门脸儿不大，饭馆的面积通常五六百平米，有的在一千平米左右。字号多起带"楼"字的，叫"楼"，不见得真有楼。"八大楼"就属于这类饭馆。"八大楼"是：

东兴楼、正阳楼、鸿兴楼、泰丰楼

致美楼、新丰楼、安福楼、春华楼

在早，老北京人一般设宴请客，主要是去"八大楼"这样的饭馆。不过，一般带"楼"字的饭馆地方有限，"大席面儿"只能摆五六桌，超过十桌（一百人左右），您只能去带"堂"字的饭庄了。

跟"八大堂"一样，"八大楼"也有自己的看家菜，比如光绪二十八年（1902 年），在东华门大街开业的"东兴楼"，以"济南帮"为主，兼有"胶东帮"的特色，拿手菜是"白扒鱼翅""酱汁鲤鱼""干煎鳜鱼"等。

再比如在光绪初年（1876 年）前门外煤市街的泰丰楼，拿手菜是"炸烹虾仁""油爆肚仁""干燸鳜鱼"。"新丰楼"的拿手菜是"锅塌比目鱼"等。

第三档次的是小饭馆。这类饭馆的店堂营业面积较"八大楼"要小，多以"居"为字号，但菜品却很独特，有以不同菜系和风味的招牌菜招徕顾客的，如宣武门外半截胡同的"广和居"。

"广和居"开业于清代嘉庆年间，是京城资格比较老的餐馆。因为饭馆就在会馆集中的宣南，所以，近代史上的许多文化名人，包括康有为、梁启超、谭嗣同、鲁迅等，都在这儿雅集小宴，并且在自己的日记里留下了记载。

据说京城著名的"私家菜"，潘炳年的"潘鱼"、吴闰生的"吴鱼片"、江藻的"江豆腐"，都是家里的厨师跟"广和居"的厨师研究出来的。

京城的小饭馆除名菜之外，还有专门主打一种风味菜出名的，比如"砂锅居"的"白肉"（"烧燎白肉""砂锅白肉"等）、"天兴居"的"炒肝"、"天承居"的"炸三角"、"同和居"的"三不沾"等。

在老北京，这类饭馆，也有"八大居"之说。这"八大居"是：

砂锅居、天兴居、鼎和居、广和居

义盛居、同和居、天然居、会仙居

清末民初，特别是辛亥革命以后，随着中华民国临时政府迁至北京，南方各省的官员和学子纷纷进京谋官谋职，同时也给京

《京城的"八大堂""八大楼"》

城带来了商机，京城餐饮业的格局这时也被打破，出现了"八大菜系"里其他菜系的餐馆，也出现了"西番馆"即西餐馆。

比较显山露水并且独占鳌头的淮阳菜馆，这一时期在西单地区扎了堆儿，先后出现了若干家以"春"字为字号的淮阳菜馆。

按以往"八大堂"和"八大楼"的提法，老北京人把当时比较火的、带"春"字的餐馆给归拢到一起，称之为"八大春"。

这"八大春"是：

上林春、鹿鸣春、庆林春、淮阳春

新陆春、大陆春、同春园、春园

"八大"归类说法不一

如果您看过有关老北京餐饮方面的书，就会发现有关"八大堂"和"八大楼"的提法不尽相同，具体到哪"八大堂"也有不同的说法。

比如有的文章，把比前面说的"八大堂"更有名的"堂"，如"庆惠堂""集贤堂"等归到"八大堂"，换掉了前面说的"八大堂"里的其他"堂"，而且举出了各种论据。于是，出现了所谓的"八大堂"和"八大楼"之争。

其实，这种争论是由于不清楚老北京的历史和文化产生的，也是因不懂京城餐饮界的特点才出现的无谓之争。

首先，老北京的"八大堂"或"八大楼"之说，只不过是民间老百姓的说法，并不是官方给"封"的，也不是有关部门组织征求民意选出来的，所以它本身就不具有权威性，只是约定俗成的一种普遍认同而已。

其次，老北京以"堂"字为字号的饭庄，并不是只有这"八大堂"。"八大堂"之外，还有"增寿堂""同兴堂""天丰堂""天寿堂"等等，确实有的"堂"比这"八大堂"更有名，也更有"堂"味儿。

同样的，"八大楼"之外，还有"萃华楼""松鹤楼"。"八大居"之外，也还有"柳泉居""东兴居""万兴居""福兴居"等。

"八大春"的提法更有意思，因为"八大春"之外，还有"万家春""四如春""新南春""宣南春""芳湖春""东亚春""新路春""玉湖春"等，有人干脆在"八大春"之外，又加了四"春"，统称"淮阳十二春"。

此外，老北京人对"八大堂"和"八大楼"的说法，是由时间排位和名声大小做考量的，除了"八大春"之外，这"八大堂""八大楼"和"八大居"等，大都是在清代光绪年以前就开业的，年头比较长了。

这些"八大"的说法，大约产生在清末民初的上世纪20年代前，所以现在京城的有些"堂""楼""居"，比这些"八大"要有名，但它们开业的年头比人家"八大"要晚，当然不能算在

"八大"里了。

比如有人把"萃华楼"归到"八大楼"里了。"萃华楼"现在是东城比较有名的老字号餐馆，生意一直挺火，尤其是看家菜"四喜燕菜""芙蓉鸡片""油爆双脆"享誉京城。但"萃华楼"开业于1940年的6月，这时"八大楼"早已经在京城妇孺皆知。

之前，"东兴楼"的堂头马松山跟东家失和，正好有几个发了财的主儿想在东城开饭馆，于是说通了马松山，又找了十多位有钱有势力的人合股，在王府井大街，找了个有二十六间房子的三进的四合院，开办了"萃华楼"。

当时京城的鲁菜已经不像明清时期那样一统天下，当年的"八大堂""八大楼"等已经风光不再，有的已关门歇业，"萃华楼"成为鲁菜的后起之秀，与"丰泽园""同和居"并称京城鲁菜"三秀"。

还有人把现在比较火的东城的"松鹤楼"也归到"八大楼"，这就是不了解京城餐饮界的历史，茶馆里摆手，胡（壶）来了。

京城有"松鹤楼"，这没错儿。但"松鹤楼"不是北京的"楼"，人家是苏州城的苏菜馆，而且是正儿八经的老字号，开业于乾隆年间。

但由于种种原因，"松鹤楼"的牌子在上世纪40年代才在苏州挂出来，此后一发不可收，陆续向全国发展。北京的"松鹤楼"，是解放后才以合作的方式"定居"的，跟"八大楼"没有一毛钱关系。

老字号的优良传统不能丢

老北京叫"楼"的餐馆多了，不能是"楼"，就可以往"八大楼"里凑数的。

"八大堂"也好，"八大楼"也罢，早已成为历史，而且历史上"八大"的说法也不一致，这主要是因为餐饮业的"堂无定主"造成的。

所谓"堂无定主"，是说一个餐馆做大做强容易，但能长久地生存下去却很难，因为餐饮业的生存和发展，离不开天时地利人和，尤其是在老北京时局动荡、社会不稳定的年代，维持一个餐馆酒楼的运营并不容易

所以，许多酒楼开业时红红火火，但几年以后就开始走下坡路，随着人员的更迭，又过几年便关张歇业了。以"八大堂"来说，有一半的"堂"在民国时期就"歇菜"了，解放后，也没复苏。

有的"堂"直到改革开放后，才起死回生，目前，还在经营的"堂"，只有"惠丰堂"了。前几年，有人恢复了"会贤堂"，现在也无声无息了。

"八大楼"也没剩下几个，"泰丰楼"在北平解放前夕便朝不保夕，终于在 1952 年关张歇业。但是当年"泰丰楼"火的时

京城的「八大堂」「八大楼」

候，孙中山先生和夫人宋庆龄慕名到这儿吃过饭，新中国成立后，北京市的第一任市长叶剑英，曾在这儿宴请过北京的工商界人士。

改革开放后，当时的国家副主席宋庆龄，想起了当年在老"泰丰楼"吃过的菜，一问才知"泰丰楼"早没了。她感念这家老字号，向北京市政府建议恢复。有国家副主席的建议，北京市政府当然要支持，所以在1984年，"泰丰楼"才得以重张营业。

"东兴楼"最早是在东华门大街，后来多次"挪窝儿"。我当年在《北京晚报》主持"新食府"专版，为保留下这些老字号，没少写文章呼吁，现在"东兴楼"在东直门内大街落了脚，总算把这块金字招牌保住了。

命运最悲催的当属"八大春"。当年在西单大街，这"八大春"真是春风得意，淮阳菜馆一家挨着一家，"同春园"开业时，京城大书法家冯恕为其题匾，并书写对联："杏花村内酒泉香，长安道上八大春。"

但是随着国民政府定都南京，北京成了"北平特别市"以后，大批南方人奔了南京，淮阳菜馆开始式微，到了上世纪40年代，"八大春"也好，"十二春"也罢，最后只剩下了"同春园"。

有意思的是，"同春园"也是由"十二春"之一的"四如春"的郭开臣、于宝元等人集资合股，在1930年开的。这真是应了那句话："风水轮流转，明年到我家。"

经历了近百年的风风雨雨和商海沉浮，京城餐饮界的格局早已发生了变化，老北京"堂""楼""居"的档次之分，早就是老皇历了。

当然，老字号的恢复，也只是一个堂号和特色风味菜而已，投资人和厨师、经理都已经换了。

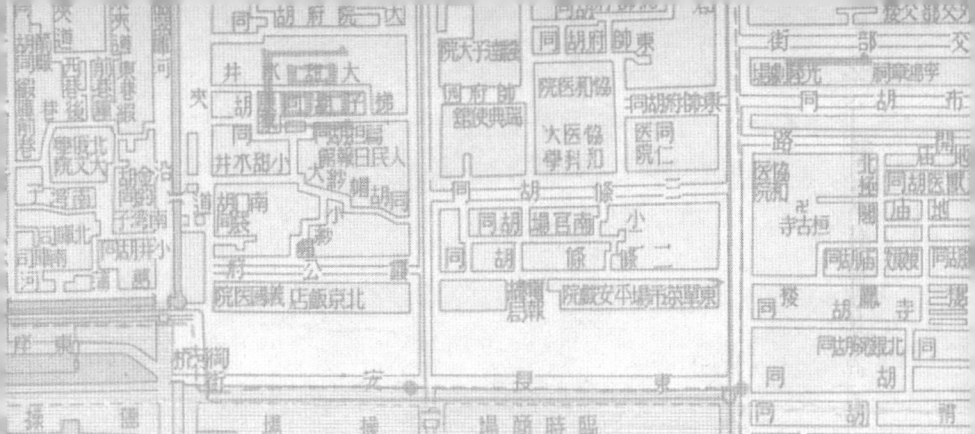

北京的花市

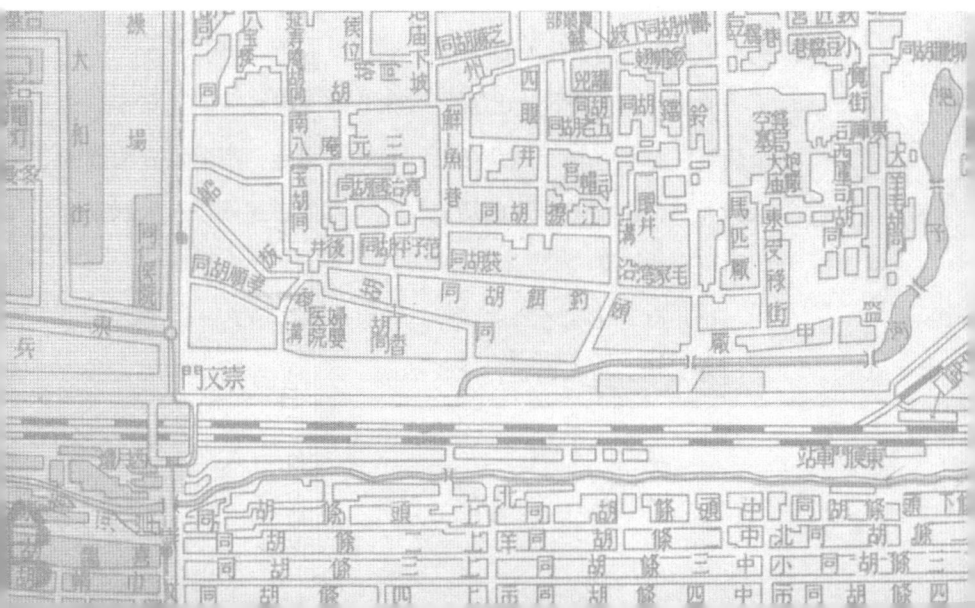

崇文门外的百年老街

花市，老北京人都知道它不是市，而是一条胡同。不，它得说是一条大街。

花市，老北京都会晓得这个花，不是鲜花，而是当年北京人最喜欢的簪花，又叫绢花。

花市，老北京人都明白花市的"花"，在口语中，一定要加儿化韵，念"花儿市"。

花，加了儿化韵，说出来是那么朗朗上口，那么喜兴，那么小巧玲珑，那么让人回味。

的确，花儿市是老北京最有味儿的街巷之一。这条街，每个店铺，每棵老树，每块砖头，每一片土地，都散发着浓郁的京味儿，都沉淀着丰厚的历史文化，都能讲述一段让人感到缠绵而留恋的故事。

花儿市，在古老的京城算是比较长的街道之一。它西到崇文门外大街，东至白桥，全长约两千米，以羊市口为界，分为东花市与西花市。

此外，在这条街上，还"套"着不少小胡同，这些小胡同也以花市命名，有花市头条、花市二条、花市三条、花市四条及花市上、中、下一至四条等胡同。

老北京从西花市口到小市口约一千米的地面，就有三百来家老字号店铺，由此可知当年花市商业繁荣的盛景。

翻开老北京的地图，您会发现南城有两条东西走向的长街：一条是东起广渠门，穿过广渠门内大街、珠市口东大街、珠市口西大街、骡马市大街、广安门内大街，到广安门，这就是现在的"两广路"。

另一条是东起白桥，经花市大街，到东兴隆街、西兴隆街、鲜鱼口，再往西，过大栅栏，穿过煤市街，往北一斜，往西走杨梅竹斜街，进东琉璃厂，再往西进西琉璃厂，过前青厂，到宣武门外大街。

这两条长街，可以说是明清以及民国时期，老北京南城重要的"商脉"，而花市则是这条商脉上的重要经络。

老北京的崇文门，因为是"税门"，在内城的九个城门中，占有重要的地位。花儿市就在崇文门的眼皮底下。

花儿市之所以成为花市，花市之所以中外闻名，就因为它是崇文门城墙根下的一条老街。

花儿市的历史至少有六百年了。今天的花儿市已今非昔比。

花市大街西口的新世界商场和国瑞大厦，两个现代化的庞然大物，像是两个身强力壮的大小伙子，站在那儿，俯瞰着这条老街。

当花市大街中部、东部新起的花市枣苑等一批新型住宅楼的高大身躯，遮掩住这条老街的时候，让我们透过历史的烟云，穿过时光的隧道，来追溯一下这条老街昔日的影子。

元大都时代，崇文门叫文明门，俗称哈达门、哈德门（因哈达大王府在门内而得名），它与顺承门、丽正门依次并列，是大都城垣南面的三座城门。

文明门外水草茂盛，人烟稀少。西来的金口河与穿宫墙而过的通惠河相汇于文明门下，所以这里水木清华，园池相构，建有许多私家园林和府邸。

明代的北京，城墙南移，文明门改为崇文门，成为内城的城门。因此处离皇城较近，而且河道纵横，林木清幽，所以寺庙道观林立。

从史料上能查到的就有关帝庙、天仙庙、土地庙、崇因观、卧云庵、无量庵、卧佛寺、白云寺、万神寺等二十余座庙宇，香火盛极一时。

到了清代，花市一带的寺庙仍然很多，不夸张地说，几乎是三步一庙，五步一寺。

有名的有圣泉寺、三元寺、弥勒寺、药王庙、普陀寺、灶君庙、忠义观、崇兴寺、土地庙、三清观、宝庆寺、九泉积善寺、地藏庵、天龙寺，还有回族的礼拜寺等等。

有庙就有"会"。明清两代，花儿市有三处庙会，当时在京城都很有名：一处是火神庙，一处是灶君庙，还有一处是东北角的蟠桃宫。

每到开庙之际，全城的百姓几乎都到这里进香和游乐，庙会摊棚林立，百戏杂陈，人山人海，盛极一时。

庙会带动了花儿市商贸的繁荣。花儿市离崇文门很近，崇文门在清代又是税关。清代"京师九门皆有课税，而统于崇文一司"。

外地来京做买卖的货商，都要在崇文门税关纳税。税关对花儿市商贸的发展有直接的影响。

当年花儿市一带，不但商旅留宿的客栈（旅馆）很多，而且还有一些会馆，如上二条的苏州会馆，四川营的金华会馆，手帕胡同内的齐鲁会馆，崇文门东侧的乔山会馆、三晋会馆，缨子胡同的延邵会馆等。

如今这些客栈、会馆已湮没在历史的烟云之中。

■

花市之"花"是簪花

花市这条有六百多年历史的老街，最有特色的当属花儿了。花市的花儿指的是绢花儿。

《旧都文物略》中说："彼时旗汉妇女戴花成为风习，其中尤以梳旗头之妇女最喜色彩鲜艳、花样新奇的人造花。"

清代的京城，甭管贫富，妇女发髻和旗袍上不戴一朵两朵绢花，就好像缺点儿什么似的。这种风习一直延续到北京解放前。

绢花也叫簪花，是用绢、绸、缎、绒、绫、纸等不同材料做成的人造花。

相传妇女头上戴花这种习俗始于唐代。有的说是杨贵妃，有的说是武则天，头上长疮落下疤痕，为了遮掩，头上戴朵鲜花。

但鲜花不可能老是鲜的，到了冬天难找鲜花。太监出主意以假花替代，颇讨她们的欢心。宫中妃嫔以此为美，纷纷效仿。后来传到民间，渐渐成为习俗。

花市的地名，在明代张爵编的《京师五城坊巷胡同集》中，并没出现，只是到了清光绪十一年（1885 年）朱一新编的《京师坊巷志稿》里，才有花市的街名。

清代以前，花市叫火神庙，火神庙每旬逢四有庙会。明代以来，它与西城的护国寺、东城的隆福寺、宣南的土地庙并称京城"四大庙会"。

火神庙的庙会以卖绢花为主，慢慢儿地人们把火神庙的庙会称为花儿市。后来干脆以花儿市当了地名。

当年火神庙周围，聚集着很多绢花作坊。这些"花儿作"（做绢花的作坊）通常是家族性的，做出的绢花，直接拿到庙会上出售，后来渐渐形成了前店后厂的"花局""花庄"（即出售绢花的店铺）。

"花局"门脸儿并不很大，但数量很多，在火神庙的大街面儿上，"花局"一家挨着一家。

据《旧都文物略》记载："各街市花庄及住家营花业者，约在一千家以上。"

可以想见，上千家经营绢花的店铺集中在花儿市，那是怎样争奇斗艳的盛况。花市真是名副其实的花儿市。

当时四九城的百姓要买绢花，必到花儿市。花儿市各个花作的工匠，为了招揽生意，尽显其能。一双巧手，把大自然中的百花模仿得如真如幻，花样儿不断翻新。

花儿市在上百年的花的世界"演义"中，出了许多名闻遐迩的能工巧匠，如"花儿刘""花儿金""花儿高""花儿龚"等。其中"花儿刘"做的绢花，在巴拿马万国博览会上获过奖。

"花儿金"五代人做绢花。第一代叫金桂，第二代叫金广文，第三代叫金保顺，第四代叫金玉林，第五代叫金铁铃。

我曾采访过"花儿金"的后人，跟金铁铃也是朋友，并在《北京晚报》发表了《"花儿金"和他的后人》的京味报道。特别介绍了"花儿金"的第四代传人金玉林。

新中国成立后，他做的绢花组成的大型花车，多次参加国庆节游行，并且多次在全国工艺美术展中获得大奖。

邓拓先生曾在《人民日报》上介绍过金玉林的事迹。他是北京市政协一至四届委员、崇文区一至五届人大代表。他参加过 1959 年全国"群英会"，受到毛泽东、刘少奇、周恩来等党和国家领导人的接见。

由此可知绢花在京城的影响力。绢花在中国的工艺美术中，算是北京独有的工艺，因此，绢花也被称为"京花儿"。新中国成立后，花市的个体"花儿作"，在1956年公私合营时成立了生产合作社，以后在这基础上组建了北京绢花厂，制作的绢花远销欧美十几个国家。绢花为北京争了光。

老北京的花儿市，以花闻名，但当年火神庙的庙会上不光卖花儿，百货杂陈，山货土货、古玩玉器，以及曲艺评书戏法掼跤等等，应有尽有。

东花市有瓜市、骡马市，铁辘轳把胡同有鸟儿市，羊市口的青山居以攒货场（玉器古董市）而闻名。

与前门齐名的老街

花市大街在南城与前门大栅栏、珠市口、菜市口、鲜鱼口等老商业街齐名。这条主街的店铺一家挨一家，经营的商品门类齐全。

许多老铺驰名中外，如经营古董玉器的青山居，经营副食杂货的吴元泰，经营牛羊熟肉的内明远，经营布匹绸缎的协成生，经营绒线服装的三义厚，经营阳泉铁锅的上义栈，经营香油麻酱的大有蔚，经营文具纸张的崇源亨。

还有启元茶叶庄，庆福斋、天福斋饽饽铺，福源长、福源永干果海味店，吴魁元羊肉铺，德寿堂、万草堂以及万全堂、千芝堂、庆仁堂等药铺。

新中国成立后，特别是到了 20 世纪六七十年代，花儿市是南城的主要商业街之一。花市西口的花市百货商场、副食商场、日杂商店、新华书店以及电影院、浴池，在南城都是数得着的。

改革开放以后，老崇文区政府投巨资对古老的花市大街进行了改造。老的花市百货商场拆了，在原址建起了金伦商厦。"金伦"在 20 世纪 90 年代初，在京城各区的百货商场中首屈一指，也火了几年。

在商厦东侧建起了花市新华书店。当时它的营业面积在北京堪称第一。许多新书的首发式是在这儿搞的。

我当时住家在东便门，花儿市是我经常逛的地方。我在花市新华书店买过不少书，在花市电影院看过几部电影，也常在老汇生浴池即西花市浴池泡澡。

在我的印象中，南城除了前门大栅栏、菜市口、珠市口，花市是最热闹的地界儿。

花儿市的文化底蕴非常厚实。我曾在《北京晚报》撰文，说它是北京民俗风情的"博物馆"。

过去有些人总说原来的崇文区是"穷文区"，"穷崇文破宣武"。其实，就花儿市而言，当年的一些老宅门，不逊于东城和西城。

比如花市三条曾有一处很大的府邸，名曰"查氏园"。此园林木葱郁，池馆清幽，是这一带的名园。

查氏园，疑是浙江海宁查家的园子。海宁查家在清康熙王朝于京城盛极一时。查家哥儿四个，老大查慎行、老二查嗣琛、老三查嗣庭及慎行的小儿子克建，出了四个进士，深得康熙皇上器重。

遗憾的是到了雍正王朝，因文字狱获罪。查氏是当今著名武侠小说家金庸的先祖。

近现代史上不少名人在花市居住过。如民国元老于增祐，国学大师梁漱溟，京剧名伶侯喜瑞、李多奎、马连良，象棋大师张德奎等。末代皇妃文绣最早也住在花市上头条。

当然，花儿市最吸引我的不只是花儿，也不仅是市。我认为从京味文化的角度来说，花儿市最诱人的是这里的五行八作。

老北京的花市是各种手工作坊的汇集之地。这儿不仅有数百家做绢花的作坊，还有许多民间工艺作坊，主要集中在上三条和上四条，如玉器作坊、珐琅作坊、象牙雕刻作坊、花丝镶嵌坊、雕漆作、料器作、宫灯画片作、挑补刺绣作、织布作、麻绳作、旋活作、染纸作、铁器作、家具作、洋车行等等。这里简直可以称为京城民间手工艺大师的摇篮。

事实上，北京工艺美术界的许多大师都是从花市走出来的。花儿市本身也造就了不少有名的工艺美术师，如"花儿金""葡萄常"等。

《北京的花市》

玉器行的"四怪一魔"

20 世纪 80 年代，我多次穿行于花市大街，曾在花市采访过八卦掌名师"眼镜程"的后人，采访过京城玉器行"四怪一魔"之一的"鸟儿张"张云和，采访过"葡萄常"的后人，采访过京城曲艺名家高凤山。

花儿市曾住过我的同事和朋友，当时，我常去这些朋友家串门儿。每次走过花市大街，我都能感受到老街古朴的民风，感受到京味儿文化所具有的浓烈色彩。

花儿市是一条很有意思的大街。从花市西口，走到花市东口，你能体会到古都特有的韵味儿，尤其是到了年节。

进西口，你会感受到繁华热闹的商味儿，西口的商场和专营店最多，在浓厚的京味文化中融入了现代化的气息。

沿着这条大街往东走，你会越来越感到老街应有的安宁。临近小市口，突然街道两边又热闹起来，老字号店铺一家挨一家。再往东走，步入东花市，老街又渐渐静下来。

在这条老街体味这种文化节奏感，你会从中感到这是历史的凝重与现实的跳跃相交融的韵味儿。

老街旧貌换新颜

花市大街变了。进入 21 世纪，这条老街开始大整容。如果说 20 世纪 90 年代初，东花市虎背口小区的兴建，拉开了花儿市老街改造的序幕，那么可以说，现在的花儿市枣苑等一批新型居民楼的大举动工，把花儿市老街改造推向了高潮。

花儿市老街的古建很多。原崇文区政府在改造这条老街过程中，加强了对这些古建的保护，比如建于明永乐十二年（1414年）的花市清真寺，"文革"期间，破坏比较严重。

当时的区政府在老街改造中，投巨资重新进行了维修，恢复了原貌，成为花儿市一带回民宗教活动的主要场所。

花市大街确实太老了。20 世纪 80 年代以前，我到老街采访，许多居民住在破败不堪的大杂院里，有的祖孙三代挤在一间十多平方米的小屋。那会儿，住在小平房的人们一下雨就发愁，担心的不只是漏雨，而是年久失修引起的塌方。

花儿市是京城居民最密集的居住区之一，现在经过大规模的危房改造，花儿市的许多居民搬进了楼房，告别了昔日杂乱破败的大杂院，过上了幸福的小康生活。

古老的花儿市阅尽了人间沧桑，在改革开放的春风沐浴下，旧貌换了新颜。

现在的花儿市，已经基本找不到当年老街的影子了，只有路边饱经风霜的老槐树，还能作为这条老街的见证人，在阵阵秋风里，向人们讲述着老花儿市的故事。

当然，现在的花儿市，也很难寻觅到绢花了，北京的妇女们早已告别了出门头上戴绢花的习俗。

2008 年北京举办奥运会的前夕，听说有关部门为装点市容，需要大批的绢花，北京竟无做绢花的工厂，不得不到河北省的乡镇企业去采购。

这个消息让我心里很不是滋味儿。要知道，绢花可是当年的京花呀！花市的绢花作坊有上千家，如今竟没留下一家。

为此，我专门到花儿市走了一圈儿，不是为了买绢花，而是寻找老绢花作坊的遗迹。遗憾的是眼睛睁得比煤球都圆，却没找到一处。

让我怅然的是如今的花儿市，不但找不到绢花的影子，连当年花儿市的古风古韵也很难寻找了。

一切都恍若隔世，一切都是那么陌生。而新与旧的更迭却又是如此神速，如此干净利落，真是让我始料不及。

面对新盖的一栋栋漂亮的居民楼，面对着已扩宽的马路，一种莫名其妙的失落感油然而生。

有六百多年历史的花儿市，难道就这么迅速地在北京的城市版图上消失了吗？我简直难以置信。

但我又不得不相信，因为眼前的一切告诉我这些都是真的。

我走在人流中唏嘘，我站在老槐树下叹息。年轻的姑娘嘻笑着从我面前走过，年老的长者神态自若地从我眼前走过，还有那些活泼可爱的儿童，人们似乎早已忘记了昔日的花儿市，只有我在默默地为它的消逝暗唱挽歌。

突然一辆私家车的喇叭声，惊醒了我的沉梦。我蓦然省悟：我现在身处的是现代化的花儿市。这还有什么可说的呢？

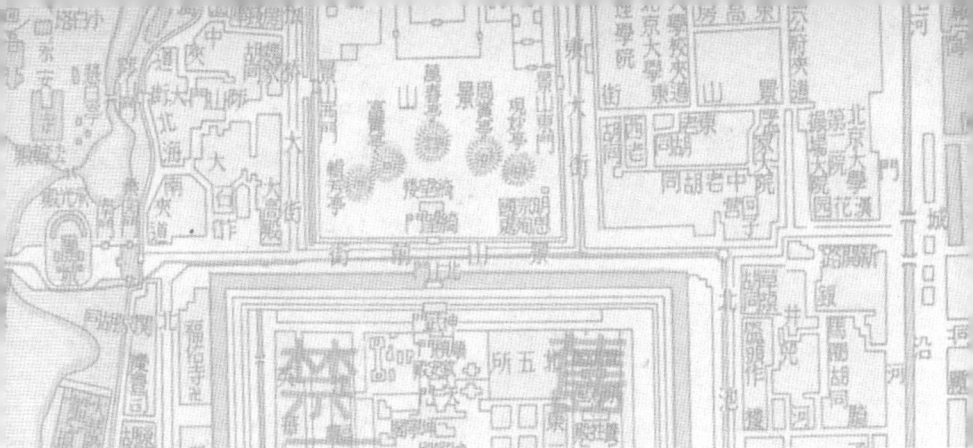

京城"广外"

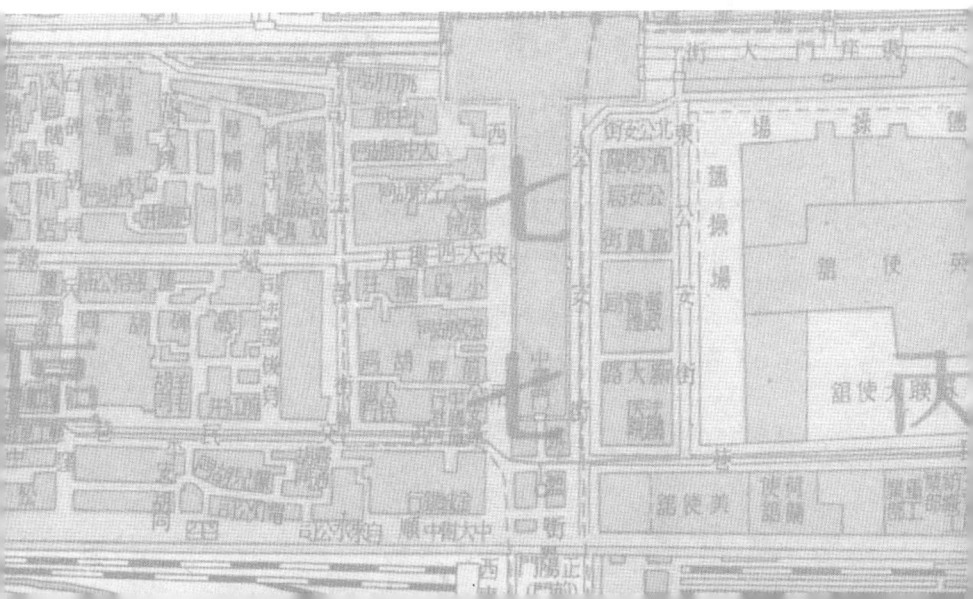

当年的北京城边

"广外"是个地名，北京人都知道它是广安门外的简称。

广安门是明代的北京外城的一座城门。2010 年之前，北京的城区分为东城、西城、崇文、宣武四个区。

如果您翻开当时宣武区的行政区划图，竖着瞧，怎么看怎么像一个戴着官帽的老人。

当年的宣武区的区划，像拿刀切的似的那么齐整。北部边缘是内二环路的西部延长线，东部是前门外大街到永定门内大街，南部挈着南护城河一直向西延伸，这一区域分布着广内、牛街、白纸坊、椿树、陶然亭、大栅栏、天桥七个街道。

从地图上看，这些街道划分得如同豆腐块那样齐，只有"老人帽子"这一区域，即广外地区的边缘有些弯弯曲曲。

从面积来说，广外地区在老宣武区最大，四点九九平方公里，是椿树街道一点一平方公里的四倍多，"官帽"压在"老头儿"丰颐的脸上有些沉重。

当然，说这些街道属于宣武区已经过时了，因为宣武区在 2010 年 7 月，已经跟西城区合并，"宣武"作为区的名称已成为历史，所以，这篇文章涉及宣武这个区名时，不得不加个"原"字。

百年的老庙何处寻

以前，老北京人说到原来的宣武区，大都是"城南"的概念。林海音写的《城南旧事》，其实就发生在宣武区。

老北京说的"东富西贵、北贫南贱"，这个南，也是指"南城"。

老北京人眼里的"城"，指的是"内城"，从原宣武区的区划来看，并不都是在"内城"，您别忘了还有广外地区呢。

按老事年间的说法，广外属于"城"外了，因为在老北京，广安门属于外城。

广安门当年也叫彰仪门，是京城通往南方城市的重要门户之一，出广安门奔卢沟桥，过涿州，走保定，就可以一直往山东、河南走下去了。

这条道，过去也叫官道，因为当年北京地面归直隶管辖，直隶总督衙门曾设在保定，官员们往来频繁。

广安门外的寺庙很多，但最有名的应该是五显财神庙。

这座庙的原址在六里桥附近，从历史资料图片上看，五显财神庙坐北朝南，有山门、大殿、后殿、东西配殿，还有戏台。大殿、山门、戏台都是大式悬山顶、筒瓦、调大脊，完全是大庙的建筑格局，而且占地广阔。最初建于明代，清代多次维修，到北京解放前，寺庙的建筑依然保存完好。

这座财神庙规模不是很大，但在老北京名气不小，传说这儿的五位财神爷比别的庙灵，烧几炷香，拜一拜准能发财。

估计是几个走财运的主儿，拜过这五位爷后当了大财主，传扬出去的。后来，这事儿一传十，十传百，来这儿给财神爷磕头的越来越多了。

您想，谁不想发财呀？尤其是做买卖的人，对广外的这座财神庙格外信服。所以当年广外的财神庙，庙小神灵大，非常有名，香火极盛。

我摘两段古籍中的描述，您就知道这儿当年香火的盛况了。

清代的《道咸以来朝野杂记》中说："五财神庙每年正月初二及九月十七，香火甚盛，都人求财者群往烧香。神像五座，皆短衣威猛，非峨冠博带之像……相传祷之可发财，故相沿至今。"

清末的《天咫偶闻》中载："广宁门外财神庙报赛最盛，正月初二，九月十七日，倾城往祀，商贾及勾阑尤夥，庙貌巍焕，甲于京师，庙祝更神其说，借神前纸锭怀归，俟得财则十倍酬神。故信从者益多，而庙祝之利甚溥。"

《京城"广外"》

据说，这种盛况到新中国成立初期还能见到。大约在 1990 年的时候，我和两个朋友骑车到六里桥，寻访过这座老庙。

当时的财神庙已经成了一所学校。我们进去转了一圈儿，老庙的一些殿堂还在，改成了教室，校门口有几棵老树，大概是老庙留下来的，院子的旮旯扔着几块残碑。

我们转了半天，也没看见那五位财神爷（塑像），估计在"文革"的时候，让红卫兵给砸了。后来听说这座有名的财神庙，在 1987 年修京石高速公路的立交桥时，给拆了。现在这座老庙只能在记忆中寻觅了。

有几次坐车走到六里桥，我想起了这座财神庙，假如不拆，把它保留下来，是不是会给广外地区多一处文物古迹呢？而且现在这里居民很多了，有这座庙，每年春节搞搞庙会，不是也很热闹吗？

庙没了，地名留下来了

广安门曾叫广宁门，当年北京做买卖的人正月初二和九月十七，到五显财神庙拜财神，是生意场上的"必修课"。从上面的史料中，您会知道，为什么老北京人"倾城往祀"。

因为传说庙里的财神非常灵验。去五显财神庙必走广安门。

那会儿广安门还有城楼和护城河，所以广安门内外当年相当热闹。关于这段历史掌故，在我的长篇小说《大酒缸》中曾有详细描述。

正月初二拜财神，是老北京的重要民俗，如同大年三十放鞭炮、包饺子一样。当然拜财神带有迷信色彩，但当它变为民俗之后，便带有民间文化娱乐的性质了。

因为财神庙的庙会在当时也挺有名，庙会上有各种杂耍和小吃、民间玩意儿等，非常热闹。

除了财神庙，广外地区还有个叫小红庙的地名。别看叫小红庙，地名的范围却不小，分为南小红庙和东小红庙两个居委会。

红庙，就是关帝庙。为什么叫小红庙呢？我曾问过广外的老住户，说法不一。一种说法是原来这一带有两座关帝庙，一座大的，一座小的。大的叫红庙，小的呢，就叫小红庙。还有一种说法是，这里原本就是一个小的关帝庙，因为它小，所以叫小红庙。

老北京的寺庙里，关帝庙最多，有人考证，曾经有二百多座。有的直接叫关帝庙，也有的叫关公庙、红庙、白庙等。

别的不说，现在北京的地名里叫红庙的有七八个。至于说广外地区，当年的关帝庙也绝对不止一个，所以说这两种说法皆有可能。

我查了一些史料，没找到这方面的记载。其实，这种考证意义也不大。因为甭管是一个还是两个，是大是小，庙早就没了。

庙是没了，地名留下了。现在人们说地名时，依然以庙相称："您住哪儿？""小红庙。"小红庙成了地区的代名词。

■

往事不堪回首

小红庙在广安门火车站的西边，当年我所在的单位北京市土产公司在小红庙有个仓库，这个仓库面积很大，因为存放的都是草帘子、草垫子、草袋子等草制品，所以公司里的人都管它叫"草库"。

后来这个"草库"被公司改成了职工学校。上个世纪80年代初，我被公司调到这个学校当副校长，在这儿工作了两年多的时间，所以我对小红庙比较熟。

当时，小红庙一带，尤其是"草库"附近，可以用"寒碜"俩字来形容。如果说这俩字不贴切，那我再预备俩字："破败"。

过了广安门火车站往西，有条铁道，铁道东边是条臭河。河两边垃圾成山，河的西边是一片菜地，南边有几排平房宿舍，夏天这里成了苍蝇蚊子的天下，河水臭得能把人熏一个跟头。

这一带还很偏僻，离公交车站得走二十多分钟，土路坑坑洼洼，走道稍不留神得绊一个跟头。还别下雨，一下雨，这儿就成了河滩，能养鱼虫儿。

公司在这儿盖了二十多间宿舍，白给，头儿还得做动员，也没人愿意来这儿跟苍蝇蚊子做伴儿。

小红庙又破又脏吧，广安门外也好不到哪儿去。当时我家住在建国门，每天骑自行车，沿着长安街，穿宣武门内外大街，过菜市口，走广内外大街，这一路走下去，可以说越走越有城外的感觉。过了广安门的护城河桥，进入广外地区，破败荒凉，甚至带有杂乱之感油然而生。

上世纪 80 年代，距离现在不过三十年，当时与繁华热闹的菜市口只有几里地的广外地区，给我的印象就像郊区。

路面狭窄，路两旁的店铺也多是小饭馆，卖烟酒的小副食店，卖土特产的杂货店，卖针头儿线脑儿的小百货店，修理自行车的门市部，黑白铁门市部，卖轮胎的，卖农产品的，一个个店铺是那么灰头土脸，门脸儿寒碜，毫无生气。

离小红庙不远有几家较大的工厂，一家是五星啤酒厂，一家是北京第二机床厂，再远一点还有北京钢厂，后改为特殊钢厂。手帕口往北，状况好一些，有几家商业公司和宿舍。

在我的印象里，手帕口往南，除了这几家工厂外，几乎没什么大的企业。当然也没有什么像样儿的商店。

由于"北钢"在这儿，天宁寺附近还有"二热"（北京第二热电厂）的两个大烟囱，加上当时居民烧火取暖都用煤炉，使广外地区的空气污染非常严重，平时骑车走在路上，总能嗅到一股煤烟味儿，天空也是雾蒙蒙的。

京城「广外」

259

想起当年老同学

　　我是在城里的胡同长大的，当时学校里的教师和职工也大都住在城里，虽然城里的住房非常紧张，但是谁也不愿住学校旁边的宿舍。

　　有个刚结婚的老师，婚后没房。我劝他要"草库"的平房吧，也许将来这一带会拆迁改造呢。

　　他反问我：你怎么不住呢？是呀，我当时住在建国门，每天上下班骑车要走一个小时，在这儿要间房，住着多方便，可是这儿的环境实在是太恶劣了，我无言以对。

　　后来，这位老师也不怎么想明白了，要了这儿的两间平房，但也是要房不住人，房子一直空着。他在城里借了一间十平米的房子，过着蜗居式的生活，反倒心安理得。

　　我当时正在红旗业余大学上业大，班里有个姓杨的同学住在广外，因为我的工作单位离他家很近，所以我们成了朋友。

　　他爸爸是"二机床"的钳工，还给我们学校干过活儿。我也接长不短儿地去他家，有时赶上饭口儿，也吃碗他爸爸做的炸酱面。

　　这位姓杨的同学，我叫他杨子，比我小两岁，喜欢作诗，算是个文学青年吧。他当时最大的心愿就是逃出广外（不在这地方住）。业大毕业后不久，他终于如愿以偿，跟两个中学同学去了加拿大，先在那里打工，后来做了买卖。

几年后，他回北京探亲，我们一起吃了顿饭。我问他还回去吗，他说当然回去，在加拿大打工比北京苦，但在那儿住着舒服，比我住广外强多了。

不知道为什么他那么厌恶广外。他回加拿大不久，把他的父母及妹妹都办到了加拿大，还入了加拿大国籍，广外的老宅子也不要了，有点儿终于脱离"苦海"的感觉。

昔日的草库成楼宇

在学校当了两年多副校长，大概在 1984 年，我离开了广外，调到北京市委商贸部，后来又到市委统战部工作，再后来到《北京晚报》当了记者，一晃儿有近三十年没回小红庙了。

大概是 1995 年左右，我碰到了当年学校的那位要"草库"平房的老师。他告诉我平房已经拆了，原地盖起了新楼，他现在已经搬到小区住了。

言谈话语中，他对我带有感激之情："多亏了当时你让我要那儿的平房，要不我怎么有可能住上楼呢。校长，还是你有眼光，看得远。"

我跟他一起回忆当时在学校办学时的艰苦与闲适，对广外地区的变化也感叹了一番。

　　我说："谁能想到广外会变化得这么快呢？早知道这样，我也要一间平房了。"

　　2003 年，北京闹"非典"的时候，有个浙江的朋友开车接我去他家做客，路上他只说住在广外，并没说具体在哪儿。

　　车过广外大街，让我眼前一亮，当年手帕口的铁路桥已经变成了立交桥，宽阔的马路两边一栋栋高楼大厦拔地而起，大型超市，高档酒楼，霓虹灯闪烁。

　　这是当年的广外吗？我简直有一种恍若隔世的感觉。

　　我的朋友带我走进他住的小区，小区的楼群建得新颖别致，显然属于"高档"。

　　我问他这里是哪儿，他说这里叫小红庙。

　　小红庙？真是让我大吃一惊。

　　我想了想小区的位置，这不就是当年我工作过的学校吗？

　　"草库"改建的学校早已拆了，原址建起了小区。广外大街简直变了一个样儿。再给我一双眼睛，我也辨别不出来这是二十年前的小红庙呀！

　　跟朋友聊天，才知他在小红庙一带待了十多年。他家现在住着一百三十多平方米的楼房，装修考究，家具陈设也很雅致。

　　在他的客厅里品着香茶，我不禁想起二十年前，在我同事家的小平房里做客，苍蝇撞脸的情景。这真是一个天上，一个地下的感觉。

谁能想到成了市中心

　　朋友告诉我，现在广外地区的房价已经达到一平米四千多了（当时的价儿）。想想当年学校分给职工的宿舍，谁也不愿去的往事，让人感慨万千。

　　当时这个朋友对我说，你也在这儿买套房吧。我问道："这儿的房价是多少？"朋友说："一平米不到四千块。"

　　那会儿，北京的房价还不高，广外地区的房价比其他地方要低一些，但是当年广外地区的记忆在我的脑子里留下了阴影。

　　记忆中的阴影一时还挥之不去，房价再便宜，我也不想在这儿买房，我说出了自己的想法。

　　我的朋友把我笑话了一顿："你呀，真是个书呆子，买房就是为了住吗？手里有闲钱，趁现在房价便宜，买两套存着，等将来房价上去，你再卖喽，不比你把钱存银行得到的那点利息多。不瞒你说，我在这个小区买了不止这一套，我买了三套，还贷了一百多万的款，这叫投资，懂吗？"

　　我在晚报当记者，难道投资买房这点常识还不懂吗？但我天生不是做买卖的材料，也许钱砸到我脚面上，我都不知道应该把它捡起来。

　　当然，那会儿不单是广外的房价低，京城哪儿的房价不低呢？可我却压根儿就没有这种投资意识。我始终认为买房就是为了自己住，有一套房够住就行了。

广外地区现在已经是西城区重点发展的区域。改革开放之初，当大栅栏、天桥等街道的经济起飞时，这一地区还是一块未开发的处女地。随着北京城区的扩大，当广外地区也纳入市中心区时，这里的地价自然会打着滚儿地往上翻了。

当然，由于北有北京西站，东有广安门车站，西有京石，南有京开等高速路，这一地区在经济发展上得天独厚。

这几年北钢、二机床等工业企业陆续迁移，又给此区域的发展腾出空间。离小红庙不远的马连道，从几个茶叶店发展成全国闻名的马连道茶城的实例，就说明这一地区发展的潜力。

菜地变为商业区

2010年的春天，住小红庙的那个朋友又邀我去他家做客。再次走进广外地区，跟十年前相比，又发生了很大变化，这一带已经成了繁华热闹的商业区。

我的朋友已经搬进了一处更高档的小区。住房面积有四百多平方米，同一层楼的两个大户型的房子让他给打通了，室内装饰显得很豪华，家具一水儿的红木。

他告诉我，已经把原来小红庙的那个小区的四套房给卖了。买的时候一平方米三千八百元，卖的时候一平方米一万八千多元，这四套房子让他发了一笔财。现在他住的两套房，买的时候一平米一万三，现在已经涨到一平米两万三了。

他对我说："当初劝你买，你不买，要是听我的，你早就发了。"

我挺佩服这位浙江人的眼光，不管怎么说，他靠倒这几套房子发了财。而且从某种意义上说，他是有经济头脑的，因为他一没违法，二没违规，走的完全是正规渠道，只能说他抓住了机遇。

这些年，不知有多少外地人像他这样，通过倒房子在北京发了财。但我不会嫉妒他，也不会因为失去这种唾手可得的发财机会而懊悔，只能说我没有发财的命，或者说天生也不是能发财的人。

这个朋友挺大方，在广外地区一家福建人开的高级会所请我吃的晚饭。他又打电话约了两个朋友，四个人要了一桌海鲜，还上了一瓶茅台。

会所的清汤海参做得非常地道，每人一碗，清汤如水，里面是两根上等的辽参，我下意识地看了一眼菜谱，这碗海参的价码是两百八十元。一碗海参就是这价儿，不用说还有其他菜了。我估摸着这顿饭至少要五六千块钱。

五六千块钱相当于这一地区当年的一平米的房价吧？我这么想着。而五六千块钱又相当于一个外地来北京的打工者的两个月工资。五六千块钱，坐在这儿两个多小时，就让我们四个人给吃了。

我蓦然想起当年我和姓杨的同学，在广外的小饭馆吃的一顿饭，三个炒菜，每人一盘炒饼，一瓶二锅头，花了不到五块钱。

那顿饭吃得挺香，而这顿饭却没吃出什么味来。三十年呀，在同一个地区广安门外，竟然有如此大的变化！

酒足饭饱，朋友要请我到他在马连道开的茶馆喝茶。走出会所的时候，我突然又想起那个姓杨的同学来，现在他在加拿大混得如何？

他在我们这些同学中算是有眼光的人，如果他要不去加拿大，会不会也像这个浙江朋友似的靠倒房子发了财呢？他比人家更有条件，因为他是广外的根儿呀。

但我怎么想怎么觉得他不会，因为他跟我一样，没有这种眼光，他要是有眼光，当初就不会早早儿地离开广外了。

四合院变奏曲

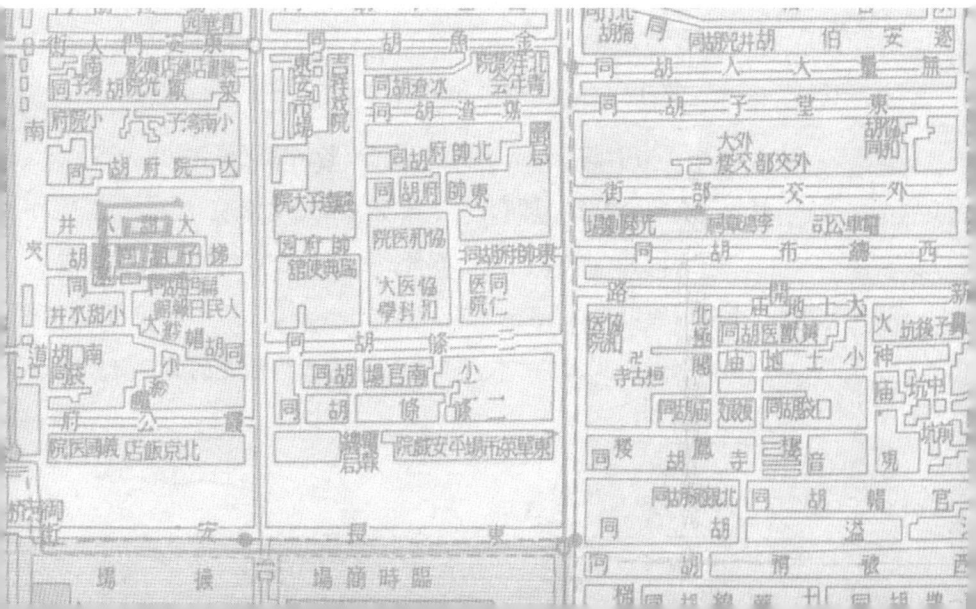

富不富看砖，穷不穷看院

老北京关于住的地方，有句顺口溜儿："贵不贵看瓦，富不富看砖，穷不穷看院。"

什么意思呢？

您是不是贵族，看您住的房子是什么瓦就明白了。老北京的房子上的瓦是有讲儿的，皇上住的紫禁城，是一水儿的黄琉璃瓦，皇亲国戚的府邸，是一水儿的绿琉璃瓦。高门大户的豪宅是筒瓦，一般老百姓的房子都是灰瓦。

通常规矩的四合院都是磨砖对缝，整整齐齐的，所以才有"富不富看砖"一说。

"穷不穷看院"是怎么回事儿呢？老北京居民住的院子，主要分为这四个等级，即府、宅门、四合院、大杂院。

清末民初，北京的房价不贵，一般的有点钱的主儿，都能住上独门独户的四合院或三合房。

只有做小买卖的、拉洋车的、干苦大累活儿的劳动者，因为买不起房子，才住大杂院。

那会儿的北京人买卖赔了钱，或者抽大烟败了家，一旦沦落到住大杂院了，那便是成了真正的穷人。

当时的大杂院，百分之百都是出租房。老北京专门有"吃瓦片儿"人，房主买个十几间房的院子，自己住两间，或者自己单住一个院，剩下的房出租给房客。

房主靠每月房客的租金过日子。当然，租房住的主要是社会底层的人，做什么的都有，所以才有这个"杂"字。

其实，京城最早是没有混居的大杂院的，您去过农村吧？村里的农民有大杂院吗？没有吧。

农民住的都是一家一户的院子，甭管院子大小、房子高矮，都是自己房自己的院。当年北京城的居民也是这样，这种格局一直到清末民初才被打破。

换句话说，我们现在说的、看的、住的大杂院，是在清朝末年才逐渐形成的，之前，京城几乎没有大杂院。

那会儿，北京人主要住的是四合院，当然，四合院在北京话里是一种广义的说法，或者说它只是"院"的概念。

说是"四合院"，但并不标准，可能是三合房，也可能是两合房，甚至可能是三间房子的一个院。

在四合院没有成为大杂院的时候，北京人是以四合院引为骄傲的。

天人合一的理念

　　有人考证京城的四合院始于10世纪的辽国，北京是辽国的南京，当时叫析津府。

　　虽然辽国以游牧民族的契丹人为主，喜欢住帐篷，但那是在草原，在都城却又是另外一回事了。

　　自从辽国的圣宗耶律隆绪与宋真宗签订"澶渊之盟"之后，国风渐渐汉化，南京（即北京）人住四合院自然就顺理成章，跟帐篷相比，当然人们更喜欢四合院。

　　这里需要说明的是，四合院并不是北京人发明的，或者说是老北京人的"专利"。最早的四合院可追溯到西周时期。

　　考古发现，"陕西岐山凤雏西周住宅遗址"就是典型的中国合院住宅，虽然不是"四合"，但"天人合一"的理念，"合"的院落形式已经有了。

　　西周以后，随着人们对居住舒适度的追求，以及筑屋理念的进化，合院的布局才逐步形成"四合"的样式。

　　四合院的构建渗透着古代宗法制度观念与《周易》八卦的风水学说，从文化的角度看，四合院与西南各地的穿斗廊楼，西北高原的屋台洞窑，少数民族的土筑石舍、毡房篷包，江南水乡的河街架筑、怡水敞轩，皖闽湘赣的青砖素墙、窄巷高垣，形成了

《四合院变奏曲》

不同的建筑风格和文化气息。

老北京的四合院，跟其他地方的有所不同，因为京城是首善之区，又是在天子脚下，所以更重视规制的严谨和等级的规范。

北京的四合院布局严整，院落敞亮，东南西北房，长幼有序，各居其室，老家儿（父母）住正房，晚辈儿住厢房或南房。院子有砖墁的十字甬路，通到各屋，街门都在东南方的"巽"位上。一般都是清水脊的门楼，两扇对关的街门，旁边两方石礅为上马石。

讲究点儿的北京四合院，有两进或三进之分，进门有影壁，二门是垂花门，院子有回廊，房子磨砖对缝，黄松木架，风火双檐，上支下摘的窗户。

院子里栽的树是"金玉满堂"，即柿子树、玉兰、石榴、西府海棠。

夏天，在院子高搭上天棚，构成天人合一的景色，即所谓的"天棚、鱼缸、石榴树；先生、肥狗、胖丫头"。

老北京的四合院，真是让人回味无穷。

■

院子怎么就"杂"了

远了甭说，直到清朝末年，北京人没为住房问题噘过牙花子。据著名红学家周汝昌介绍，曹雪芹他爸爸在江南当官犯了事儿，纱帽翅儿丢了，还被抄了家，回到北京，皇上赏给他十七间半房作为安身之所。

一个犯了罪的人，皇上还赏他十七间半房。您咂摸咂摸，那当儿京城的房子富余不富余吧？

老北京的城区，特别是东西城，四合院像撒芝麻盐儿。那会儿的房子，一般都挺规整。当时京城人口少，住房并不是费神的事儿。

北京的大杂院最早出现在外城。生活在社会底层的穷人，别说买不起四合院，有的连租房住都租不起。怎么办呢？

有道是："老天爷饿不死瞎家雀儿。"饿都饿不死，没住的地方怕什么？

这些无家可归的穷人，只能在坛墙根儿或城墙根儿，像鸟儿筑巢垒窝一样，用捡来的破砖破席头，自己搭个小窝棚先猫着。好赖这也算有了遮风挡雨的"窝"。

接下来，他们会一点儿一点儿地再拾掇这小窝，由窝棚变成碎砖搭的小房。由一间扩展到两间三间。再由小房扩展成小院，由一个个小院，逐渐形成一条条小胡同。

南城、北城等城根儿，还有天坛、地坛等坛根儿的胡同大杂院，就是这么形成的。所以，老北京住城根儿和坛根儿的人家最穷。

当然，老北京的大杂院形成比较复杂，除了自己盖的小院演变成的以外，还有原来的寺庙、兵营、大车店，甚至妓院，后来住进了人，逐渐演变成了大杂院等等。

老北京的寺庙比较多，那会儿有"三步一庙"之说。当然这有点儿夸张，但到新中国成立时，北京登记的寺庙有三百多，自然，庙的大小不一样。

上世纪50年代，国家开展破除封建迷信运动，除被列入古建保护的知名寺庙道观外，许多寺庙被"废除"，庙产归公，或建成小学校，或住进居民，变成了大杂院。

有道是：三十年河东，三十年河西。风水轮流转。穷与富也是在相互转化的。别瞧他广亮大门的四合院住着，没准儿过不了几年，就倾家荡产，住大杂院去了。这种事儿在老北京司空见惯。

有人说，人是"活"的，北京的四合院是"死"的。事实上，这句话是错的，人是"活"的，北京的四合院也是"活"的。

因为四合院不是固定不变的，随着主人的变更，它也会发生分化瓦解，甚至最终成为大杂院。

北京的许多大杂院，就是由原来规矩的四合院演变而成的。

北京四合院的演变，主要受时局的变化、新旧政权的更迭，以及大的政治运动，还有城市的改造和变迁等几个方面的影响。这种演变在"文革"期间最为明显。

"文革"不仅让传统文化受到毁灭性的破坏，而且对北京四合院也造成了历史上少有的肢解，许多四合院经过"文革"的"洗礼"，变成了大杂院。

以我亲身的经历来说吧，我从小在我外祖父家生活，我外祖父住着两进的三合院，当时这个院只有我们一户人家，三世同堂。当然房子是私人的，房产主是我外公。

"文革"开始后，所有私房一律"公有"，一点没商量。我外公的祖父做过大官，在老家又置地又建房，是远近闻名的富足乡绅。这种家底肯定是革命对象，"文革"开始后，外公就被红卫兵抄家，紧接着就被轰回老家。

很快，院里住进两户工人，没多久，又住进两户，四合院就这么变成了大杂院。

一年后，我外公从老家回到北京，变成了无家可归的人，只好住到我们家，之前，我们家已搬到了大杂院。

这种情况在"文革"期间太多了，我所住的胡同就有四家，由原来的独门独院，后来变成了大杂院。

上个世纪 90 年代，我在朝阳门外红庙西里小区宿舍楼，拜访了著名红学家周汝昌。

周先生对北京的大杂院感慨万端，沉思着对我说："京城最早的民居，是单细胞的四合院。大杂院的出现，是特殊历史背景下的产物，或者说是向现代化住宅发展的过渡。"

周先生告诉我："我原先住在东城的北竹竿胡同，那个院本来是夏衍的，原本是非常规矩的四合院。'文革'时，他挨整受批，住进了牛棚。原来的院子前后住进了八家，一家住改为八家住，成了名副其实的大杂院。"

北京大杂院的特点是杂和破。不过，这个"杂"与"破"

也与"文革"有关。

说老实话，直到"文革"前，北京的四合院，基本还都"四合"着呢。别看有的院子住着几家或十几家，叫大杂院，其实并不"杂"，因为院子的格局并没变。

人们在一块堆儿"杂居"，宽也罢，窄也罢，轻易不动砖动土，张罗着扩建，也没有擅自"改造"四合院的想法。住着不可心，您可以换房住，但不会擅自"拆改"。这就是老北京人规矩的一种体现。

但是，到了那个特殊的年代，当那些传统的老"规矩"被打成了"四旧"，人们的行动也变得无法无天了，别说拆改院子了，您住得好好的自己的房子，都可以让你"走人"，在院里盖间房算什么？

要不怎么说那个特殊时期是一场"浩劫"呢？特别是1976年唐山大地震以后，人们借搭防震棚之机，拉开了在院里私搭乱建的序幕，完整的院落纷纷被蚕食，原有的公共空间被肆无忌惮地侵占，而且没人敢管。

七八年的光景，老北京的四合院，就被折腾得面目全非。昔日夏天搭天棚，种花养草，大人们喝茶聊天，孩子们游戏的院子空间，便被私自搭建的房子"填满"。

有的院子，别说种树养花，连推自行车都要侧身，晾晒衣服都没地方了。

到上世纪80年代，谁要想在京城找个像样儿的四合院，比老北京人上街捡煤核儿都难。到这会儿，四合院变成了实实在在的大杂院。

北京有句老话：东贵西富。东城区被列为国家、市、区重点文物保护单位的四合院有六十多所。

当年我采访胡同时，东城区的文物管理所的头儿对我介绍："即便是文物保护单位的四合院，原有格局一点儿没动的也不多。拿东城来说，基本保持原貌的四合院几乎没有。"

他的说法，在我采访中，得到了印证。

京城有名的大杂院

在我采访的上千个北京大杂院里，最大的大杂院就是东城区内务部街 11 号院了。让我想不到的是，这个大杂院，居然是北京市文物保护单位。

其实，这个院在《京师坊巷志稿》都可以查到，它是乾隆时一等诚嘉毅勇公明瑞的府邸，明瑞死后，此宅被他的子孙世袭，成为公爵府。民国初年，这个宅子被盐业银行的经理岳乾斋买下，成了岳乾斋的私宅。

北平解放前夕，岳乾斋跑到台湾，这所宅子空了下来，解放以后，成为解放军总政的临时办公地，后来总政搬走，这个院子变成了家属宿舍，以后逐渐演变成了大杂院。

这所宅子在没有成为大杂院之前，是一座设计和构建独特的四合院，这种四合院目前在北京属于"独一份"，它是由三进并独自延伸，但彼此又相通的院落组成。

　　这三组院落又分为五六个小的四合院，可以说是大四合院套小四合院，中间和两边有三个花厅和游廊。

　　院子后面有一个很大的带假山和亭台楼阁的花园，堪称是北京四合院的代表作，难怪它被列为北京市文物保护单位。

　　我的一个朋友住在这个院，所以对这个院比较熟，但最初进这个院时总是迷路，因为大院套小院，每个院又很相似，走着走着就转了向。

　　每次进这个院，我都未免生出许多感慨，因为当年这座那么深幽灵秀的清代宅院，如今已被私搭乱建的小房和四处堆放的杂物，弄得面目全非，望着断垣残壁、塌陷的石阶和苍然的古树，能够体味到这所有二百多年历史的老院子的沧桑。

　　老院子后面的花园，现在已经成为陈迹，原址上建了两栋灰砖三层小楼，假山上的亭子被安上门窗，成了居委会的办公室，旁边是锅炉房，有一个很高的大烟筒。当年，姜文拍的电影《阳光灿烂的日子》，就是在这儿取的景儿。

　　我的朋友的母亲跟大院居委会的康大姐比较熟，康大姐带着我在院里采访了几位老住户。她告诉我，现在这个院住着一百七十一户，大约有五百多口人，分布八十多个工作单位。五百多口人的大杂院，在京城真是太少见了。

　　像老北京的任何一个大杂院一样，看着不起眼，却藏龙卧虎。这个院也如是，康大姐告诉我，这个院住过将军梁必业，也住过军旅作家王愿坚。

出了主院，康大姐指着后院接出一截的两间南房，问我："你知道这是谁的家吗？"

"不知道。"我摇了摇头。

"这是姜文的家。"康大姐笑道。

"哦。真的吗？"

康大姐对我说："姜文的爸爸原来是总政的，他和他弟弟姜武从小都是在这两间房长起来的。"

我恍然大悟，难怪姜文拍电影《阳光灿烂的日子》，会选择后面的那个大烟筒。

"他小的时候，常上烟筒那儿玩。"康大姐说。

她还告诉我，在这院里见过刘晓庆，那是她跟姜文一起演电影《芙蓉镇》的时候。姜文是住这个院时出的名儿，当然现在他和父母早就不住这个院了。

北京的大杂院藏龙卧虎

说北京的大杂院藏龙卧虎，真是一点不假。就是康大姐带我在内务部街大院采访那天，出了大院，迎面碰上一位慈眉善目的老大姐，看上去有六十多岁，身子骨儿很硬朗。

康大姐对我介绍，这是内务部街的居委会主任。主任非常热情，邀请我到她家坐坐。

主任家在这条街的西口路北，是一个很普通的大杂院，她带我进了里院，引我进了她的家。

她家是两间北房，房子很普通，屋里的陈设也很简单，但很整洁，看得出来主人是个利落人。

她把我让到沙发上坐下，转身给我沏茶。这时，我发现迎门的柜子上有个合影的照片，我细看了看，发现上面有当时的北京市副市长孟学农。

我忍不住对这位居委会主任说："你们居委会的工作搞得不错呀，连副市长都接见您了！"

老主任听了我的话，抿嘴笑道："他呀？他是我儿子！"

原来这是北京市副市长的家。您说北京的地面儿水有多深吧！

说实在话，土生土长的北京人，谁没住过大杂院？解放前，北京有几座楼房呢？有，也得在前边加个"洋"字，自然跟一般市民无缘。

有人说北京的历史文化和风土人情都是从大杂院里派生出来的。这话不假。过去北京人就生活在大杂院里嘛。

老作家萧乾这辈子走过不少国家去过不少城市，可是甭管走到哪儿，也忘不了北京的大杂院，忘不了一到下雨，和面的瓦盆、搪瓷脸盆甚至尿盆在小屋接雨时奏出的交响乐。

大杂院的魅力在于它的文化氛围。老舍先生是在大杂院长起来的，他的《四世同堂》也好，《骆驼祥子》《龙须沟》也好，写的都是大杂院里发生的事儿。

他去过英国，去过美国，可是他说："不管我在哪里，我还是拿北京作我的小说的背景，因为我闭上眼想起的北京是要比睁着眼看见的地方更亲切、更真实、更有感情。"您听听他对咱北京爱得有多深！

《四世同堂》是他在重庆和美国写成的，但是他对"小羊圈胡同"的大杂院，描写得那叫具体。敢情小羊圈胡同就是新街口附近的小杨家胡同，这条胡同的8号院，是老舍先生的出生地。在《四世同堂》里，它成了祁家的院子。

大杂院留给老舍的印象太深刻了，他说："它们是自自然然地生活在我的心里，永远那么新鲜清楚，一张旧画可以显得模糊，我这张画的颜色可是仿佛渗在我的血里，永不褪色。"

著名京味儿作家陈建功是我的老朋友，他曾经说过："离开大杂院，我简直写不出东西来。"

他所说的大杂院，显然是指大杂院所浸透着的市井文化。他最成功的作品是写大杂院的京味小说。尽管他已然由大杂院搬进了楼房，可时不时还要到大杂院走走，寻求创作灵感。

当年，我采访周汝昌先生时，他对北京的大杂院是持否定态度的。可他的女儿却笑着对他说："大杂院那么乱和破，为什么当初让您搬楼房住的时候，动员了您两年，您才肯挪窝呢？"

周先生沉吟道："情感，情感呀！"

四合院变奏曲

您瞧，北京人对大杂院的心态够多复杂？我曾在采访周先生后，专程到他住过的东城区北竹竿胡同113号院，看了看周先生住过的房子。

　　那是一所典型的老北京四合院，但已然被东一个西一个接出来的小房，几乎占满了院子的空间，院子原来的格局早已经看不出来了。

　　周先生住过的房子，已经换了新的主人，门框和窗棂的红漆早已褪了色，廊柱上贴着两年前的春节周先生写的一副对子："五风十雨皆为瑞，万紫千红总是春。"

　　这是否能描画出住过大杂院的人的一种心境呢？是的，不管院子里的房子是不是漏雨，院子里的住户眼睛里却到处是春天。北京人历来是随遇而安的，甭管住高楼，还是住大杂院，都能找乐儿。

难舍难离的大杂院

　　北竹竿胡同6号称得上是典型的大杂院了。院子最初紧贴从前朝阳门城墙的墙根儿，就是我前面说的城根儿房。

　　据从小在这院长大的张连成老爷子说，早先这儿是个大空场，后来一个捡破烂的在此盖了几间小房，再后来煤铺掌柜的在边儿上堆了许多煤，以后成了大车店；后来，又改为卖鸡蛋的小市，再后来成了大杂院，左近的人都叫它"鸡蛋大院"。

当然，在我采访完的两年后，这一带的胡同都拆了，这个"鸡蛋大院"也没了，现在这里已经建起了金融大厦。

记得我采访这个大杂院时，院里住着七十一户，小房盖得大院套小院，小院套胡同，过人都要侧着身。我在居委会两位主任的陪同下，探访了院里最老的住户谷老爷子，他那年七十八岁。

老人说："我从十岁就在这院住，赶了一辈子大车，眼下儿女都大了，我跟儿子一块堆儿住。"

我猫腰进了他住的小屋，太黑，白天都要点灯，两个大鸟笼子迎门，"百灵"在里叫得正欢，床上狗皮褥子上摆着一对铁球，电视里播着京剧。

"挺好，这日子我挺知足！"老爷子皱皱巴巴的脸上咧开笑纹。

一位胖乎乎的大嫂凑过来道："甭瞅院子乱，日子过得都挺和美，街坊四邻谁家有了难处，各家都能伸把手。这不，头些日子电线老化要增容，大家伙儿都自动掏腰包。"

胡同拆迁时，我又去了一趟，见到了这位胖乎乎的大嫂，她说："别瞅住的这个大杂院这么破，真拆迁了，大伙儿还舍不得走呢。"

您说这大杂院有什么可留恋的呢？北京的大杂院，我住了有十多年，闭上眼睛，大杂院的场景就能浮现出来：碎砖烂瓦破油毡，高矮不齐的小房，搭得没有站脚的地方，赶上下雨，屋里漏雨，院里成了河。

全院十几户人家，只有院里的一个自来水龙头，水池子既淘米洗菜，又洗衣服涮尿盆，夏天还有人家在里头泡西瓜，冬天家家轮着每天"回水"，不然就会把水管子冻裂。

院子倒是"开放"型的，谁家有屁大的事儿都得在院里曝光；户与户只隔着一堵墙，有的只隔一层木板，家里那点儿事儿，一点儿不糟践都到邻居的耳朵里。赶上好事儿，您还能仰起脸来；碰上坏事儿，得，赔等遭白眼珠儿，或让人戳后脊梁骨吧。

提起大杂院，年轻点儿的有几个不皱眉头的？不是实在没办法绝不会在这儿窝着。可是在上岁数人的眼里，大杂院却另有一种情感。您觉得住着窝憋不是？他却感到亲热。老北京人的古道热肠有时真让人咂摸不透。

其实，大杂院最让人念念不舍的不是简陋的房子和破败的环境，而是人与人之间的那种浓浓的人情味儿，这种人情味儿是在其他地方找不到的。

进入 21 世纪，首都的城市改造和建设速度日新月异，北京发生了历史性的变化，随着一幢幢高楼的拔地而起，大杂院将要成为历史陈迹。

当北京人告别大杂院，搬入新楼时，对生活了几十年的大杂院总会含有一种留恋之情，它像咱北京的"二锅头"酒一样，味儿那么醇厚浓烈，这种韵味儿是在楼房里找不到的。

知道这一点，就会对一些海外游子故地重游时，放着高级宾馆不住，宁愿住大杂院的心情不难理解了。也许他们是在寻找逝去的大杂院的情怀，重温大杂院的那种醇厚的京味儿。

　　只有离开的东西，我们才会觉出它的珍贵。

　　也许再过十年二十年，我们只能从记忆中去寻找北京的大杂院，在文物保护单位去重温大杂院的脉脉温情了。

胡同味道

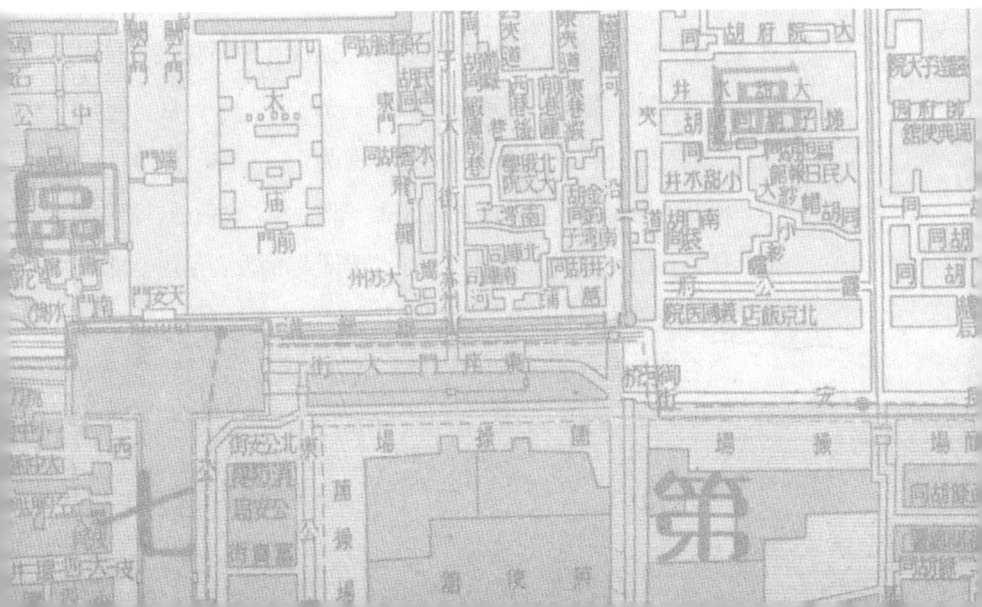

说胡同儿要带儿化韵

我一直以为，胡同是北京这座城市的专有名词，这不但因为"胡同"一词最早出现在元代与北京有关的戏剧中，而且胡同也是北京地名的代表。

当然最主要的是，胡同的发音必须要有儿化韵，正确的读法是"胡同儿"（音应读成"痛"），听着那么圆润、柔美、疏朗、顺口。

您别看北京人说"胡同儿"（胡痛）那么自然顺口，其他地方的人却说不上来。比如广州人或上海人在说胡同这个词的时候，一准会把"同儿"（痛）说成同志的"同"。一旦"同儿"（痛）说成了"同"，胡同本身的味道就没了。

河北的保定地区以及山东的鲁北一带的人，说话的口语中也带儿化韵，但在说到"胡同儿"时，"同儿"的发音是往上挑的，跟北京人嘴里的"胡同儿"也差着意思。

说胡同是北京所"独有"，并不贴切，因为北方的许多城市

《胡同味道》

也有胡同的地名。但是就地名而言，全国没有哪座城市，叫胡同的街巷超过北京的，而且那些城市以胡同来命名街道，也是从首都"照搬"过去的。当然尽管他们也叫胡同，却发不出"胡同儿"的音来。

我曾在一篇介绍北京胡同的文章中，写过一句话：胡同是北京人的根儿，四合院是北京城的魂儿。

这话说得是不是有些重了呢？

我想凡是在北京胡同生活过的人，都会认同我的观点。凡是在胡同里生活过的人，不能不对胡同产生一种情怀。这种情怀往往是挥之不去的。

远了不说，三十多年前吧，70% 以上的北京人是在胡同生活的。虽说有些人是在楼房里长大的，但那会儿许多楼房也在胡同里。

应该说，四十岁以上的北京人对胡同的感情，犹如农民对土地的感情。因为胡同是北京人"生于斯长于斯"的根儿呀！

老舍先生是地道的北京人，当然也是在北京的胡同长大的。1936 年，他在山东济南教书。身处战乱之中，他十分怀念故土，写下了《想北平》这篇散文。

文中写道："真愿成为诗人，把一切好听好看的字都浸在自己的心血里，像杜鹃似的啼出北京的俊伟，啊！我不是诗人！我将永远道不出我的爱，一种像由音乐与图画所引起的爱。这不但是辜负了北平，也对不住我自己，因为我的最初的知识与印象都得自北平，它是在我的血里，我的性格与脾气里的许多地方是这古城所赐给的，我不能爱上海与天津，因为我心中有个北平。"

这是老舍先生对北京的真情实感，也是肺腑之言。我想每个在胡同里生活过的北京人都会有这样的感受。

如果有人问我，改革开放四十多年，你对什么变化感受最深？我会毫不犹豫地说："北京的胡同。"

当您住了几辈人、生活了多少年的老胡同拆了，您的新居安在了三环、四环、五环以外，您子夜无眠，闭上眼睛，在脑子里过几遍电影，难道不会跟我有同感吗？

是呀，四十多年，人生有几个四十多年？历史已然翻了篇儿，往事已经成了过眼烟云。当我们告别胡同，再回过头来看胡同、忆胡同、说胡同，也许会别有一番滋味在心头。

北京胡同的特点

胡同原本是蒙古语，它最初的意思是水井。胡同的意思，北京人都知道，它指的是小巷。

老北京城是在元大都的基础上修建的。北京的街道名儿根据宽窄，依次分为街、路、胡同、巷、条、里、沿（河边的街道）、湾、大院、道。

其实，巷、条、里、沿、湾、大院、道等街道名儿，就是胡同，只不过它比一般胡同要小。因为老北京的许多街道是大胡同套小胡同的，为了有所区别，才把大胡同里的小胡同叫巷、里、条、道之类的名儿。

根据元代熊梦祥的《析津志》记载，元大都的大街宽二十四步，小街宽十二步，胡同宽六步。

元代的一步约合五尺，当时一尺为零点三零八米，一步就是一点五四米。这么算起来，胡同的宽度约为九点二四米，小街宽度约十八米，大街的宽度约三十六米。

从这些宽度看，当时的胡同、小街和大街都能骑马、走马车和轿子。这些都是那会儿的主要交通工具。

胡同、小街和大街，也是根据这些交通工具来设计的。不过，到了明清两代，北京的胡同格局却有了不小的变化，有些胡同变窄了，有些胡同变宽了，成了小街或大街。

当然，现在北京的胡同变化就更大了。如今，不但胡同的格局、景物变了，就连胡同这个词的词义也变了。它不但指规模较小的街巷，有些大街的名儿也叫胡同，比如我的出生地西单辟才胡同，名儿叫胡同，其实现在已经是一条大街了。

老北京生人见了面，往往会问："您府上是哪条胡同？""您府上"就是"您住家"。北京人礼大，讲究客情儿，说话总要高抬一下对方。

按当时的规矩，只有王爷住的地方才被称为府。其实，对方住的不过是大杂院里的一间小平房，但您也得这么说。

住哪条胡同，这是最通用的一句话。老北京人自报家门都会这么说，因为当时北京人都住在胡同里。

为什么我说，胡同是北京人的根儿，四合院是北京城的魂儿，因为整个北京城设计得就像一个放大的四合院。

您现在到紫禁城（也就是故宫）参观，依然能找到四合院的感觉，因为紫禁城就是按四合院格局设计的。

■

耐人寻味的胡同名儿

北京人给胡同取名很有意思，看上去很随意，其实却有文化。

这条胡同有棵大柳树，就叫大柳树胡同；这条胡同里住着一位武定侯，就叫武定侯胡同；这条胡同有座真武庙，就叫真武庙胡同；这条胡同不直，拐道弯儿，像个月牙，就叫月牙胡同；这条胡同有个牛羊市或米市，就叫羊肉胡同、米市胡同；这条胡同住着一个姓刘的人有点儿本事和名望，就叫刘家胡同。

实在找不到标志性的建筑，便找个能反映社会生活和道德规范的词来命名，比如弘善胡同、恭俭胡同、育德胡同等等。

但是，您对北京胡同的名儿，千万可别望文生义，因为有些胡同名儿单有讲儿，文字上也另有说法。

东城区有个寿比胡同。有一次，我跟几个朋友走到这儿，一个朋友说，北京人真会给胡同起名。你看寿比，寿比南山不老松，都成了胡同名。

我听后忍俊不禁，显然他是望文生义了。其实"寿比"这胡同名并非寿比南山之义。这条胡同最早的名儿叫臭皮胡同，因为胡同里有几家鞣皮（制皮）作坊。鞣皮用过的水会散发出臭味，所以人们取名叫"臭皮"。

但臭皮这名不好听，在北京整顿胡同名称时，借它的谐音，改成了"寿比"。我这么一解释，众人才恍然大悟。

北京有许多胡同的名儿让人听着费解，不知道什么意思，不明就里的人很难找到出处。

其实，这跟寿比胡同一样，因为原先的胡同名儿难听，后来在整顿地名的时候取其谐音改的。

比如福绥境，原来叫苦水井；贵门关，原来叫鬼门关；留题迹胡同，原来叫牛犄角胡同；北梅竹胡同，原来叫母猪胡同；时刻亮胡同，原来叫屎壳螂胡同；图样山胡同，原来叫兔儿山胡同；寿刘胡同，原来叫瘦肉胡同；小珠帘胡同，原来叫小猪圈胡同；大雅宝胡同，原来叫大哑巴胡同；等等。

所以，您要知道北京胡同名儿的来历，还要了解一些北京的历史。

西城的新街口和东城的崇文门外各有一个奋章胡同，京剧名家郝寿臣的故居就在崇文门外的奋章胡同。

有朋友问我什么叫奋章，您在《现代汉语词典》里找不到这个词，"奋章"俩字在字面上也找不到任何解释。

我告诉这位朋友，奋章没有任何词义，它是粪场的谐音。原来这一带有个大粪场。老北京人的粪便是有用场的，也是能卖钱的，那会儿种菜种庄稼没有化肥，专门有人将粪便晒成干儿，做肥料卖。

粪场就是制作粪干儿的场子。因为这个粪场在这一片有名儿，所以就叫粪场胡同。粪场这个地名叫了上百年，解放以后，整顿地名时，人们觉得它太难听，于是根据谐音，改叫奋章胡同了。

有意思的是一些胡同改了名儿，但北京人却很难改口儿。因为叫了几十年或上百年，人们已经习惯了，比如辟才胡同，正确的读音应该是"必才"，原来胡同有个劈柴铺，所以叫劈柴胡同。

民国以后，这条胡同相继建了三所学校，才改成了辟才胡同，辟才有开辟人才之义。但是，人们叫惯了劈柴胡同。直到现在还把"辟才"叫成"劈柴"。

北京的许多胡同名儿在"文革"时，被红卫兵和"造反派"视为"四旧"，有些胡同的"路牌"被红卫兵给砸了，胡同名儿也染上了"革命"色彩，改成"卫东""红日""红旗""前进""反修""反帝""解放""延安""大跃进""向阳""红岩"等，甚至还出现了直接叫"文革"的胡同。

这么一改，给人们的视觉和听觉带来了混乱，以至于寄信汇款常常找不着准地儿，出门打听道儿也成了难事儿。

当然，"文革"结束后，随着国家的拨乱反正，也给这些被

胡同味道

改名的胡同"平反"落实了政策，恢复了原来的名称。

当然，胡同的悲哀并非只是名称带来的灾难，而是胡同本身在版图上的彻底消失。

如果您翻看四十多年前的北京市地图，会发现纵横交错的胡同像密密麻麻的网络。1986年版的《北京市街巷名称录汇编》里，直接叫胡同的街巷有一千三百一十六条，实际上，真正的胡同有三千多条，因为有些胡同是以巷、条、里、沿、湾、大院、道相称的。

四十多年后，您再看《北京市交通地图》，当年胡同所在的区域，即二环路以内，已变为城市的核心区，而北京市区的范围已扩大到五环路。

当年的菜地农田，已变为一个个大的社区，一栋栋的高楼大厦，鳞次栉比。一条条城市快速路和高速路，使城区不断地向外延伸。

四十多年间，北京城的"城圈儿"已经扩大了至少十倍。

2001年7月，北京获得了第二十九届奥运会的主办权。为了把这届奥运会办得更加体面，北京市的旧城改造大提速，成片的胡同在推土机的轰鸣中变成瓦砾，在人们还来不及捡拾记忆的时候，胡同已变为现代化的钢筋水泥结构的大厦和宽阔的马路。

胡同成了人们温故知新的回忆。许多老胡同除了留在人们的记忆里，只能在老的地图上去寻找了。

2007年，有关方面对北京的胡同名儿作了统计，城区范围内，胡同只有九百六十五条了。当然这里所说的胡同，有的已扩展成大马路，只是"图"有其名而已，真正意义上的胡同，现在约有六百多条。

北京最老的胡同

北京最老的胡同是元代留下来的，如西四的砖塔胡同。北京史学者曹尔驷先生认为，这条胡同是北京史上最早出现的胡同名儿。

元杂剧《沙门岛张生煮海》中，张羽问梅香："你家住在哪里？"梅香说："我家住在砖塔儿胡同。"

这句戏词里的"胡同"，被北京史学家认为是最早见之于文字的胡同。

砖塔胡同因胡同口有个万松老人塔而得名，它的历史有七百多年了。当年，鲁迅先生以及著名作家张恨水先生曾在这条胡同住过。

目前，这条胡同还保留着。类似这样的老胡同北京还有不少，比如牛街、大栅栏等。

胡同老，四合院或大杂院里的房子也多属"老古董"。有的老房子还是明清时代留下来的呢。这些砖木结构的瓦房，隔七年八年的就要维修，否则就难以支撑。

有些老房子，虽然在开春的时候抹灰沟缝，苦泥弄瓦，到了7、8月连阴天，也短不了漏雨。

老北京胡同里的房子有"十房九漏"一说，即便是装修体面的大宅门的房子，也避免不了漏雨。

北京胡同里的房子有个特点，房子的外墙大面儿看上去很漂亮，实际上里头砌的是碎砖头。北京是古都，数百年间，建筑经过多次兴衰，碎砖头非常多。

老北京有"三宝"，其中一"宝"就是"碎砖砌墙墙不倒"。用拳头大小的碎砖就可以砌成高墙，是老北京瓦匠的绝活儿。

不过这种墙的寿命可想而知，赶上下大雨，胡同里总会发生墙倒屋塌的事。

我是在胡同长大的，在我的记忆里，连阴雨天，房子不漏的时候很少。常常是外面下雨，屋里也跟着下，外面雨停了，屋里还照样下。

下雨的时候，一家人被漏雨的房子弄得手忙脚乱，拿盆拿碗去接"雨"，好像承接上天的雨露。

不过，这雨中的"锅碗瓢盆交响曲"，多少带有一些苦涩的味道。难道这不也是胡同的味道吗？

胡同是北京民俗风情的土壤，也是北京文化的根儿。住过胡同的人，总会被邻里之间的人情味儿所感染。

老胡同像一条古船，踏上去会有一种安全感。不论市声是多么嘈杂，走进胡同，浮躁的心便很快沉静下来。

胡同里的地气，能让人找到落地的感觉，而胡同里的人际间那种散淡悠然以及浓浓的温情，无时不在浸润着人的心灵。

在胡同里放鸽子、遛鸟儿、抖空竹、放风筝、做各种游戏，跟在三环以外的大社区，绝对不是一种感觉。

■■■

胡同里的"跑油"

说起胡同的味道，绝不是诗意的、浪漫的一种写意。胡同确实有味道，这种味道并不是指漫步胡同，您感受到的那种幽深的古味儿，而是实实在在的人间烟火味道。

我最留恋胡同里的这种人间烟火味儿。清晨，从小吃店里散发出来的炸油饼、油条的油香味儿；傍晚，各家各户炒菜炝锅的葱花味儿；过节过年的时候，家家户户炖鱼、炖肉的肉香味儿。这种味儿，也被老北京人叫作"跑油"。

油香味儿弥漫在胡同的上空，与炉子里的烟味儿和空气本身的清爽气息融合在一起，飘散在胡同里的每个角落，钻进我的鼻孔，浸润着我的神经细胞。

那会儿，胡同里的住户们家家都过着清寒的日子，没有大富大贵，也没有一贫如洗、揭不开锅的人家。

但是，吃，绝对是胡同里的人的生活第一需要，人们不论何时何地，见了面总要问一句："吃了吗您？"即便是在厕所，也不忘这句"问候语"。

这句浸染着胡同味道的问候语，现在已经很少能听到了。

每当早晨上学，傍晚放学，走进胡同嗅到这种油香味儿，我便多吸溜几下鼻子，好像闻这味道也能管饱似的。这种油香味儿太有诱惑力了。

胡同里的味道，已经深深浸润到我的记忆中，不论我在什么城市，什么地方，每当我嗅到这种油香味儿，都会很自然地想到我生活过的胡同。

胡同，给住在胡同里的人，留下的记忆实在太深了。

但是北京的胡同毕竟太老了，住在胡同里的人，也经不住现代化生活气息的诱惑。

夏天，除了下雨房漏，平房又闷又热，大杂院狭促的空间堆满了杂物，让人走道儿都得侧身。冬天，取暖生的煤炉，烟尘呛得人睁不开眼。最让年轻人受不了的，是大杂院里没有个人隐私权。是呀，两家只隔一道墙，咳嗽一声都能听得见。

住胡同最让人头疼的是，上厕所。通常一条胡同几十户人家，只有一个公厕。老北京人管厕所叫"茅房"，公共厕所叫"官茅房"。住过胡同的人几乎都尝过上"官茅房"的滋味。

我曾跟著名演员王铁成聊起住胡同的滋味。他感慨地说，冬天上厕所冻得屁股发麻，而且还要排队，胡同里的人戏称，这是英国的首都，轮蹲（伦敦）。

铁成先生在东城的红星胡同住了二十多年，现在住在郊外的别墅，他对胡同的印象并不惬意。

是的，只有住着楼房，享受着现代化的舒适的人才会对胡同产生诗意，真正在胡同大杂院里过日子的人，是不会产生这种浪漫的。

所以胡同里的人是渴望拆迁的，尤其是那些老少三代挤在一间小屋儿里的胡同人，他们巴不得有朝一日能离开胡同。

上个世纪 90 年代，旧城改造时，有些胡同里的老人曾发出"拆迁拆迁，一步登天"的感叹。所谓"登天"，不过是住楼房的戏称。我曾在《胡同咏叹调》一文中，描写过这种心态。

如今，北京的胡同已经拆了有一多半儿，换句话说，有将近一多半儿的胡同人，都搬出了胡同。

2017 年，北京开始实施疏解非首都功能的规划，2018 年，北京市政府实施副中心建设规划，按这两个规划，又将有近四十万户住在中心城区的市民搬出胡同。人走了，自然，胡同还会减少。

住在胡同的"城里人"，被安置在三环以外的社区里，有的没出市区，也离开了胡同的平房，住进了回迁的居民楼里。

尽管告别胡同的时候，有些难舍难离，但是这种离情别绪是短暂的。居住条件的改善，以及享受现代化生活的愉悦，很快会让人冲淡了这种怅惘。

胡同的静谧已无处可寻

2001 年北京成功申办奥运会后，每年以三千多万平方米的房屋竣工量向 2008 年挺进。这种竣工量超过了整个欧洲一年的总和。奥运会之前的北京，像是一个大工地，胡同自然也成了大工地的"主角"。

奥运会让北京体面地展示出自己的新颜。但是古都的风貌，也在国家大剧院、"鸟巢""水立方"、CCTV 大厦等现代化巨型建筑中，冲淡了它应有的神韵。

那些古色古香、灰砖灰瓦的胡同，在这些巨大的钢筋水泥的"身影"下，显得有些寒碜了。

让胡同风情变味的，还有汽车工业的发达。老北京的胡同是安静的，有人用深幽和静谧来形容并不夸张。

为什么老北京的小商贩叫卖会有吆喝，而且吆喝出来的声音那么悠扬悦耳、余音绵长？就是因为那会儿的胡同是宁静的。

记得我小的时候，胡同里偶尔有辆小汽车，定会引来孩子们的好奇和围观。直到上世纪 80 年代，北京的胡同还很安静。

当时摄影师徐勇拍摄胡同时，还可以随意选择角度，摆弄镜头。但是到了上世纪 90 年代，再想拍摄到安静的胡同就困难了。

胡同里不但到处停着汽车，而且许多院落的后房山被打开，变成了门脸儿房。您会在每条胡同找到小卖部、饭馆、发廊、洗脚屋的门脸儿。胡同变成了杂乱无章的商业街。

当然，这也是没办法的事儿，毕竟胡同里的人要生存。不过，开门脸儿搞经营的多是外地人，房主成了"地主"，只是每月收租金而已。

胡同从此告别了安静，当然也告别了恬静的梦。

1990年，北京的机动车只有几十万辆，到了2017年末，机动车已达到了五百一十多万辆。二十年前，只有高级干部才有资格坐小汽车，现在北京人几乎每三户就一辆汽车，富裕的家庭有两三辆汽车并不新鲜。

为了适应汽车的发展，"十五"期间，即2001年到2005年，北京市投入建设交通基础设施的资金是一千亿元。

到2019年底，城市的主干路总里程达到了一千二百多公里，高速路总里程超过了九百公里，汽车的轮胎使古老的胡同与现代文明接了轨，也碾碎了胡同里的宁静。

如今，将近三分之二的北京市民告别了胡同，搬到了原来的郊外，市民成了"郊民"。

许多"80后""90后""00后"的北京人，对胡同是陌生的，因为他们压根儿没在胡同生活过。有关胡同的故事，只是从爷爷奶奶和父母那里听到的回忆。

让这一代年轻人对胡同说声"爱"，需要有一个过程。而这个过程伴随着胡同的逐渐消失，也会一点一点地淡出他们的视线。

胡同像是"铁打的营盘流水的兵"。老住户像老茧抽丝，一家接一家地挪窝腾地儿，换来的是一副副新面孔。

固守这片热土的多是那些在京城落脚三代四代以上的住户，他们属于地道的老北京。

"金窝银窝，不如自己的草窝。"岁数大了，腿脚也不大利落了，他们舍不得离开胡同的"地气"。

"宁愿城里有张床，不愿郊区有间房。"在对待"生于斯长于斯"的胡同这个"老古董"上，他们比年轻人要"顽固"得多。

在他们的生活理念里，离开了胡同，就好像是离开了北京城。而一旦离开了胡同，再想回来只能做梦。

他们当了一辈子"天子脚下"的臣民，要让他们远离皇城，无异于在割他们身上的肉。

所以，尽管住在胡同里，遭遇着风雨的"洗礼"，住着一天比一天简陋与狭促的平房。房上长了草，下雨哗哗漏，但是他们住的是一个"人熟地熟"，享受的是出门购物的方便和看病就医的便利，倒也优哉悠哉。

但五十岁以下的胡同人，却比这些老人们想得更明白，也更实用一些。他们会把居住环境变通一下，借钱在城外买宽敞一些的楼房，把胡同里的房子出租给外地人。

胡同里的平房相对来说，比楼房租金要低，一间二十平方米左右的房子，租金不过几百块钱，同样的面积和地理位置，楼房的租金也许是它的一倍，所以很受腰包并不宽裕的外地来京打工

北京的声音

者和谋生者的青睐。

当然胡同里也有不少私房主想得更开，房子一天比一天破旧，维修要花一大笔钱，索性把它连院子一起卖掉。因为胡同里的平房，实际上卖的是土地，院子也算面积。

有钱的外地人，尤其是"暴发户"往往看中的是胡同所在的市中心的地理位置，所以不惜重金把产权一股脑买断，将旧房推倒重盖。

于是，胡同里出现了一个又一个建得非常漂亮的四合院，旁门的车库和雕梁画栋、带油漆彩绘的大门，以及门口摆放的石狮子，彰显着胡同新主人的荣耀。

"树矮房新画儿不古"，这是老北京人对那些暴发户的形容。这些在改革开放以后得到实惠的新一代富人，在胡同里的老人看来带有几分神秘感。

平时，他们的大门紧闭，跟胡同里的人也没什么交往，主动地把自己摆在了高人一等的位置上。不过，北京的胡同是宽容的，什么人都可以在这里生根，不管穷人还是富人。

倒是那些租房的外地房客们更有生存能力，他们很快就能把自己身上的乡土气息，融入到胡同文化的血脉里，在很短的时间内，他们跟胡同里的老住户打成了一片，并且在举手投足中，也效仿老北京人的做派。

您甚至能在他们说话的土音里，听到一句半句的北京土话。时间长了，他们俨然也以胡同的主人自居，对新来的外地人指手画脚。

是的，胡同的主人确实变了，不信，您现在到北京的胡同走一圈儿，十个人里，您会发现至少有五个是外地人。

您能说他们不是胡同里的北京人吗？他们可实实在在地生活在胡同里呢。

相反，原来的胡同主人，却羞于承认自己是胡同的主人了。

现在两个北京人见了面，那位问："您现在住在哪儿？"这位如果说，我早不住在胡同里了，我现在搬到哪个小区，必然会受到那位的仰视。

如果这位说：我还住在原来的那条胡同，必然会受到那位的质疑，甚至受到一种奚落。

因为还住在原来的那条胡同，就意味着没出息，不是下岗就是提前退休。总之，家里穷，才会住在原来的胡同里。历史往往就是这样嘲弄人。

虽然许多住过胡同又离开胡同的人，说起胡同会有几多"不堪回首"，但胡同留给人的记忆，总会产生许多温情。

北京人的胡同情结是难以抹去的，因为胡同毕竟是北京文化的血脉。

当然，许多离开胡同的老北京人虽然搬到了城外，住进了楼房，但依然保持着当年住在胡同里养成的生活习惯。那些老北京的民俗风情，并没有因为他们离开了胡同而变味儿。

现在北京的交通方便了，地铁、城铁、公交四通八达，原来觉得很远的大红门、亦庄、望京、天通苑、回龙观等大社区，现在坐地铁、城铁，半个小时就可以进城。

所以一些离开胡同的老人，也会接长不短儿地回到原来住过的胡同去走走，看看老街坊，重温一下昔日的情怀。

割不断的"胡同根儿"

十多年前，我写过一部长篇小说叫《胡同根儿》。在这本书里，我写道："北京的一些老胡同没了，但胡同的根儿还在，因为它是北京人的根儿。"您细咂摸，是不是如此呢？

前些年，在旧城改造中，拆了一大批老胡同，古都的文脉和商脉以及城市的"肌理"不断地被肢解，让人对北京这座享誉世界的历史文化名城产生了忧患意识。一些全国政协委员和文物保护的专家学者不断上书，要求对北京的老胡同手下留情。

他们认为，胡同是老祖宗留给我们的宝贵文化遗产，如果不加限制地再这么拆下去，古都的风貌将面目全非，城市的格局和建筑风格也将不伦不类。保卫北京胡同的呼声，不但上了全国"两会"，也上了国务院的办公会。

2005 年，北京市向国务院上交了《北京城市总体规划（2004 年—2020 年）》，国务院在批复中，明确要求：加强历史文化名城的保护，重点保护北京城范围内，各个历史时期珍贵的文物古迹、优秀近现代建筑、历史文化保护区、旧城整体和传统风貌特色、风景名胜及其环境。

这一批示,等于给胡同的拆迁下了一道"限制令"。从此,北京的旧城改造和胡同的拆迁变得慎重了,速度也缓慢了。

其实,早在1990年,北京市便编制并颁布了《北京旧城25片历史文化保护区的保护规划》。

这二十五片包括:南池子大街、南锣鼓巷街、北池子大街、西四北一至八条街区、南长街、什刹海地区、地安门大街、景山前街、琉璃厂东街、景山后街、琉璃厂西街、景山东街、大栅栏街、牛街、东华门大街、五四大街、西华门大街、文津街、陟山门街、东交民巷、国子监街、阜成门内大街、颐和园至圆明园街区等。

2003年,北京市编制和颁布了《北京皇城保护规划》,规划保护范围约六点八平方公里。2004年,北京市又编制和颁布了《北京市第二批15片历史文化保护区保护规划》。加上原来的,共有四十片历史文化保护区了。

2005年,北京市编制和颁布了《北京历史文化名城保护规划》,这个规划对旧城提出了整体保护的措施,其中包括:

保护北京旧城原有的棋盘式道路网骨架和街巷、胡同格局;

保护北京特有的"胡同—四合院"传统的建筑形态;

保护旧城传统建筑的色彩和形态特征;

保护古树名木及大树;

保持和延续旧城传统特有的街道、胡同绿化和院落绿化,突出旧城以绿树衬托建筑和城市的传统特色。

这些保护并不是纸上谈兵，现在已见诸行动，比如对旧城四十片文化保护区内的胡同，不再像过去似的大拆大改了，而是采取了"微循环"，即保持原貌，有机更新危旧房，恢复原有历史文化特色的整治和修缮。

这样的"修旧如旧"，既保持了胡同的原汁原味儿，也相应地改善了胡同人的住房条件。

2007年，北京市对保护老胡同作出了一项大的举动，政府投入了二十亿元的专项保护经费，对北京现有的主要胡同，进行解危排险，房屋全部修整一遍，不但外墙抹灰见新，而且对房顶和屋内做了"微循环"的修缮。

2016年北京市又颁布了《2016—2035年北京城市总体规划》，对历史文化名城保护，强化首都风范、古都风韵、时代风貌的城市特色，做了非常详细的规划。

对老胡同的保护，实际上就是对北京这座历史文化名城的保护。北京作为历史文化名城，中外游客来北京游览，除了参观游览故宫、长城、颐和园、天坛、十三陵等名胜古迹外，让他们最感兴趣的就是北京的胡同。

您也许不知道，北京的名胜古迹那么多，胡同却是最吸引中外游客的地方。

前几年，在评选北京最受中外游客喜欢的旅游景点时，谁也没有想到，北京那么多旅游景点，游客投票最多的是南锣鼓巷。

您别忘了，在老北京，南锣鼓巷只是一条非常普通的胡同。

胡同成了博物馆

二十多年前，我从胡同搬出来，住进了楼房。五年之后，我在一篇文章中写道："再过十年或二十年，北京的胡同会成为北京文化的博物馆。"

当时有人提出异议，北京有那么多的胡同，北京人就生活在胡同里，怎么会成博物馆呢？

当北京的胡同越拆越少的时候，当昔日的胡同变成大马路、大高楼的时候，当大多数北京人从胡同搬迁，住在郊外的社区里的时候，当北京市政府搬到通州城市副中心的时候，当政府把胡同和四合院当作文物，提出重点保护的时候，啊，胡同，难道不就是北京文化的一个大博物馆吗？

现在看来，事实验证了我当年说的话没错儿。

北京胡同是有味道的，我常跟外地的朋友说，你只有在胡同里生活几年，才能真正品出胡同的味道来。

胡同的味道是什么？是老宅门老房子的沧桑？是那种散淡和安闲与幽静？是浓浓的古道热肠的人情？让我说，也许都不是。

那胡同是什么味道呢？我告诉您：胡同的味道是博大精深的北京文化的土腥味儿，是老百姓喜怒哀乐、苦辣酸甜的生活味儿。

这种味道，言语无法表达，您光从豆汁儿、爆肚儿里是品不出来的。

四十多年间，北京城发生了巨变，但是胡同的味道却没变。当您走过宽阔的马路，穿过一栋一栋富丽堂皇的高楼大厦，走进显得灰头土脸、土里土气的胡同，也许您的心会沉静下来。

在一种安谧祥和的气氛中，您会看到灰墙灰瓦上摇曳着小草。那斑驳的大门和风化的门墩儿，在向您讲述胡同沧桑的历史。胡同里的古槐依然那么挺拔。

抬起头，您会在这种恬静里，发现天空带着哨音的鸽群，您会在胡同的老人脸上，寻找到悠闲散淡的笑脸，您会在胡同里寻找到并不久远的记忆。

这时，您也许会发出由衷的感慨：三十年呀，北京城真是变了。可是细咂摸咂摸，胡同的味道并没变！

是呀，胡同的味道没变，北京文化的根儿还在！

这也许正是胡同特有的魅力！

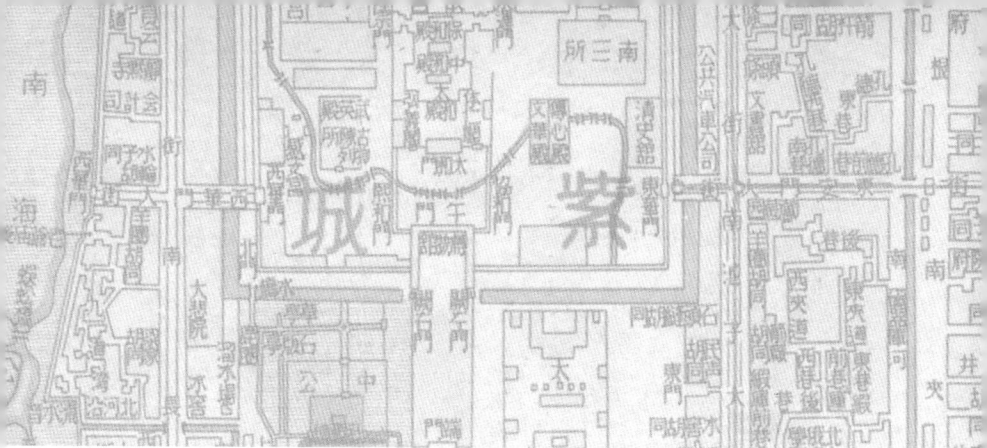

百年烟云
老字号

三

老北京人消费认字号

老北京有句顺口溜儿：头戴马聚元，身穿瑞蚨祥，脚踩内联升，腰缠"四大恒"。

马聚元是鞋帽店，瑞蚨祥是布店，内联升是专做布鞋的鞋店，"四大恒"是四家带"恒"字的钱庄，相当于现在的银行。这些都是老字号店铺，店铺主要在前门外的大栅栏。

这句顺口溜儿说的是什么呢？敢情老北京人在吃喝穿戴上非常讲究。吃喝穿戴要体面，还要摆摆谱儿。

什么叫体面？头上戴的、脚上踩的、身上穿的、腰里揣的得是老字号！用现在的话说，您要想体现出时尚来，穿戴得是名牌。

尽管老北京人还没有品牌意识，从概念上说，品牌和字号不是一回事。品牌是注册的商标，字号是企业的名称。

但追求时尚是人的共同心理。现在的年轻人穿戴讲究品牌，老北京人也如是。认牌子，认字号，不单是穿戴，吃喝也认字号。

老北京吃喝讲究认口儿。什么叫口儿？就是口味。口味对路了，不问价儿。您的东西再好，价儿再高，不对口儿，也得跟您说对不起。没辙。这就是北京人！

就跟现在的老北京人喝酒，就认二锅头一样。"茅台""五粮液"牛不牛？但有的老北京人觉得不对口儿，尽管一瓶"茅台""五粮液"的价儿，能买几十瓶二锅头。架不住不对口儿，您再金贵，也得旁边稍息。

也许这正是老字号的魅力所在。您不服还真不行。

老字号会"叫人"

老字号贵在一个"老"字，几十年了，甚至几百年了，它能活着，肯定有它的道理。

老北京有句顺口溜儿："人叫货千声不语，货叫人点首即来。"用在老字号这儿最为合适。

迄我爷爷那儿，就吃这家的酱牛肉，扯这家的布做大褂儿，脚底下蹬着的是这家的师傅做的布鞋，喝这家"烧锅"（酒厂）酿的酒，到我爸爸那儿也如是。到了我这儿，您说，能改口儿吗？

敢情这认口儿也有遗传是吗？非也！是人家字号的东西有传承，到了咱这儿，品着才可口儿。什么叫货叫人呀！

老北京是一座典型的消费型城市，几乎没有什么工业，许多产品是在家族式管理的手工作坊里制作出来的。

老北京的买卖家，一般采用的是前店后厂经营模式，这位爷既是东家，又是掌柜的，既是把式，又是伙计。嘿，一个人去几个角儿。东西呢，也是自产自销，所以品牌与字号是一体的。

比如"稻香村"是京城制作南味糕点的老字号，稻香村做的点心有许多品种，当时这些糕点并没商标。

再比如同仁堂药店和鹤年堂药店，他们炮制的中成药、汤剂饮片、丸散膏丹，最初也没商标。同仁堂和鹤年堂的字号，似乎就是商标，北京人认的是它的字号。

那会儿，几乎每个大一点的中药铺都有自己的"独门儿药"。所谓"独门儿"，就是被患者认为吃了管用，只有这儿有，别的地儿难找的那种药。这也就是人们认某家药店的原因。

老字号正是以自己的特色，来赢得口碑的，当然，这里也有广告宣传的作用。只要有了知名度，这个字号就算站住了脚。而老北京人吃对了口儿，用顺了手，也舍不得让这个字号消失了。

《百年烟云老字号》

京城的老字号全国最多

北京是六朝古都，商业的繁荣得从七百多年前的元代说起。所以，北京最老的字号诞生在元代，当然，元代留传至今的字号已经没有了。

一个字号能流传百年以上，是非常难的事。

眼下，京城保留下来年头最长的字号，当属万全堂、永安堂和鹤年堂这三家老药铺和便宜坊烤鸭店、柳泉居饭庄、六必居酱菜园、大顺斋点心铺等。

万全堂、永安堂和便宜坊，相传始创于明永乐年间，鹤年堂相传始创于明嘉靖年间，距今快七百年了。

六必居酱菜园，因为字号的牌匾是严嵩的字，所以有人认为它始创于明代。

上个世纪 60 年代，时任《人民日报》总编的邓拓先生，专门考证过"六必居"和"万全堂"的历史。

他花了几年的工夫，到档案馆查阅档案资料，发现明代的档案里，压根儿不存在这两家字号，而清代的御膳房和御医的档案里，却有这两家字号的文字记录。于是邓先生得出的结论是，这两家老字号始创于清代，而非明代。

但也有专家对邓先生的这个结论持有疑义，因为任何一个老字号的发展，都是从小到大，从弱到强，从无名到有名的。

当初，"六必居"和"万全堂"都是门脸儿不大的酱菜园和药铺，尚无名气。这种小店铺，如果没有特殊背景和事件，怎么能写进历史档案呢？

何况一个字号在数百年的历史演进中，不知会发生多少变故，所以邓拓先生的这种推论，也不足以作为老字号存在的主要证据。

传说的东西总是传说，有时并不是真实的历史，但有匾作依据，却又给传说找到了一些佐证。

据邓拓先生考证的结果，"六必居"三个字，是严嵩的私人花园里一个亭子上的匾额。

它怎么会成为一个酱园字号的匾了？这其中有什么故事不得而知。

但是有匾作为依据，说六必居酱园始创于明代，似乎没什么可说的。

鹤年堂，因为这个堂号原是严嵩花园内一个厅堂的名字。字号的匾是严嵩的儿子严世藩所书。

鹤年堂的配匾"调元气""养太合"是戚继光所书。而店内抱柱的竖匾"欲求养性延年物""须向兼收并蓄家"，出自明嘉靖年间名臣杨椒山之手，所以认定这个老字号创办于明代没什么疑义。

2006年，国家商务部确认了第一批"中华老字号"，一共有四百三十四家，北京很荣幸，占了六十七家。

您听好了，这可是包括了全国各个城市。京城的"中华老字号"数量居第一位。2015 年，商务部又公布了第二批"中华老字号"名单，共有三百四十五家，北京又是第一多。

"前朝后市"和商业街

为什么北京的老字号比别的城市多呢？因为北京是历史文化名城。

北京有三千多年的建城史，有近九百年的建都史，真是一座老城了！而老字号的特征就在一个"老"字。两"老"凑到一块儿了，能不多吗？

老字号的所谓"老"，就是字号的历史长，久经考验。有的老字号是明朝留下来的，明朝到现在有六百多年了，您说这个字号已然六百岁了，够"老"的吧？

北京的老字号身上带有京城商脉的印记，或者说它本身就是商脉的符号，透过老字号的发展历史，我们可以看到京城商业的历史发展脉络。

北京作为皇都，从辽代的南京开始算起，历经金中都、元大都、明清及民国，到现在有八百六十多年的历史了。

一个城市有超过八百年都城的历史，已经够长的了，难得的是北京这六朝古都，都是一朝一朝顺延下来的，也就是说改朝换代了，都城也没挪过地方，一直延续到中华人民共和国成立，北京仍然是首都。

您一定知道首都是全国政治、文化的中心，同时也是国际交往的中心，几乎每个国家的首都，商业都很繁荣。

商业的繁荣，必然会有商业街，有商业街就要有店铺，有店铺就得有字号，所以北京的老字号多，是"天时地利"使然。换句话说，这是老祖宗留下来的宝贵遗产。

老字号与老商业街有着密切的关系。我们通常把一座城叫作城市。城市城市，有城必有"市"，所谓"市"，就是市场和商业街。

中国是礼仪之邦，也是文明古国，古代的人建一座城市，第一讲究风水，第二讲究规制。

讲风水，首先要选择有水的地方建城，最理想的地理位置是依山傍水。北京这座城市最早就是典型的依山傍水、虎踞龙盘的城市。

讲规制，就是城市的规划建设，严格按《周礼·考工记》的思路进行，即，城市要有中轴线，以此为准，分为东西南北，即"左祖右社，前朝后市"。北京城也是以此来建的。

元大都时代，由于南北大运河的终点码头在积水潭，所以在它附近的钟鼓楼一带，形成了繁华的市场。

这一带不仅有米市、面市，还有缎子市、皮毛市、珠子市、铁市、帽子市、鹅鸭市等。这正好符合"前朝后市"的建都规制。

到了明朝，因南方来的货物多由京东张家湾和通州的运河码头，转为陆路运到京城，所以北京的繁华地区，从鼓楼转移到崇文门、正阳门一带。

内城的东四牌楼、西四牌楼等主要街道十字路口，也随之热闹起来，出现了猪市、米市、羊市、马市、驴市、果子市等市场。

到了清朝，出现了满汉分置的城市格局，内城住着"八旗"，汉人甭管做多大的官儿，一律不准住在内城。

朝廷还规定不准在内城建戏园子，旗人也不准经商。所以商业、娱乐业大都设在了"前三门"（即前门、崇文门、宣武门）以外，形成了若干商业街和以娱乐为主的街巷。

老北京的"五子行"是相互依存的。所谓"五子行"，即戏子（戏园子）、澡堂子、厨子（饭馆）、窑子（妓院，北京以前门外的"八大胡同"最有名）、剃头挑子（理发业）。

因为京城是首都，在北京当官的外省人比较多，此外，外省官吏每年到北京的朝廷述职，外埠的商人要到北京做买卖，外省的举子要到北京会试等等，使北京成为全国各地有权有钱人的会聚之地。

他们来北京自然得消费，得吃喝玩乐享受一番。因此，"前三门"外，出现了花儿市、兴隆街、前门鲜鱼口、煤市街、珠宝市、大栅栏、廊房头条二条三条、琉璃厂等各有特色的商业街。

清末民初，京奉、京汉两个火车站设在了前门，使前门外、大栅栏等商业街店铺林立，车水马龙。

东交民巷使馆区的形成，又使与之相邻的王府井大街、东单一带繁荣发展，成为北京最早的带洋味儿的商业街。

正是由于有了这些商业街，才会有经营不同商品的老字号。从古到今，北京人做买卖喜欢扎堆儿，比如卖古玩字画的，有第一家铺子，就会有第二家、第三家，用不了几年的光景，这条街上的主要店铺就都经营古玩字画了，于是这条街便有了特色，有了人气儿。

当然，也会使一些店铺的字号出名儿，比如和平门外的琉璃厂，这条街上经营古玩字画和古籍碑帖的老字号有几十个，成为享誉中外的琉璃厂古玩字画一条街，以至于后来，人们一提去琉璃厂，甭说干什么，就知道去买古玩字画和古书。

东四西单鼓楼前

老北京有句顺口溜："故宫北海颐和园，东四西单鼓楼前。"说的是东四、西单、鼓楼这三条商业街，最为繁华热闹，人们逛街购物得奔这几个地方。

"鼓楼前"，是指鼓楼前头的商业街，也就是现在的地安门外大街。

这条街早在元代就非常有名，从鼓楼前一直到地安门，并且向西延伸到什刹海地区。鼓楼前商业街东西两侧的店铺一家挨一家。

清朝的时候，这一带是正黄旗和镶黄旗的驻地，这两"旗"都属"上三旗"，也就是通常北京人所说的"皇带子"（皇亲国戚），所以这一带有钱有势的大宅门多。

清末民初，清朝政府基本取消了内城不准经商的"祖制"，又使这条老街（包括烟袋斜街、什刹海、后海的沿岸）繁荣起来，其繁荣热闹一直延续到现在。

这里也是老字号的集中之地。鼓楼商业街有名的老字号有："宝瑞兴"油盐酱茶店，合义斋、福兴居灌肠铺，会贤堂饭庄，庆云楼饭庄，烤肉季，天汇轩大茶馆等。

东四商业街，曾是明代北京最繁华的商业街，它的形成与朝阳门和东直门附近设的十几座大粮仓有关。

因为当时运粮食都用骡马大车，赶大车的和搬运粮食的，得找地儿歇脚吃饭，于是东四牌楼附近出现了许多饭馆，由此形成了"街"。

此外，明代的东四牌楼附近有不少妓院，明代也叫"勾栏"。妓院不但有"民营"，还有官家的，现在东四南边的演乐胡同，就是明代为"官妓"演习奏乐之地，本司胡同是管理官妓院的"教坊司"所在地，而现在的内务部街，在明代就叫"勾栏胡同"。

另外，东四牌楼往南有灯市（今日还留有灯市口的地名），明代的灯市非常壮观，每年正月"放灯十日"，场面热闹异常，对这条商业街的形成是有很大影响的。

当然，最主要的是因为有大市街，现在东四十字路口的南、北，在明代叫大市街。当年四个路口各有一座牌楼，南北牌楼上的匾额，写的是"大市街"，东西路口牌楼上的匾额，写的是"履仁"和"行义"。现在牌楼早就拆了，只留下"东四"这个地名。

老北京有"东富西贵"一说。"东富"指的就是东城的富人和大宅门多；"西贵"说的是西城的王府多。

说"东富"，是以东四商业街上的"四大恒"而言。"四大恒"是指四家老字号钱庄，即恒兴号、恒和号、恒利号、恒源号。这四家钱庄，当年曾控制着北京的金融市场。

东四商业街，通常是指东四牌楼周围的地区，包括大市街、隆福寺街，以及朝阳门内大街等。这一地区曾出现过几百家老字号。

您从以上描述中就可以看出北京的老字号有多少了。当然这只是鼓楼和东四这两处商业街上的字号。

北京著名的商业街还有东城的王府井大街、东单地区、北新桥地区，西城的西单、西四、新街口，南城的前门地区、大栅栏、廊房一至三条、崇文门外大街、花市大街、宣武门外、菜市口地区、天桥地区等等。

这些地区都是老字号云集之处。我从历史档案中，查阅到的在京城出现过的老字号有五千多个。

栉风沐雨的金字招牌

俗话说："人是越老越不值钱，东西是越老越值钱。"记得当时的商业部确认老字号的标准时，评委们提出了一个共同的前提条件，那就是这个字号必须得"老"。

老到什么份儿上呢？当时定的是一百年以上，即所谓"百年老号"。

用这个标准来确认老字号，全国也数不出多少来。后来，标准放宽到了五十年。

"五十岁"的字号那就多了。目前，商务部确认"中华老字号"就是以"一百年以上"为标准的，省市一级的老字号放宽到京城五十年。北京五十年以上的老字号有多少？据2022年的统计是三百多家。

一个字号能生存五十年以上，本身就证明了它的价值。要知道商场如战场，在激烈的商业竞争中，一个字号能经历几十年，甚至上百年，保持不败之地，这是相当不容易的。

老字号的生存条件，除了有买卖地上的竞争因素之外，还有战乱、灾难、政治等天灾人祸及家族分化、管理不善等诸多因素。

所以说在历史沧桑、商海沉浮中，能历经几十年，甚至上百年风雨生存下来，其自身的文化积淀也使字号增加了含金量。

历史的进程，永远是大浪淘沙的过程。前面我们说过老北京的老字号曾经有几千个，经过一个世纪的风风雨雨，现在保留下来的只有几十个了，为什么许多老字号消失了呢？

首先说是历史的必然。您想，随着社会的进步，人们生活方式肯定会改变。这一变，许多行当就会被历史所淘汰。皮之不存，毛将焉附？行当都没了，字号还能存在吗？

咱就说说北京人的"白事"吧，老北京实行的是土葬。那会儿的"白事"，人们非常当回事儿。土葬需要棺材，抬棺材需要杠房。这两个行当的老字号在老北京有二三百个。

有个数来宝的段子说："打竹板，迈大步，前边来到了棺材铺……"几乎每条街都有棺材铺。解放以后，国家实行火葬了，土葬自然被取消，您说这棺材铺和杠房还有饭碗吗？

再比如烟叶铺、首饰楼、麻刀铺、肉铺、煤铺、油漆铺、玻璃铺、梳子铺、香蜡铺、帘子铺、估衣铺、黑白铁、锔盆锔碗、修伞修笼屉、炉灶行、信托行等行当，甚至老北京的绸布店、布鞋店、油盐店、澡堂子等，都随着社会的进化而被淘汰了。当然这些行当的老字号也就消失了。

其次，解放初期，国家进行社会主义工商业改造，实行公私合营，当年许多前店后厂的手工作坊和店铺，被合并为生产合作社，以后转为国有企业，致使不少老字号随之消失。

还有"文革"之初，红卫兵破"四旧"时，将一些老字号强行改成"红色"符号，带"革命"色彩的店名，如"同仁堂"改成北京药店，"永安堂"改成红日药店，甚至连东安市场都被改成东风市场，又使一大批老字号受到冲击。

虽然一些著名的老字号在"文革"结束后，又恢复了老字号的店名，但经过十年动乱，让不少老字号伤了元气，在以后的经济体制改革、企业改制、关停并转的过程中，销声匿迹了。

另外，在近几年的城市改造中，许多临街的老字号店铺门脸儿，在城市市政扩路、修地铁和房地产开发等建设中被拆迁，企业又一时没有足够的资金另选地址，致使一些老字号名存实亡。

■

京城老字号有哪些行当

经过这么多折腾，能够活下来的老字号也就不多了。目前京城保留下来的老字号，主要集中于以下几个行当。

一是餐饮业，大约占老字号的一半以上，如全聚德、东来顺、全素斋、都一处、一条龙、烤肉宛、烤肉季、仿膳、同和居、便宜坊、谭家菜、柳泉居、鸿宾楼等。

二是中药业，所占比例也很多，如同仁堂、达仁堂、宏仁堂、鹤年堂、永安堂、千芝堂、万全堂、长春堂等。

三是茶叶行，如张一元、吴裕泰、森泰、庆林春、元长厚等。

四是风味食品，如天福号（酱肘子）、月盛斋（五香酱羊肉）、五芳斋（南味肉食）、稻香村（南味糕点）、稻香春、桂香春、义利（食品）、正明斋、宫颐府（京味糕点）、六必居（酱园）、天源（酱菜）等。

五是古玩字画，荣宝斋（书画）、宝古斋（古玩）、戴月轩（湖笔店）、一得阁（墨汁）、汲古阁、萃文阁等。

六是其他，如：

理发：四联、美白。

照相：大北、中国。

洗染：普兰德。

帽子：盛锡福、马聚元。

绸布店：瑞蚨祥、谦祥益。

布鞋：内联升、同升和。

洗浴（修脚）：清华池。

眼镜：大明、精益。

钟表：亨得利。

剪刀：王麻子。

啤酒：双合盛。

等等。

眼下，人们已经认识到老字号的价值。几年前，全聚德的字号作为无形资产进行评估，价值就达几十亿元人民币，而全聚德前门店一年的流水居然超过了两亿多，估计现在评估老字号，全聚德的无形资产五十亿也打不住了。可见老字号这块金字招牌的含金量。

目前北京的同仁堂、全聚德等老字号已经成为上市公司，而开分号，搞连锁，实行集团化管理、规模化生产，已经使北京的一些老字号进入现代化企业行列。

稻香村在京城已经有一百多个专营店，每年的产值数亿，成为北方最大的食品糕点生产和销售企业。

张一元和吴裕泰两家老字号茶叶店，现在也发展壮大为股份公司，不但有上百家连锁店，还有自己的茶叶生产加工基地和茶馆、茶餐厅等，每年销售额都在亿元以上。

庆丰包子铺，在京城有一百五十多家连锁店，一年光卖包子就收入上亿元。

这些成功的经验，证明老字号只要经营得法，与时俱进，便能做大做强，使金字招牌不断发扬光大。老字号是老祖宗给我们留下来的无形资产，这是一笔巨大的财富。

目前，北京已成立了老字号协会，国家商务部对老字号的保护也提上议事日程。老字号的文化内涵和一些独门技术，已经被列为非物质文化遗产的保护项目。

眼下，全聚德、同仁堂、清华池等四十多家老字号已列入市级非物质文化遗产保护名录。相信作为传统文化重要组成部分的老字号，随着时代的发展，其文化内涵和商业价值，将越来越能引起人们的关注。

每一座历史文化名城，都会有自己的商脉和文脉。老字号无疑是商脉和文脉的一个载体，犹如项链上的珍珠。历史文化名城存在的价值，就在于商脉和文脉的绵延不断。老字号恰恰是这种历史文化延续的活化石。人们正是通过老字号，来了解一座城市的历史的。

如果说那些历史留下来的名胜古迹是无声的诗篇，那么老字号，则是历史留下来的有声的乐章。

在老字号的音符里，我们可以触摸历史，也可以感受时代的脉搏跳动，更可以透过历史的烟云，领悟今天的商业文明。

从这个意义上来看老字号文化，我们才能更深刻地体会到老字号存在的意义。

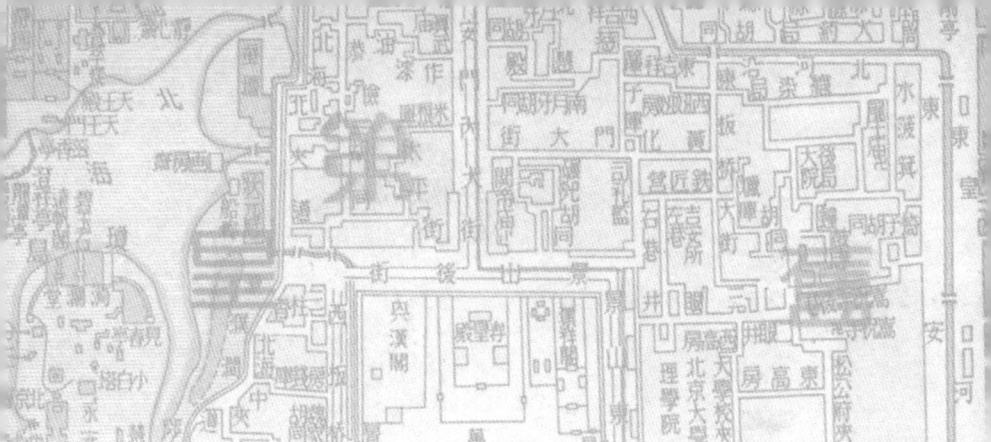

"八不语"和
拾掇门脸儿

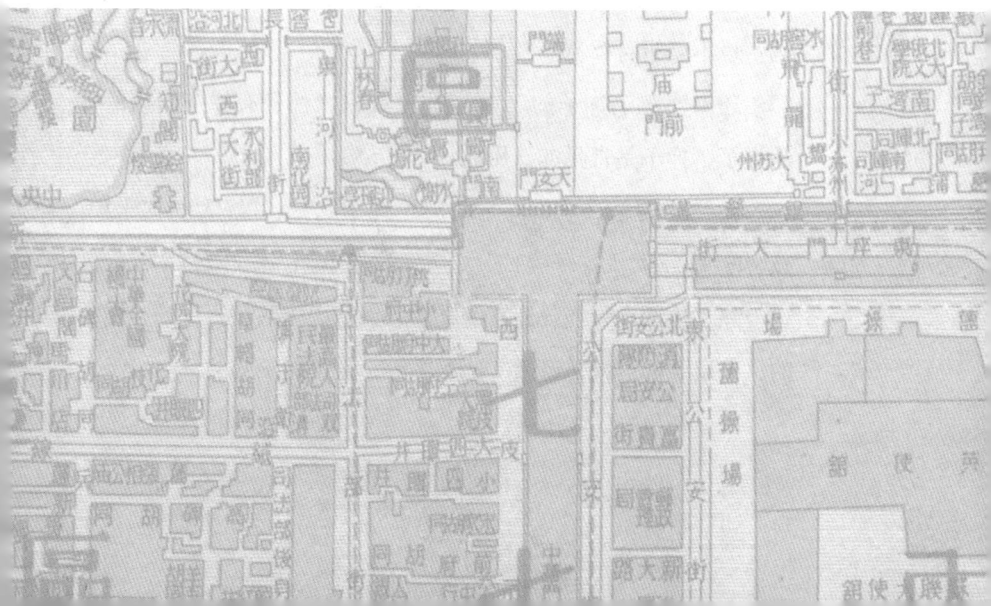

什么叫"八不语"

老北京人卖东西讲究吆喝，北京的吆喝作为"市声"，现在依然被人们津津乐道。

但是在老北京，并不是所有买卖都得吆喝，由于行规和行当的特殊性，有的买卖不能吆喝，所以有"八不语"一说。

所谓"八不语"，就是八种行当不能吆喝。

哪八个行业？首先说是修脚的。修脚的怎么吆喝？站在店门口吆喝："哪位把脚伸过来，我给您拾掇拾掇。"您说，这像话吗？也不好听呀！

还有卖鸡毛掸子的。当年北京人家家都备有掸灰尘用的鸡毛掸子，掸子是常见的日用品。

卖掸子的怎么吆喝？举着鸡毛掸子吆喝："好大的掸子！"或者吆喝："卖大掸子嘞！"好嘛，这还不把人给吓着？

除了这两个行当，还有绱鞋的、锔盆锔碗的、行医的、剃头的、粘扇子的、劁（音敲）猪的等等，是不能吆喝的。

这些行当里，有的是压根儿就没有吆喝的，有的是用响器代替吆喝的，比如行医的大夫，从前也叫"郎中"，虽然他上街行医不吆喝，但是他们有响器，也就是手里拿着串铃。串铃一响，人们就知道走街串巷的江湖医生来了。

剃头的虽然不吆喝，手里有唤头。粘扇子的也有响器，即身上挎着，随时手里摇着的"挎铃"。

其实，这"八不语"概括得并不全面，很多行当没有说到，比如老北京"打小鼓的"，也就是收旧货的，也不讲究吆喝。能吆喝，还打小鼓干吗？

人不语，响器代替，规矩最多的得说剃头的。在老北京，人们戏称剃头的是"低头斋"。您别看这个行当不起眼儿，但因为他能在"太岁"头上动"土"，所以地位特殊。

这儿捎带着给您聊两句"太岁"，有人以为"太岁"是皇上或神人，其实这是一种在地下深处生长的菌类生物，因为在土里能生存，在水里也能活，而且生长缓慢，被人们视为奇物，尊为"太岁"。

正月剃头死不了舅舅

剃头，就是后来的理发，老北京人戏称"拾掇门脸儿"，现在改叫"美发"和"造型"了。说起来，剃头这个行当，是清朝以后才出现的事儿。

清军入关（山海关）之前，中国的男人是不理发的，也没有剃头一说。因为，从老祖宗那儿就讲究"身体发（头发）肤受之父母，不敢毁伤"。所以，男人的头发从生到死是不能剪的。

头发长了怎么办？拢起来呀！您看过去的老戏，男性是不是都"拢发包巾"？

到了清朝，把汉人的老规矩给破了。清顺治二年（1645年），清朝皇上进北京，金銮宝座还没坐热乎，便下令，男人一律剃发留辫。

剃发留辫，您别以为剃发就是把脑袋上的毛都剃光。敢情清朝说的剃发是有"发型"的，即把脑袋上四周的头发都剃了去，中间只留下一小撮儿，用这小撮儿头发编成辫子，这就是所谓"削平四方，保留中央"。

原来这剃头是有政治含义的。清朝的统治者是满族人，清军入关后，汉人肯定不服。于是清朝政府玩了这么一招儿："剃头"。把"四方"都削平了，维护我大清帝国中央的统治。

当年，汉人对剃头是非常愤怒的，您想，把受之于父母的头发给剃了去，谁心甘情愿呀？但清朝政府对待剃头这件事极为重视，把它当作确立皇权的一个标志。

这一"标志"，麻烦了。拿京城来说吧，那会儿，大街小巷贴满了强迫剃头的告示，要求男人一律剃头留辫。您要不剃头，好办，杀头！

《"八不语"和拾掇门脸儿》

据说当时摄政王多尔衮亲自下令，派旗兵持刀把守各大路口，在路口搭起席棚，凡是路过留发的男人，一律强制拉进棚子里，由剃头匠当场削发。有不从者，立马儿杀头，然后把脑袋挂在席棚的柱子上示众。这就是所谓的"留发不留头，留头不留发"。

谁不知道头比发重要呀？留发还是留头？甭琢磨，还是留头吧！于是大清帝国统治的二百六十多年，中国的男人都是脑袋后面拖着辫子过来的。当然，由此也诞生了一个行业，那就是剃头的。

由于汉人怀念当年留发的岁月，所以约定俗成，在每年正月祭祖的时候不剃头，说剃头死舅舅。这个民俗一直流传至今。

其实"死舅"，是"思旧"的谐音，是那会儿的汉族老百姓怀旧的一种"俗礼儿"，跟死舅舅没有一毛钱关系。

由于剃头这一行当，是在"不剃头就杀头"的历史条件下产生的，所以在老北京，这一行最初是没有门脸儿的，主要是走街串巷，充其量是在桥头搭个棚子。

为什么在桥头呢？因为过去赶车的拉脚的都要从桥上过，上桥下桥往往要站一下脚，打个歇儿，剃头匠正好可以利用这个机会招揽生意。

除了剃头棚，剃头还有下街的，就是前面说的打着唤头，走街串巷为人剃头的。老北京剃头匠有一套家伙什儿，走街串巷也好，桥头搭棚也好，不能就带一把剃头刀呀？

这些家伙什儿包括剃头刮脸的一套用具，磨刀的一套用具，还有脸盆、毛巾，此外还有板凳、烧热水的小火炉子等等。

怎么拿这些东西呢？用挑子来挑吧。这个挑子特殊，因为小火炉要占挑子的一头，所以老北京留下了一句歇后语：剃头的挑子，一头热。

由于能在"太岁"头上动土，所以剃头的属于特殊行当，这个行当规矩特别多。在早，这行的业内专门有《净发须知》，师傅带徒弟的时候，未曾学艺，先学做人，要牢记《须知》才成。

"三不鸣"与"十六法"

过去，剃头的担着挑子走街串巷，除了上面说的不能吆喝外，还有"三不鸣"，也就是遇到三种情况不能打唤头。

哪"三不鸣"呢？一是路过寺庙和道观不能"鸣"，怕惊动了神灵；二是过桥的时候不能"鸣"，怕把龙王给惊着了；三是路过剃头棚不能"鸣"，怕把同行的生意给搅了。

《净发须知》里，还有"行对行不响唤头"的规矩。什么意思呢？俩剃头的走个对脸儿，打老远就听到唤头响了，这个怕影响对方的生意，不打唤头了，那个也是怕影响对方生意，也不打了，这不就是"不响唤头"了吗？

您从这些老规矩里，不难看出老北京的剃头匠是多么讲仁义。

老北京人讲究"一招鲜，吃遍天"。剃头虽然算不上有什么高深的技艺，但作为一个熟练的剃头匠，功夫却在剃头刀外。

老事年间的剃头匠讲究"整容十六法"，这"十六法"包括：梳、编、剃、刮、捏、拿、捶、按、掏、剪、剔、染、接、活、舒、补。

"梳"，是梳头；"编"，是编辫子；"剃"，是剃头；"刮"，是刮脸；"捏""拿""捶""按"，就是现在的按摩的基本功；"掏"，是为顾客掏耳朵；"剪"，是给顾客剪鼻孔里的汗毛；"剔"，是清眼；"染"，是染头发；"接"，是接骨，现在是正骨术之一；"活""舒""补"，是活血、舒筋、补碎骨，都属于正骨术的手法。

通常老北京的剃头匠都会捏骨正骨，我记得小时候，胡同里的孩子谁摔了扭了，伤筋动骨，一般不去医院，而是直接找胡同理发店的师傅。

这些老师傅几乎都有两下子，孩子摔着扭着，找他们捏几回准好。都是老街坊，找他们捏骨正骨，从来不收费。

辛亥革命后，取消了梳辫子。剃头匠的"十六法"也就自动没了"梳""编"二法，但其余的技法一直流传下来。您现在找老北京的剃头匠理发，没准儿还能享受到几"法"，比如捶、按、掏、剪、剔、染等。

不过，随着社会的发展、生活方式的改变，以及由此带来的发式、发型的变化，老北京剃头匠的技法已经所剩无几了。

当然，有些技法换了其他形式，比如捏、拿、捶、按、接、活、舒、补，这些属于捏骨、正骨的技术在理发行业早已失传，人们扭着伤着，直接去医院找骨科大夫了，谁还去找理发师呀？理发师如果会这些，属于不务正业了。

上海理发师进北京

北京理发业的脱胎换骨，是在解放以后，过去那些走街串巷和路边支棚的二百多剃头匠，被组织起来成立合作社。

到 1956 年，又实行公私合营，过去多少年单打独斗的剃头匠，被编入到"国营"序列的修理服务公司，从此，这些剃头匠成为国企的正式职工。当然，到这会儿，剃头匠这个词儿也进了历史博物馆，改叫理发师了。

辛亥革命取消帝制后，剃头匠头上的活儿也变了，不仅做剃头刮脸的男活儿，也做剪发等女活儿，甚至还把西方流行的烫发引进过来。

京城最早有门脸儿的理发馆之一，"美白"的创办人何永禄，民国以前是只会剃头刮脸的剃头匠，后来在理发馆才学会了使推子，给客人推平头、分头、背头等发型。

民国十七年（1928 年），何永禄在王府井大街开办了"美白"理发馆，这种新式的理发馆很快就引领了潮流，从标新立异到逐步普及，使京城的理发业进入了一个新的时期。

到上世纪三四十年代，京城除了"美白"，还有"中央""万国""鼎新""仙宫""粹华""中国"六家，它们并列被称为京城理发业的"七大家"。

虽然京城的新派理发馆受到年轻人的青睐，尤其是演艺界的名伶和政界、商界人士，成了理发馆的常客，这会儿，剃头匠也改叫理发师了，理发业可以说春风得意，但老北京城的封闭性与保守性，使京城的理发业依然没有摆脱剃头刮脸的套路，理发业的整体水平跟那些发达城市还有差距。

新中国成立后，北京作为共和国的首都和国际交往的中心，国家领导人每年要迎来送往许多国家的元首。在国际舞台上，国家领导人当然要注意形象，形象当然离不开美容美发，而当时京城理发业的落后状况，适应不了这种需要。

那会儿，京城的理发业的状况，一是像样的理发馆少；二是理发馆的师傅多以剃头刮脸为主，理不出其他发型，更对国际流行的发型不摸门儿。

面对这种情况，当时的政务院总理周恩来与上海市的市长陈毅协商，请上海的理发业支援北京。上海是什么地界？十里洋场，内地香港，毋庸置疑，上海的理发师要比北京的牛。

陈老总接到总理的指示，不敢迟疑，马上下令，不但把上海最好的理发师调到北京，连理发馆也一并迁来，支援首都。

于是，在 1956 年，上海有名的"华新""紫罗兰""云裳"

"湘铭"四家理发馆的一百零八位师傅，以及后勤人员整体迁到了北京。

这四家理发馆合并后，更名为"四联"理发馆，于1956年7月27日在北京正式开张营业。

"四联"的进京，使京城的理发业上了一个新台阶，如果说"四联"来北京之前，京城的理发业还是处于剃头刮脸的"毛楂儿"阶段；那么，"四联"进京之后，京城的理发业就进入了"洋范儿"的理发时期。

老北京人剪了辫子以后，流行的发型是一水儿的寸头、平头和光头，由打"四联"进京，北京人的发型样式多了起来，爱时髦的年轻人开始流行分头、背头等多种样式发型了。

与此同时，理发馆的设备也越来越先进，理发师也告别了剃头刀、手动推子，到上世纪80年代，京城的大小理发馆都已经有了电推子、电吹风机了。

不过，那会儿北京人的消费水平实在有限，像王府井"四联""美白"，西单第一理发馆、第二理发馆这样的高级理发馆，一般老百姓平时理发，还是望而却步。

首先，这样高级的理发馆京城只有四五家，理发馆人满为患，理一次发，别说等"老点"了，就是一般的理发师，起码要排半天队。

所谓"老点"，就是手艺高、级别高的理发师，因为顾客来这儿理发，都是慕他的大名，所以点名让他理发的人多。

当时，国家实行的是计划经济，京城的理发馆都是统一价格，找谁理发都是一样的钱，那谁不找"老点"呀？找"老点"，您就得搭半天，甚至大半天的时间。许多人搭不起这些时间，便不愿登门了。

其次，虽然当时理发是统一价格，但"四联""美白"这样的高级理发馆的价位比一般理发馆要略高一些，比如男同胞到一般理发馆，"洗剪吹"是两毛六分钱，"四联""美白"要五六毛钱。当时的五六毛，相当于现在的一二百块钱，一般的工薪阶层理一次发，舍不得掏这么多钱。

我记得参加工作后到结婚前，平时连理发馆都不去，理发基本上由单位的同事给包了。结婚前，领结婚证要照片，结婚是人生最光鲜的一件大事儿，我妈劝我去一次"四联"，理完发再去照相馆，我这才平生第一次进王府井的"四联"。

我当时是自己挣钱自己花的青年，平时都舍不得进"四联"这样的高档理发馆，更别说那些拉家带口的中年人了。至于说上了岁数的老北京，依然留恋几十年一贯制的寸头，胡同里的小理发馆就能解决问题了。

当时在职职工每月都发澡票和理发票，通常是一个月两张，一张两毛六，既可以洗一次澡，又可以理一次发，洗澡票全市通用，只有"四联"这样的理发馆要单加钱。

您想，老北京人谁舍得把喝酒的钱"贡献"给理发师呀？再说不就理个寸头吗？两毛六能解决的事儿，干吗要另外再花钱呢？所以，当时一般老百姓去"四联"理发，属于"烧包儿"。

这也许就是老北京人对待自己脑袋上的毛儿的态度。难怪当改革开放，"国营"理发馆改制，京城理发业变成个体户的天下后，许多老北京人一时脑子转不过弯儿来呢。

理发馆大换脸

进入上个世纪90年代，京城的理发业进入了前所未有的"美发"时代，原来的理发馆改换门庭，变成了"发廊""发屋""美发厅"等。

原来京城的理发师都穿着白大褂，年龄有老有少，现在档次高的美发厅，变成了一水的"少壮派"，也许是为了博取顾客好感，抑或是劳动强度使然，行业内出现了"潜规则"，年龄超过四十岁的一律亮"红牌"。

理发师的"行头"也变了，白大褂早就是老皇历了。现在穿的都是"洋范儿"，西装，白衬衫，扎着领结，套着马甲，像大饭店的服务生。

拾掇头发的家伙什儿也变了，原来是"老三样"：推子，剪子，刀子。现在是一把剪子"打天下"，手艺好的理发师有十来把各式的剪子，不管是什么发型，全靠剪子来去薄修饰。

当然美发的名堂也多了，理发前，先洗发，这洗发分为"干洗"和"水洗"，"干洗"通常是一个小时，除了洗头发，还要洗眼睛，掏耳朵，按摩头部，揉捏肩膀、后背、胳膊，折腾六够，这才开始剪、吹，剪断截说吧，在美发厅"美"一次发，至少一个半小时，这还不包括排号等位的时间。

女活儿更细致，女同胞美发，如果烫头染发的话，时间应该是男同胞的一倍，大半天时间没了。当然，美发厅不白这么伺候您，项目越多，消费越高。

现在美发厅的理发师都是按级别收费的，通常有总监、都理、监理等等，一个级别相差几十块钱，一般在美发厅享受一次，至少一百五六十块钱。

进入 21 世纪以后，原来的"发廊""发屋"因为有的藏污纳垢，有色情服务被取缔，所以京城的理发业，再也没有"发廊""发屋"的踪影，几乎都改叫"美发厅"了。

京城的美发业经过十多年的同行博弈，基本告别了一家一户单打独斗的格局，纷纷主打名牌店连锁的牌，以品牌店独领风骚。有的品牌店在京城有一二百家店，在这种竞争中，连锁经营已经成为趋势。

1998 年，京城的理发馆和美发厅是五千九百六十七家，到 2014 年，京城的理发网点已经达到了两万多家。

跟过去那些标新立异的理发馆的发展一样，现在新式的美发厅，甭管主店还是连锁店，主要服务对象基本上是年轻人。

那些退休的大爷大妈，舍不得花一百多块钱去理一次发，但价位低的小理发店，让高档的美发厅挤对得已无法生存，加上房租和水电费连年上涨，基本上难以为继，现在价廉的能让大爷大妈掏得起钱的理发馆越来越少了。

于是，京城的街头或公园出现了一景儿，即街头理发摊儿。这种摊儿特简单，一把凳子、一块围裙齐活儿。理发师多是上岁数的，当然也有中年人。

在摊儿上理发，简单，省事儿，不用洗，也不用吹，把脑袋上的毛削短理齐就得，价钱极便宜，有三块的，有五块的，等于吃一根雪糕，或喝一瓶汽水。所以这种理发摊儿，特招社区和胡同的大爷大妈待见。

不过，这种理发摊儿属无照经营，算是非法，城管一来，他们就东躲西藏，整天提心吊胆，打游击战。即便如此，几天见不到他们，大爷大妈们还真想，因为这些流动理发师能解决实际问题。

我曾经采访过上岁数的老北京人，发现他们不愿意去现在的美发厅的原因，并不只是钱的事儿，而是他们想要理的发型，现在的年轻的高级理发师理不出来了，比如，寸头的"毛茬儿"，平头的"拱三茬儿"等。

■■■

九十八岁的剃头匠

前些年，京城有位叫靖奎的老剃头匠，九十八岁了，还在给人理发。北京人理发"认人"，找老爷子理发的都是回头客，有岁数大的，也有年轻人。

2012年，有人专门给九十八岁的靖奎老爷子拍了一部电影《剃头匠》，他在电影里自己演自己，非常生动。这部电影还获得了第三十七届印度果阿国际电影节最佳影片奖"金孔雀"奖。2014年10月，一百零一岁的靖奎，在北京胡同的一个大杂院去世，他真是理了一辈子的发。

我曾经采访过找靖奎理发的老北京人。他们对我说，老爷子十八岁出徒，给人理了八十多年的头发，到这岁数手都不颤，而且理出来的寸头还是样儿，您说，这是不是功夫？

的确，像老爷子这种手艺的人不多了。他收了二十多个徒弟，活着的只有两个了。

1990年左右，京城流行过"板儿寸"发型，这种发型是从日本传过来的，受到许多年轻生意人的青睐。

一时间，理"板儿寸"的年轻人趋之若鹜，理发师也纷纷改理这种发型，并以擅长理"板儿寸"为牛，其中最有名的是地安门的一位姓刘的师傅，他打出的字号叫"金板寸"。

当时，一般理发馆理"板儿寸"是两块钱，他这儿是五块，总比别人高一倍，但由于他的手艺好，每天顾客盈门。

刘师傅十五六岁学理发，到现在有三十多年了，他的"金板寸"现在已经成为京城理发业的金字招牌，经过二十多年的发展，当年的小店，现在已经是"文化发展中心"了。老师傅除了理发带徒弟，也是文化公司的经理了。

新中国成立七十年，京城的理发业发生了巨变，现在理发这个词又变了，已经不叫"美发"了，叫"造型设计"了。

"造型"这名儿有点儿艺术范儿，只是在口语里不知所云："您上哪儿去？""我理发去。"这谁都能听懂。"您上哪儿去？""我造型去。"谁懂呀？

老北京人管剃头刮脸，叫"拾掇门脸儿"，后来又叫"理发""美发"，不过，您琢磨琢磨，从"拾掇门脸儿"到"造型设计"，是不是万变不离其宗？总而言之，折腾的都是脑袋上的毛儿。

不过，同样是"拾掇门脸儿"，"拾掇"的方法和内容却大不一样了。如果说老北京人理发，只是干净干净，现在则是享受了。难道您没觉得吗？

当然老字号在新潮中，也在不断变化。您如果到"四联""美白"这样的老字号去理发，照样能找到"造型设计"的感觉，同时也能体会到理发是一种"享受"。在经营上，老字号也搞"连锁"了，由原来的"独一号"，到现在发展成几十家门店。

他们的理发的技艺、严谨的消毒制度、先进的美发设备、最新的国际潮流发型，在京城的理发业依然独占鳌头。

"四联"的剃头刮脸的"拱三茬儿""无声吹风"等技艺，还被列为北京的非物质文化遗产。

北京小吃
和打烧饼

三

花样繁多的北京小吃

烧饼和火烧都属于北京小吃，老北京把小吃叫"碰头食"。

什么叫"碰头食"呢？

"碰头食"不是正餐，肚子饿了，走在街上，打头碰脸，路边有个馄饨挑儿，不远处还有个烧饼铺。得，来两个烧饼，再买碗馄饨，用北京话说"垫补"（吃）一下。这馄饨和烧饼，就叫"碰头食"。

北京的小吃可以用花样繁多来形容，多？能有多少呢？我看过一份历史资料，上面说，北京小吃最多的时候，有三百多种。

三百多种！乖乖，一个人每天吃，能吃一年不带重样的。当然，现在可没这么多了，我们常见的也就是五六十种，能数得出来的有一百四十多种。

为了便于您对北京小吃有所了解，增加对北京小吃的印象，我把它们分列如下：

风味类小吃:

炒肝　爆肚儿　卤煮火烧　煎灌肠

烧羊肉　烤羊肉　烤牛肉　涮羊肉

白水羊头（羊头肉）　白汤杂碎（杂碎汤、羊杂儿）

爆糊　爆羊肉　羊霜肠　烧麦　包子

馄饨　猪头肉　门钉肉饼　炒疙瘩

炒饼　汤羊肉　水乌他　酥鱼

苏造肉　芥末墩儿　炒麻豆腐

炒红果　玫瑰枣　小窝头　豌豆黄

煮芸豆　开花豆　果子干儿　江米藕

烤白薯　冰糖葫芦

烧饼类小吃:

烧饼　肉末烧饼　螺蛳转儿　干崩儿

缸炉烧饼　马蹄烧饼　咸酥烧饼

甜酥烧饼　豆馅烧饼（蛤蟆吐蜜）

五连烧饼　油酥芝麻烧饼　叉子火烧

片丝火烧　马蹄火烧　褡裢火烧

糖火烧　牛舌饼　蒸饼　锅饼　煎饼

春饼　春卷　墩饽饽　硬面饽饽

馅饼　水晶门钉

糕类小吃：

切糕　年糕　豆面糕（驴打滚儿）

芸豆卷　艾窝窝　红白蜂糕　碗蜂糕

米面蜂糕　盆儿糕　豆渣儿糕　凉糕

花糕　枣糕　绿豆糕　紫藤糕

水晶糕　甑儿糕　芝麻凉糕　栗子糕

莲子糕　扒糕　豌豆糕　粽子　元宵

油炸类小吃：

油饼　糖油饼　焦圈　麻花　蜜麻花

排叉　姜丝排叉　油条　炸糕

奶油炸糕　半焦果子　炸三角

炸咯吱　烫面炸糕　炸布袋（炸荷包蛋）

豇豆干　江米条　薄脆　开口笑

炸咯吱盒儿　酥盒子　炸回头

炸肉火烧　炸年糕坨　炸卷果　炸丸子

汤类小吃：

豆汁　豆浆　茶汤　面茶　油茶

杏仁茶　豆腐脑　老豆腐　腊八粥

粳米粥　八宝莲子粥　杏仁豆腐

冰碗儿　玻璃粉　酸梅汤　酸枣汤

乌鱼蛋汤　甩果汤（鸡蛋汤）　酸辣汤

怎么样？您脑子再好，恐怕也记不全吧？当然，即便您能记全了，也不见得能吃全了，因为有的小吃，北京人已经不做了。

■

北京人对烧饼情有独钟

在常见的小吃里，烧饼和火烧属于比较特殊的。

特殊在哪儿呢？一是烧饼和火烧的种类多；二是北京人拿烧饼和火烧当小吃，也当"大吃"，所谓的"大吃"，就是主食。

早年间，北京人吃早点，离不开"老三样儿"，即油饼、火烧、豆浆。上世纪六七十年代，买油饼和烧饼、火烧还要粮票，一个普通油饼六分钱，一两粮票；糖油饼是八分钱，一两粮票。一个烧饼五分钱，二两粮票。

那会儿的北京人过日子都精打细算，一分钱恨不能掰成两瓣儿花。舍不得一下吃两个油饼，但吃一个又吃不饱。

于是，买一个大火烧，火烧夹油饼，再花二分钱买碗豆浆，一顿早点，齐活儿。

这种吃法被北京人叫作"老三样"。当时我在工厂当工人，京城卖早点的小吃店很多，大一点儿的胡同口都有，所以骑车上班，走到哪儿，看小吃店（早点铺）人不多，就下来，来套"老三样"，吃饱了，再奔工厂。

这种早点，我吃了大概有十来年，雷打不动，不带换样儿的，自然对北京的大火烧很有感情。

当时的小吃店，小吃的品种很多，但都没有"老三样"更经济实惠的，比如烧饼当时也有许多种，但一个芝麻烧饼五分钱，一两粮票，吃三个就是一毛五。而"老三样"全加起来才一毛三，算算，还是吃"老三样儿"便宜，所以平时舍不得去吃烧饼。

跟火烧比起来，当然烧饼要好吃，价钱也贵，当然，烧饼的种类比火烧多。我说的是最普通的火烧，这种火烧，那会儿的北京人往往要加一个大字，叫"大火烧"。

■

大火烧的传说

有关"大火烧"还有一个典故：清朝末年，前门外大街的大栅栏，买卖铺户生意非常兴隆。到了庚子年的二月，人们只见大栅栏的街上，每天一早一晚，有个走道跐脚的老头儿推着小车，车上有个小缸炉，还有其他家伙什儿，边走边高声吆喝："大火烧！"

赶到人们走到他的车前，想买烧饼时，老头儿摇摇头说卖完了，要吃，明天吧。

《北京小吃与打烧饼》

第二天，老头儿又来吆喝"大火烧"，人们想买，老头儿还是那句话：卖完了，要吃，明天吧。

老头儿来大栅栏吆喝了有一个多月，突然有一天，大栅栏的店铺着火了，这是大栅栏有史以来最大的一场火。火势凶猛，一家挨着一家的店铺被这场大火化为灰烬。

大火过后，人们想起那个吆喝"大火烧"的老头儿，奇怪的是，那个老头儿再也看不见了。

也许是老北京人怕犯忌吧，从此以后，人们见到火烧，就说火烧，谁也不说"大火烧"了。

烧饼在山东叫"炊饼"，《水浒传》里的那位倒霉蛋武大郎，就是做炊饼的。前几年，山东有人居然把"武大郎"给注册为商标，专门卖"武大郎"炊饼，据说生意不错。

在宋代，像武大郎这样卖烧饼的，通常是一个人的买卖，即一个人连烙带卖。在老北京，做烧饼这样小吃类的吃食，也是单打独斗，北京人管这叫"专工"。

什么叫"专工"呢？就是只做这一样儿，别的不做，比如炸糕，老北京有专门的炸糕小铺，一间门脸儿，一口油锅，每天每就做炸糕。

还有焦圈儿，老北京人喝豆汁儿必吃它，吃烧饼的时候，也喜欢夹焦圈儿。过去专门有炸焦圈儿的焦圈儿铺。老北京有名儿的焦圈儿铺是南城的"俊王"，他是回民，姓王，因为长得俊秀，焦圈儿炸得也好吃，所以四九城闻名。

同样，烙烧饼的做火烧的也有"专工"，即专门烙烧饼的烧饼铺。有意思的是，自从大栅栏的那把大火之后，做火烧的也叫烧饼铺，不能叫火烧铺了。

其实，火烧，除了前面说的"大火烧"之外，还有很多品种，比如糖火烧、褡裢火烧、叉子火烧、肉火烧、油酥火烧等等。

老北京，做褡裢火烧最有名的是前门外大街门框胡同的"瑞宾楼"。做糖火烧最有名的是通州的"大顺斋"。

现在"大顺斋"的糖火烧，已经成为北京有名的糕点了。它和小楼（饭馆）的烧鲶鱼、万通酱园的酱豆腐，并称"通州三宝"。

烧饼和火烧的区别

有人说宋代的"炊饼"，就是现在的烧饼，但也有人认为"炊饼"不是烧饼，应该是火烧。火烧和烧饼有什么区别吗？看到这儿，您可能也会纳闷儿，火烧和烧饼都是"饼"，但为什么叫法不一样呢？

很长时间，我就对这个问题有点困惑。后来认识了一位烙烧饼的高手，这位老爷子用一句非常简单的话，解开了我的疑团。

火烧跟烧饼的区别，就在于带不带芝麻。带芝麻的叫烧饼，不带芝麻的叫火烧。区别就这么简单。

说起来，烧饼还属于"进口"食品，最早的烧饼叫"胡饼"，是西汉的张骞出使西域时带回来的吃食。

当时，这位张先生从西域带回不少新鲜东西，这些吃的用的，都被冠以一个"胡"字。汉代，连西域一带的人，都被称为"胡人"。

所以，"胡饼"是胡人做的饼，但也有人认为，"胡饼"是指用胡麻油做的饼。

不知道从西域带进来的"胡饼"什么样儿，但可以肯定它跟后来北京人吃的烧饼和火烧不一样。

不过，史书上有记载，汉朝的皇上非常喜欢吃"胡饼"。皇上爱吃的东西，老百姓不见得能吃到。

"胡饼"真正流传到民间，是在唐、宋年间，经过数百年的演变，到了武大郎生活的宋代，火烧和烧饼已经成为中国北方最普遍的吃食了。当然，那个"胡"字早在历史演进过程中，给融化掉了。

《资治通鉴》里记述唐玄宗时，讲了这样一个掌故："安史之乱"的时候，唐玄宗和杨贵妃逃到咸阳的集贤宫，饥肠辘辘，饿得前心贴后心。

宰相杨国忠眼看皇上要饿晕，急忙乔装打扮成平民百姓，到街上踅摸吃的。

当时的咸阳城，人去房空，形同死城。杨国忠在街上转悠了半天，才找到一个烙烧饼的小铺。

正赶上烙的烧饼刚出炉，空气里飘着油香味，杨国忠赶紧丢下几两银子，把刚出炉的烧饼都买了回去。

饥饿之中唐玄宗和杨贵妃吃到烧饼，真是无比香甜，不逊于"庚子事变"时的慈禧太后在逃亡西安的路上吃的窝头。

后来，大诗人白居易为此专门写了一首诗："胡麻饼样学京都，面脆油香新出炉。寄于饥馋杨大使，尝香得似辅兴无。"

诗中的"辅兴"，是指当时长安城有名的烧饼铺"辅兴坊"，最后一句，是诗人在问：您在咸阳吃到的烧饼，有没有西安"辅兴坊"的好吃呀？

白居易也是爱开玩笑，都饿成这样了，您给他什么，他吃了都会觉得比"辅兴坊"的好吃。

不过，诗人肯定吃过"辅兴坊"的烧饼，不然不会用"面脆油香"来形容。好吃的烧饼都会有"面脆油香"的特点，而且这个特点让人回味无穷。

烧饼为什么要"打"

烧饼在北京算是最普通的吃食，一般家庭主妇都会烙，但这世界越容易的事儿，往往又是越难做的事儿，烧饼也如是。

也许一百个人烙烧饼，能烙出一百个味儿来，这是一句夸张的话，依我看，一百个人烙烧饼，起码也能烙出九十种味儿来。所以，许多北京人抱怨，现在北京吃不到正宗的烧饼了。其实是有情可原的。

老北京烙烧饼，不叫烙烧饼，而叫"打烧饼"。为什么叫"打"呢？

老北京有专门做烧饼的烧饼铺。烧饼铺多数是一个师傅，现做现烤，北京人也是现买现吃，刚出炉的烧饼，带着芝麻和麻酱的油香味儿，外焦里嫩，酥香味厚，十分诱人。

烙烧饼讲究把面揉透后，按做十个烧饼的量揉成长条再擀开，然后，一手拎着面的一头，甩成长片，抹上麻酱和麻仁、花椒、茴香、盐炒后研成的细粉，随卷随抻，行话叫"打栅子"。

"栅子"为什么要用打呢？这是师傅为了招揽客人，往往要在"打栅子"过程中，在案板上摔面，用擀面杖擀面，擀面杖不断地敲打案板，发出"噼噼啪啪"的声音，行话也叫"打花杖"。

烙烧饼的师傅"打花杖"，除了为吸引人过来买他的烧饼以外，同时通过这种敲打，也展示烙烧饼的人的一种"范儿"，让人看上去显得那么利落。正因为如此，北京人管烙烧饼，叫"打烧饼"。

我小的时候住家在辟才胡同，胡同的北边有条小街叫十八半截。当年，那儿有个门脸儿不大的烧饼铺，铺子的师傅专门烙马蹄烧饼。

师傅有四十多岁，山东人，大个儿，方头大脸，寸头，不苟言笑，但和蔼可亲。

烤烧饼的炉子是他自己做的，烙烧饼时做剂儿、擀饼时，擀面杖在他手上不停地飞舞，在案子上敲敲打打，那"花杖"能打出"锣鼓点"来，煞是引人。

我家离烧饼铺的路不近，每次姥姥念叨想吃他烙的烧饼了，我则自告奋勇，除了买烧饼，主要是想看那位"打烧饼"师傅的表演。

这位师傅到了案子前，如同上了舞台，在案前边敲边打，能在敲打的瞬间，把面团擀成饼状，然后托起这个饼，内放椒盐和油，外面沾上芝麻，接着在案板上再擀成面饼，然后用右手捏着面边儿，与张开虎口的左手相挤压，眨眼间，面饼形成了马蹄状。

在你愣神的工夫，只见他单手轻轻托起马蹄状的面团，掀开炉门，随手将它粘在炉子的内壁上。动作之快，只是转眼间，这时我的脑子，还想着他"打花杖"的"锣鼓点"。

烤上二十分钟左右，师傅掀开炉门，把烤好的烧饼拿下来，放在一个小筐箩里。只见那烧饼的圆面稍鼓，很像马蹄，皮薄心空，芝麻焦黄，咬一口，外焦脆香，真是让人回味无穷。

一晃儿，几十年过去了，十八半截胡同早就变成了高楼大厦，但我还会时常想起那个烧饼铺，想起那个"打烧饼"的师傅，还有那个师傅"打"出来的马蹄烧饼。

"打烧饼"的快乐感

"打烧饼"，其实是烙烧饼者的乐子。说起来，烙烧饼是很枯燥的活儿，当然整天围着炉子转也非常辛苦，通过在案子上的敲敲打打，不但能排遣寂寞，释放心火，同时也能吸引顾客，所以，老北京的烧饼铺的师傅都会这一手，"打花杖"也成了烙烧饼的传统。

现在，这一传统在京城还能看到，但这个"打"字毕竟是"架子活"，人们吃的是烧饼，而不是看您"打"的玩意儿。烧饼烙得不怎么样，您就是把案子打出窟窿来也没用。

烧饼的种类比较多，除了一般的芝麻烧饼以外，还有肉末烧饼、缸炉烧饼、马蹄烧饼、咸酥烧饼、甜酥烧饼、豆馅烧饼（蛤蟆吐蜜）、五连烧饼、油酥芝麻烧饼等等，但人们常吃的还是普通的芝麻酱烧饼。

这种烧饼是有标准的，比如要求一斤面要用七钱芝麻酱，七钱麻仁、花椒、茴香等做的椒盐。烙好的烧饼麻酱的香味儿浓，烧饼要层次分明，起码达到二十层以上。

由于烙烧饼的人工和原料成本不停地上涨，而烧饼作为北京小吃，价儿高了又没人吃了，现在卖烧饼几乎赚不到钱，而且这活儿也很辛苦，所以，真正烙烧饼的高手很难找了。自然，北京人能吃到二十层以上标准的烧饼也很难了。

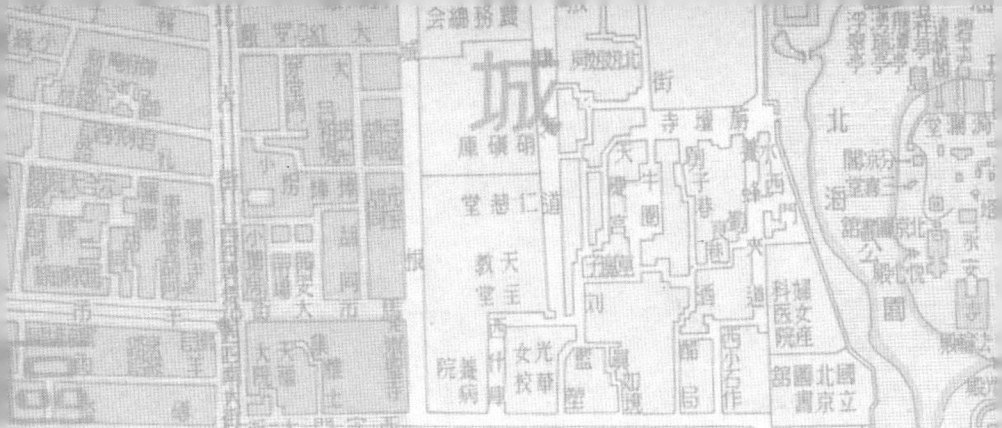

桑皂杜梨槐，
不进阴阳宅

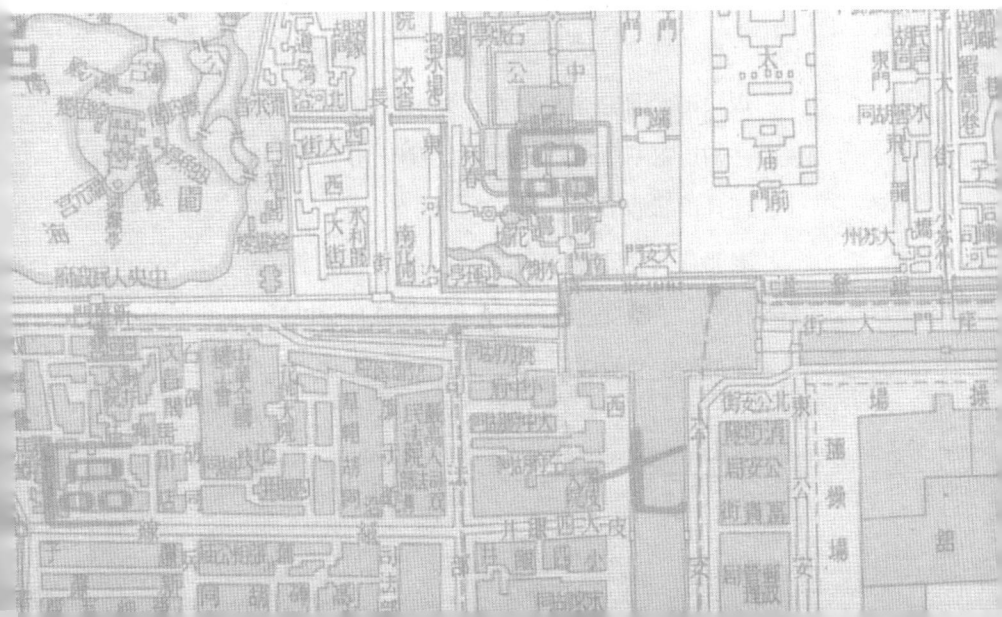

北京人说话讲究忌口

跟朋友到一个很体面的餐馆吃饭，服务员上菜的时候，我的一个朋友看了上菜的碟子一眼，突然面沉似水，把服务员喊住，让她去叫经理。

众人面面相觑，不知道发生了什么事儿，直到经理颠颠儿地跑过来，才知道原来餐厅犯了大忌，上菜的碟子是破边的。

老北京人讲究吃饭的家伙儿一定要完整，不怕旧，也不怕瓷器粗糙，但一定不能破边儿，更不能有裂纹儿。因为过去只有乞丐，也就是"叫花子"才用破了边的碗碟呢。

饭馆的经理是个年轻人，哪里懂这些，听我的朋友这么一说，才知道犯了忌讳，赶紧赔礼道歉，并且让服务员立马儿换碟子，而且重新炒了一个菜。

老北京人在日常生活中的忌讳很多，除了家里要摆什么和不能摆什么，平时身上要戴什么和不能戴什么以外，最主要的忌讳是不能说不吉利的话。

不吉利的话很多，比如杀啦、死啦、老啊、离啊、完啦等词儿，人们说话的时候都要回避，好在汉语的语言丰富，换一个词就可以替代。

梨，是中国特有的水果，含有多种营养，水分含量也多，吃梨可以解渴，还可以去咳平喘，是北京人喜欢吃的水果。

不过，人们自己买梨自己吃没问题，您要是到亲戚家或朋友家串门儿，却不能送梨，因为梨的谐音是离开的"离"。

您的朋友病了，您去看他，送给他几斤梨，这就犯了北京人的大忌：干吗？您来看我，是要跟我"分离"呀？

由于梨是"离"的谐音，在老北京人的口语里犯忌，所以，平时人们吃梨，一个梨只能一个人吃。一个梨两个人吃行不行？不行，北京的三岁小孩儿都知道"二人不吃梨"。

三个人吃梨行不行？也不行，因为吃的还是"离"。所以，老北京人只好把梨削成片儿，放在碟里，用竹签或叉子叉着吃。

忌口也是一种文明

老北京人忌讳说凶狠毒辣、死亡这样的词；杀，老北京的满族人要说"省"，读音是"醒"。杀猪，老北京的满族人要说"省猪"。回民对这个"杀"字尤其忌讳，杀牛杀羊，一定要说

"宰牛""宰羊"。

跟杀有关的，比如"杀头""斩首"，北京人会说"脑袋搬家""头朝下""脑袋挨地了""痛快一下"等。

"枪毙"也是不吉利的词，北京人忌讳说，所以会把"枪毙"说成"吃黑枣儿"；"蹲大狱"，北京人会说"啃窝头去了""进去了"等等。

由此可以看出北京人的忌口是一种文明。不论是在古代，还是在现实生活中，人们总是喜欢美好的事物，当然也喜欢听一些美好的词汇，一些肮脏的词如屎尿之类的，往往都要用文雅的词来代替，比如拉屎，最初叫"大便"，但北京人觉得"大便"也不受听，改为"解大手"（撒尿叫"解小手"），后来觉得"解手"也不受听，于是改叫"方便一下"或"去卫生间"。

其实老北京人向来忌讳说屎尿，把拉屎叫"出恭"，把放屁叫"出虚恭"。您瞧"出恭"，听着多悦耳，当然这词过于文了，弄不好会被人误解，通常北京人不会用。

老北京人忌讳说"蛋"字。在北京话里，沾"蛋"字的词儿几乎都是骂人的，比如混蛋、滚蛋、傻蛋、王八蛋等，骂人最狠的是你操蛋。

正因为如此，老北京人平时说话很少带"蛋"字，鸡蛋，北京人叫"白果"或者说"鸡子儿"。

记得有一年，我陪一位南方来的朋友到饭馆吃饭，他拿起菜谱，点了个"摊黄菜"。

等到这菜上了桌，他不禁哑然失笑，把服务员叫过来问道：

"我要的是'摊黄菜'呀？"

服务员告诉他："这就是'摊黄菜'。"

"这怎么是'黄菜'？"他十分不解地说。

"你看，鸡蛋摊出来是不是黄澄澄的，像黄菜？"我笑着给他解释，因为老北京人忌讳说"蛋"字，所以才把摊鸡蛋叫"摊黄菜"。

他听了恍然大悟，原来他以为"黄菜"，是南方的黄花菜。

不过，他迟疑了一下说："这名字好听，却令人费解，为什么不直截了当呢？"

我说："这就是老北京人重老礼儿、讲文明的一例。"

其实，老北京人不光是鸡蛋不说鸡蛋，叫"白果儿"，还把跟"蛋"有关的字，也找好听的字给顶替了。

比如鸭蛋做的皮蛋，南方人这么叫吧？到了北京人这儿，皮蛋就改叫"松花"了。

再比如跟蛋有关的食品蛋糕，过去叫"槽子糕"，鸡蛋炒黄花木耳，叫"木樨肉"，鸡蛋汤叫"甩果汤"，等等。

老北京人还忌讳说"完"字。"完"，就是结束了，玩完了，没有了。

所以，老北京人管氽丸子，叫"狮子头"，实在怕人听不懂，在"丸子"前边加上"四喜"俩字，用"喜"来"冲"这个"完"的字音。

末代皇帝登基的故事

关于"完"字的忌讳，最有意思的是末代皇帝溥仪登基的故事。

清光绪三十四年（1908年）十月二十日，溥仪的父亲醇亲王载沣接到慈禧太后的懿旨，让他的三岁儿子溥仪继承皇位。

次日，溥仪离府进宫，但第二天，光绪皇帝就驾崩了，紧接着第三天，慈禧太后也呜呼了，俩人前后脚儿。

当时，光绪的灵柩停在了乾清宫，慈禧的灵柩停在了皇极殿，两丧并祭，按老北京人的讲儿，这本身就不是吉兆。他们二人的丧礼结束不到一个月，十一月初九，溥仪的登基大典在太和殿举行。

三岁的孩子懂什么事儿呀？他当皇上，完全像个木偶任人摆布。溥仪的晚年，在《我的前半生》里回忆道：

我被他们折腾了半天，加上那天天气奇冷，因此，当他们把我抬到太和殿，放到又高又大的宝座上的时候，早超过了我的耐性限度。我父亲单膝侧身跪在宝座下面，双手扶我，不叫我乱动，我却挣扎着哭喊："我不挨这儿，我要回家！我不挨这儿，我要回家！"父亲急得满头是汗，文武百官的三跪九叩没完没了，我的哭叫也越来越响，我父亲只好哄我说："别哭，别哭，快完了。快完了！"

典礼结束后，文武百官对载沣的这句话议论纷纷，认为他说的"快完了"是犯了大忌，当然也是不祥之兆，等于说溥仪的皇位，甚至大清帝国快完了。

果不其然，大清帝国在三年之后就被推翻了。京城的老百姓似乎从这件事上，又找到了不能说"完"字的理由。

其实，大清帝国到了溥仪这儿，已经气数到头儿了，溥仪他爹不说"快完了"，大清帝国也照样完。两者没有什么必然的联系。

"皂树"不是枣树

老北京有句顺口溜儿："桑皂杜梨槐，不进阴阳宅。"

桑是桑树，因为跟"丧"是谐音，所以被老北京人给打入"另册"。"阳宅"，也就是自己住的院子里不能种，"阴宅"，家里的坟地也不能种。

"皂"，是黑的意思。"皂"有两种解释，一种是皂树，花落后会结出果荚，也叫皂角，深褐色，可入药，也可当染料，染发，染衣服。因为树皮是深褐色，被北京人认为不吉利。

"皂"的另一种解释是，所有黑色的树，都不吉利，所以"不进阴阳宅"。

我小的时候，常听老人说"桑皂杜梨槐，不进阴阳宅"。我以为这个"皂"，是枣树的"枣"呢，因为"皂"与"枣"同音。

枣树怎么会不能进阴阳宅呢？老北京人家的院里种枣树很普遍。鲁迅有一篇散文《秋夜》里写道："在我的后园，可以看见墙外有两株树，一株是枣树，还有一株也是枣树。"在北京胡同的院子里，看到一棵两棵枣树，一点儿不新鲜。

我小的时候住在外公家。他家的院子里，就种着两棵枣树。当然，在院子里种枣树要讲究方位。

其实，这个"皂"字，跟"枣"字扯不到一块儿去，为什么呢？

因为北京人说到"枣"，一定要加儿化韵，"吃枣"，要说成"吃枣儿"，"枣树"，要说成"枣儿树"。否则就要闹笑话，例如"洗枣"，很容易让人听成"洗澡"。

杜，是杜仲，这本来是药材，树生长较快，喜温耐寒，素以安泰敦厚著称。北方的院里种它，枝繁叶茂，可以遮阳蔽日。

但杜仲的"杜"字，在老北京是个忌讳词儿。"杜"与"度"是谐音。"度"的字义有"过去""过"的含义，比如僧人劝常人出家当和尚或尼姑，叫"度人"，出家叫"剃度"，人死了叫"超度"。所以，"度"被北京人视为不吉利，自然，杜仲树也跟着倒了霉。

梨，甭说了，除了自己吃，跟别人都不能一起吃，这些忌讳自然会殃及到梨树。您想，住的院里种梨树，您不得天天看着它？

《桑皂杜梨槐，不进阴阳宅》

没辙，就因为名儿叫得不受听，好好儿的梨树就被打入了"另册"。

"市树"不能进院

槐树，是北京的市树，北京的街道、宫苑、寺庙都可以看到它的身影，但唯独住家的院里忌讳种槐树，这主要是跟"槐"是"坏"的谐音有关。

人们都喜欢和追求好的事物，谁喜欢"坏"呢？所以，即便是市树，在老北京人这儿也不招待见。

不过，我倒觉得北京人院里不种国槐，跟国槐爱生虫子有关。我小的时候，胡同里种的多是槐树，一到夏天，树上就会生出许多嘴里能吐长丝的虫子，悬吊在树上。胡同里的人管这种虫子叫"吊死鬼"。您想，谁愿意住的院子有"吊死鬼"呀？

当然，这些忌讳都是老年间的事了，有些忌讳现代人已经不在乎了。

不过，有些民间的忌讳作为一种民俗，人们还是把它当回事儿的，例如在语言上的一些忌讳词儿，不能随便说"死"呀、"蛋"呀、"坏"呀等等。

忌讳作为一种礼貌和礼数，现在的北京人还是很讲究的，您或许从这些忌讳中，能感觉到老北京的文化内涵。

天棚鱼缸
石榴树

三

居住讲究品位

老北京有句顺口溜儿："天棚鱼缸石榴树，先生肥狗胖丫头。"什么意思呢？

它说的是老北京人家居生活的六种讲究，前三个说的是物件，后三个说的是人和宠物。可以说前后两句话是相对应的。

天棚，就是在院里搭的凉棚，因为它要高出房子的屋檐，所以北京人又叫它"天棚"。

北京的夏天，炎热而漫长，尤其是盛夏的"三伏"天，赤日炎炎，暑气蒸人，炎热的太阳晒得人打蔫，东西烫手。正因为如此，讲究的北京人，琢磨出夏天在院里搭"天棚"这一招儿。

"天棚"不但遮阳避雨挡风，而且在棚席上淋上水，可以增加棚下的湿度，调节和降低院子里的温度，以此来驱热纳凉。可以说，这是老北京的一大"发明"。

当然，在老北京，并不是所有院子，都可以搭"天棚"的。搭"天棚"的先决条件是四合院或三合房，而且是独门独户的四合院和三合房。

老北京的房价，相对来说比较便宜，有点儿身份的家庭，自己都有所独居的院子，以四合院为主，也有三合房，或只有南北房的所谓"跨院"。只有自己独居的院子，才能在夏天选择搭"天棚"，道理不言自明。

老北京四合院的标配

老北京专门有搭"天棚"的棚铺，棚铺专有搭"天棚"的棚匠。

搭天棚是京城棚匠的一绝，甭管多高的房、多高的院墙，棚匠都能给您把"天棚"搭得既体面又大方。

京城棚匠的绝活是，多高的棚，都是平地起杆儿，立杆儿，不用刨坑挖槽，搭好的"天棚"，两个人推，纹丝不动，能扛七八级大风。

"鱼缸"，是老北京人住的院里常见的物件，这种鱼缸是泥烧的瓦盆儿，也叫"瓦盆缸"，个儿有敲的大鼓那么大小，口径在一米五以上，小的有一米左右。

一般是直接把鱼缸放在地上，讲究的还要用架子，把鱼缸架起来。

为什么要用瓦盆缸呢？因为老北京人主要养的是龙睛鱼。据养鱼的把式说，用这种缸，透气性好，龙睛鱼娇气，放在瓦盆缸里好养。

　　老北京人养鱼，没有现在的科技设备，全靠经验和技术。

　　龙睛鱼的品种有几十种，习性各不相同，讲究的家庭怕自己养不好，只好雇用"鱼把式"帮着饲养。

　　那会儿，京城玩鱼的"鱼把式"，跟许多老宅门都有联系，除了提供养鱼的鱼虫儿、水草之外，有的直接把盆里的鱼给"包养"下来，这样让主家更省事了。

　　"石榴树"，是老北京人的院里常见的树种。老北京人之所以对石榴情有独钟，不仅因为它好吃，而且更看重这种水果的名儿好听，石榴的外形也受看。

　　石榴，与时气、时运的"时"同音。老北京人认为院子里种石榴树，会"时来运转"，能给家里的人带来好时气、好运势。

　　同时，人们吃石榴，主要是剥开皮，吃里面的籽儿。石榴的籽儿非常多，多到谁也数不清，所以，老北京人认为院里种石榴，有多子多福的寓意。

　　老北京人不但喜欢在院里种石榴树，而且石榴也是北京画家钟情的水果。齐白石、张大千、王雪涛等大画家，经常以石榴入画。当然，他们画的石榴，要比真的石榴可值钱多了。

　　"天棚鱼缸石榴树"，这三样儿是相配套的，换句话说，这是老北京的老式家庭的"标配"，三者缺一不可。

《天棚鱼缸石榴树》

炎热的夏天，在凉爽的天棚下，与三五好友，喝着香茶，品着鲜果，赏着鱼缸里的鱼，看着石榴树上缀着的果实，再有"先生肥狗胖丫头"陪伴着，您说多么赏心悦目！这小日子实在是悠闲惬意。

要不许多老北京人怀念那会儿的生活呢？这种只能在四合院看到的情景，如今离北京人越来越远了，取而代之的是钢筋水泥的森林，还有只能在"半空儿"栖息的公寓。

———

悠哉生活的体现

"先生肥狗胖丫头"，是对应"天棚鱼缸石榴树"的。"先生"，指的是管账的"账房先生"。

在早，北京城的大户人家，几乎都是三世同堂或四世同堂。一个大四合院住着二三十口子人，每天的吃喝拉撒，柴米油盐，挑费开支，是一档子劳神的事儿。所以，一般的大户人家要雇个管账的"先生"来主事。

当然，有的"先生"并不是只管算账，而且还要管家，替主人张罗家里的大小事儿。"先生"在这个家庭，可谓是里里外外"一把手"。

那年头，家里有"先生"，等于有个"管家"，是一个人地位和体面的象征。

"肥狗"好理解，它和"胖丫头"相提并论，可能让有些人不可理喻了。"肥""胖"可是现代人的大忌呀。

其实，肥胖恰恰是老北京人所追求的一种"美"。在老北京，大多数人比较穷，人的饮食结构缺少高能高热的吃喝，蛋白质的含量也少，所以，那会儿的人胖的少。

世上什么事，都是物以稀为贵。胖的人越少，人们越觉得胖好看。这是老北京人的审美观。

看到这儿，现在苦于抵御美食诱惑而减肥的"胖人"们，或许能从怀旧的情思中，找到某种安慰。

这里说的"丫头"，是指家里的"使唤丫头"，而不是主人的女儿。丫头，跟古代的丫环意思差不多，也有"贴身""贴房"之分。它跟现在的"保姆"或"家政服务员"不同，"丫头"通常是伺候主家夫人的，按现在的说法，应该叫"生活助理"。

一个和美的家庭，要有管事的"先生"，那活得多省心呀！再配上富态体面的"丫头"，院里还有一条肥大的"宠物"，看家护院的"肥狗"，这日子是多么安泰和滋润呀！

"天棚鱼缸石榴树，先生肥狗胖丫头。"不但是老北京大宅门富裕人家的生活写照，也是老北京人的一种生活追求。

不过，话又说回来，这六样吃的、看的、享受的，一般老百姓也只是说说而已。在老北京，这样的富足家庭毕竟还是少数。

图书在版编目（CIP）数据

北京的声音／刘一达著 . -- 北京：作家出版社，2023.9
ISBN 978 - 7 - 5212 - 2380 - 4

Ⅰ.①北… Ⅱ.①刘… Ⅲ.①散文集 - 中国 - 当代
Ⅳ.①I267

中国国家版本馆 CIP 数据核字（2023）第 121158 号

北京的声音

作　　者：刘一达
责任编辑：王　烨
装帧设计：今亮后声·核漫
插　　图：张志波
出版发行：作家出版社有限公司
社　　址：北京农展馆南里 10 号　　　邮　　编：100125
电话传真：86 - 10 - 65067186（发行中心及邮购部）
　　　　　86 - 10 - 65004079（总编室）
E – mail: zuojia@zuojia. net. cn
http: // www. zuojiachubanshe. com
印　　刷：北京盛通印刷股份有限公司
成品尺寸：145 × 210
字　　数：220 千
印　　张：12.25
版　　次：2023 年 9 月第 1 版
印　　次：2023 年 9 月第 1 次印刷
ISBN 978 - 7 - 5212 - 2380 - 4
定　　价：72.00 元